默窗书范

李增保 杨行玉 马正达 金华峰 主编

陕西师范大学出版总社

图书代号　WX23N1861

图书在版编目(CIP)数据

默翁书简 / 李增保等主编. —西安：陕西师范大学出版总社有限公司，2023.10
ISBN 978-7-5695-3939-4

Ⅰ.①默… Ⅱ.①李… Ⅲ.①书信集—中国—当代 Ⅳ.①I267.5

中国国家版本馆 CIP 数据核字(2023)第 189779 号

默翁书简
MOWENG SHUJIAN

李增保　杨行玉　马正达　金华峰　主编

责任编辑	张俊胜
责任校对	王东升
封面设计	金定华
出版发行	陕西师范大学出版总社
	(西安市长安南路199号　邮编710062)
网　　址	http://www.snupg.com
印　　刷	陕西信亚印务有限公司
开　　本	720 mm × 1020 mm　1/16
印　　张	22.5
插　　页	2
字　　数	356千
版　　次	2023年10月第1版
印　　次	2023年10月第1次印刷
书　　号	ISBN 978-7-5695-3939-4
定　　价	56.00元

读者购书、书店添货或发现印刷装订问题，请与本社高等教育出版中心联系。
电话：(029)85303622(传真)　85307826

陈泽秦（1914—2006），字少默，早年号大闷，晚号默翁，曾署恢斋、摩兜犍室、啬盦、三颂堂等，陕西安康人，世居西安。擅长书法，精通书画及古籍善本鉴定。生前曾任西安市政协委员、陕西省文史研究馆馆员、西安市文史研究馆馆员、陕西省书法家协会副主席、终南印社顾问。

陈少默早年求学于燕京大学，毕业于西北大学国文系。严于治学，长于文章辞赋，于绘画篆刻、古籍善本、金石考据、书画鉴定造诣深厚。先生一生淡泊处世，人品高洁，为陕西当代书坛修养全面、功深力厚者之一。

陈少默先生去世后，故乡于2007年10月在安康学院建立了陈少默纪念馆。

君雄辉：信及任老稿先後收得，任老夫人作撰符细读一过，意见附记怕认不出此特之，题告當斗能一试。

连唑天末我的心情欠佳，家间是出売工作的，军被忙，地方亦破落了，这一来不地而大鈫不成。致物商店也將国鄉居乡一场，对代差个不天不地的打击，对你即忽为一个很好的教训？认为社会主義祖国長一辣力量高主裁，还不是天大的憾事乎！？连沏一想，葉山的逸可，樣而由了自己情绪堅实出雄持导洗可，樣而由了自己情绪堅实出雄持导

青腫腫的發脚吧！此繊，闊下当不会再以前的葉目来見责，未始不是一格令非精感慰籍的筆？

僚情已任放了三程，连问所有厳片，特随遐光折還葬。

任老的稿子一讲寄给你，运些夫在稿子表，可以任老的稿到的誓，每个字做能装在推石内的。你抄的稿子到の誓，每个字做能装在推石内的。把是弱不到的，速度也很快，有采我的自满，也许痛苦不可。

《清詩別裁》我已無个有了，过，把自己卖爱

四川成都市南郊
成都体院老干处
卢君雄老师 收

西安市吉祥村四季东巷七号
陈宁

邮政编码 710068

陈少默书法

陈少默书法

横平竖直赞颜真卿,篆籀无骨肉均匀似恒持之劲且寿书坛寿者缘来人

一九八六年七月十六日誌成假佛似贺全国少年儿童书法交流夏令营刷赞式 少默

陈少默书法

满路香尘拾翠钿，
姨五队夹城边，
绣峤朝调马云开，
宫贳赐钱。

乙亥重阳日书德祥赠之陈去
愁齐觅雅宜少默敬题

闭门拒摘别人诗,老是那一套山间偷来数唠叨,世而如果缺乏这种唠叨,叫人生也就索然无味了。古人岛。古上了年纪,一读便得到了非但不觉讶异反可贵,四不惜字亦由此得来。已经吃不开了世去。

与震王雄上 先师俗尘卿每作

庚子十方于水玉安栗会 弟成李海敬ら

李成海书默翁书简句

作为一个不同于其他动物的人,首先要将人做好。一切向钱看,总不是唯一的做人之道。

庚子嘉平月节钞

默翁书简 光墙道 熊书长安

越熊书默翁书简句

凡事但求半稱心無不

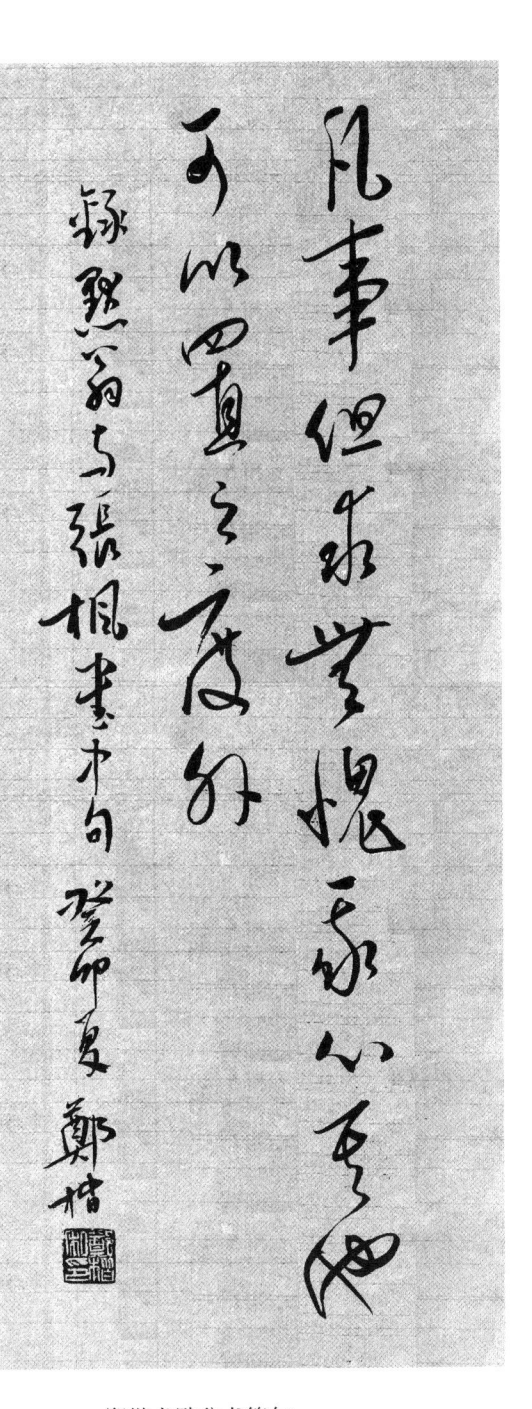

可以置之度外

錄默翁与張楓書中句 癸卯夏 鄭楷

郑楷书默翁书简句

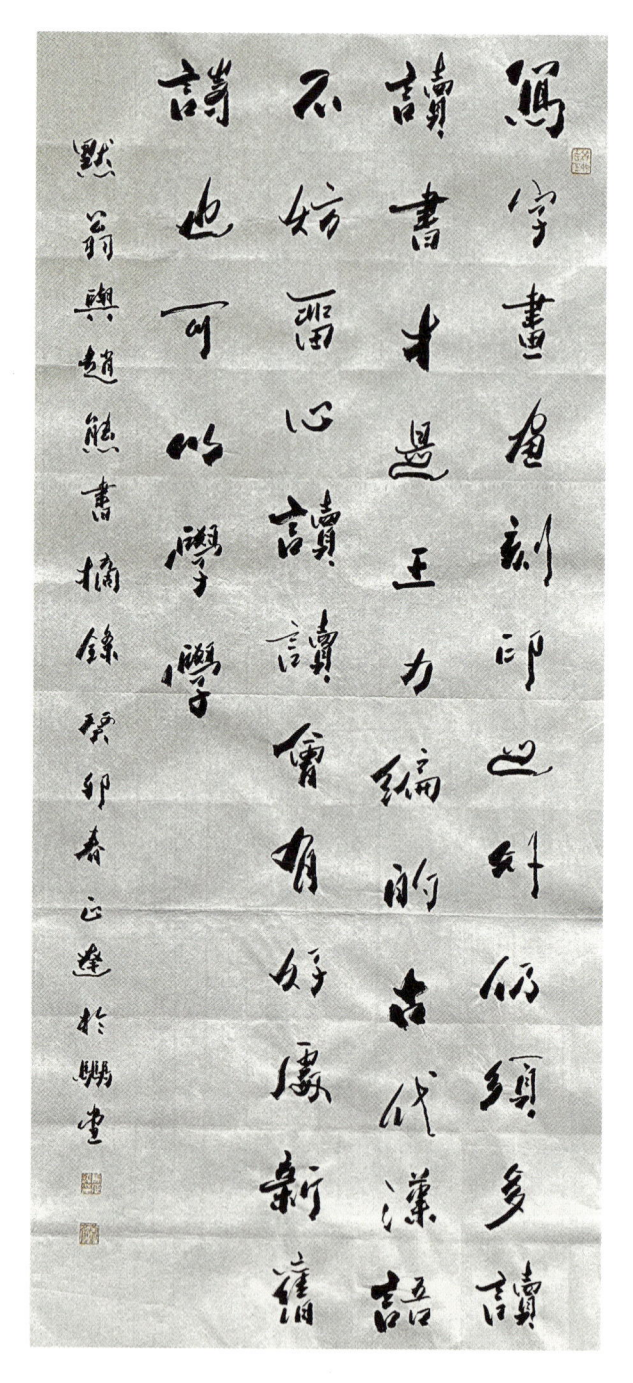

寫字畫圖刻印也好，須多讀書才是主力，編印古代漢語不妨留心讀讀，會有好處，新舊詩也可以學學。

默翁與趙熊書摘錄，癸卯春正達於鵬堂

序

在电话尚未普及大众、电子时代姗姗来迟之前,书信仍然是身处异地的人们往来交流的重要形式。西方著名的书信阅读有限,且不去说,中国古代的如司马迁《报任安书》、吴均的《与朱元思书》《曾国藩家书》等;近现代的如林觉民《与妻书》《傅雷家书》、鲁迅与许广平的《两地书》等,俱在不同的历史背景下,给我们展示了不同的社会境况,更以一种个体生命体验反映出独特的思想、情感及生活态度与生活方式。虽然历史不可能逆转重现,人生也无法叠合往复,但当我们捧读这些书信时,相类的场景和共通的人性仍将引发我们内心的感触与共鸣。今天,当我们打开《默翁书简》时,或将有一种别样的感怀与收获。

默翁(陈泽秦,1914—2006,字少默,别署恢斋、大闷、默翁等)既是名人,又非名人。所谓"名",这是一位与我们至亲至近的睿智老人、文化前辈、著名书法家;所谓"非名",他和前举的那些书信作者的名声、影响力或尚未等量齐观。也许正由于此,我们可以以一种平视的目光来阅读《默翁书简》,借以走进一位老人的生活,了解并感受那种似相识、却又迥然未同的人生经历。

《默翁书简》编录了默翁自 20 世纪 70 年代中期至去世前约三十年间的二百余通书信。其时,默翁已年过花甲并寿逾鲐背。受书人包括家人、亲朋、学生、后辈等。其中,最重要的是他少年时代的师姊、后来成为"老来伴"的卢君雄先生。《默翁书简》以真实的内容和情感,活脱地还原了一位如同自家老人的生活与情思。在那些述说日常起居、天气冷暖、物价高低的字里行间,是不绝于古今的人间烟火气息;在那些叮嘱琐事、指导学习、牵挂成长的内容中,则体现出默翁一贯要求后辈青年"做人第一、读书第一"的殷切企望。

"与卢君雄书"是《默翁书简》中最为重要的一部分。默翁少年时曾师从卢君雄先君卢子鹤门下,几年间对卢师姊暗生情愫,最终却未能结为连理。待到四十多年后再次重逢并牵手为伴时,则已俱为花甲老人。这种带有传奇色彩的经历,使得"与卢君雄书"中有着不同于常的情感交织。其中,隐喻式的调侃、玩笑式的倾诉充盈于文字之间,就连问候也时不时地引经据典、借古为娱。这种仅属于"二人世界"的文字交流方式,虽然已迥异于当世,体现的却是人类爱情亘古不变的本质。

"与卢君雄书"中所涉及的另一部分内容,则关于默翁所谓历史问题的平反昭雪,以及陈、卢二先生在晚年的工作与生存状况。前者虽属个案,但二十年间反反复复,磕磕绊绊,尤使人感叹于我们的社会尚需在反省与改革中得以完善和进步。至于二位先生在晚年的工作情况,其间或又有不同:默翁的从无业到就业,不仅关系到身份的认定,同时也是其生计所系。卢先生工作的恢复虽然也关乎身份的认定,但更多地彰显出老一辈知识分子心系国家、奉献社会的人文情怀。况且,二位先生的"就业"与"工作"都发生在花甲之后,并延续至耄耋之年,这恐非今天的后辈所能想象与理解。

默翁广闻博识,既谙于历史又洞悉人生。书简的背景多处于"文革"结束未久及改革开放初始阶段,对于诸多负面现象,默翁坦言忧虑,并予以批评,同时又不失客观地剖析原委,真诚地热迎接受新生事物。特别是他达观诙谐的人生态度,将会给我们以深刻启迪。

《默翁书简》的编录与印行有钩沉之功、醒世之德。当书信形式与这个时代渐行渐远之际,它的问世尤显珍贵。虽然限于资料,书中仅仅收取了默翁晚年的部分信函,已足以使我们透过这些文字中的一嗔一笑、一忧一思、一叹一咏,甚或雨雪风霜、柴米油盐、儿女情长等,管窥一个时代和一位老人。同时,在对书简阅读中,或将悄然地影响我们对社会对生活的立场和观点,使我们得以直面人生而勉力前行。

庚子十一月杪赵熊谨识于西安文昌门外

目 录

一　与卢君雄书	1
二　与陈长敏书	230
三　与任乃强书	232
附录1　与陈少默书	233
四　与陈长馨、马正达书	234
五　与陈长佑书	248
六　与张中天、陈长馥、马正达、陈长馨书	250
七　与赵熊书	251
八　与李启良书	256
九　与张枫书	260
十　与田希明书	268
十一　与钟林元书	269
十二　与刘仙洲书	274
十三　与陈竹朋书	276
十四　与方山海书	277
十五　与刘旸光书	290

十六	与李成海、赵熊书	291
十七	与胡玉厚书	294
十八	与吴靖书	297
十九	与高文书	299
二十	与帅培业书	300
二十一	与赵承矩书	301
二十二	与卢云龙书	303
二十三	与傅世存书	304
二十四	与李立荣书	305

  附录2 怀念陈少默先生 ………………………… 308

二十五	与杨杰书	310
二十六	与陈葵林、伊家聪书	311
二十七	与王震宇书	322
二十八	与刘树勋书	323
二十九	与宗鸣安书	324
三十	与赵宏勋书	325
三十一	与梁未冬书	326
三十二	与李增保书	327

  附录3 默翁印象记 …………………………………… 333

心灵的诗笺(代跋) ………………………………… 杨行玉 342

一　与卢君雄[1]书

○○一

三姊：

您的信早已收到了,因为这些天来忙于结算街道上水站的账目,未能即复,希原谅。

您的病想已早占勿药？临行前,您曾在我这吃了两丸银翘解毒丸,不料还没将病截住,大约是由于那些天里没得到足够的休息吧？脚踝怎样了？最好用热敷或烧酒烫烫。

这次您总算把古长安领教了一部分,附带把我和我的一家大小都"领教"了。不过,我心内老觉得太抱歉了——没有将您好生招待一番。人力、物力都有困难,想您是会予以谅解的。

人到快就"火"时,都感到人生道路多岐而又惘然。也许这也是一个共存的规律？一切如梦泡影,童年如此,老年更如此。为此,近来还诌了一首诗:

　　青春半为多情误,白发始知处世难。
　　补牢亡羊诚负咎,闭门思过更招愆。
　　才如贾傅徒哀鹏,拙若愚公可移山。
　　穷达敢云由自取,何须搔首问苍天。

这可见我的心情的一斑。

人民日报对阿乡的近况做了介绍,这下锦城确又光辉起来了！又闻中央的三十一号文件业已下达,不知您那里得到消息未?的确,一切都是大治的景象,可喜!

粮票也已收到,谢谢!得暇希望能得到您的一些教诲。

弟 泽秦谨上

十一月七日(1977年 西安)

长敏[2]她们也附笔请安。

[1] 卢君雄(1912—2006),四川成都人,时任成都体育学院讲师,1980年元月与陈少默在西安结婚。卢君雄长陈少默两岁,又因在卢家姊妹中排行第三,故陈少默在书信中有"三姊""雄姊""三姐"之称呼。

[2] 陈长敏,陈少默二女。

〇〇二

君雄三姊:

这星期一接到您的信,因为古籍书店这天放假,未去。第二天早上要蒸馍,下午参加街巷的传达廿七号文件,会后感到累,又未去。昨天,正要去,便接到您的第二封信,遂省了事(星期三该书店整日学习)。

关于卅一号文件,此间传闻已经有半个多月之久了,何以贵地还没听到?据可靠消息,这一文件是对所有所谓右派分子的一个大解放,不仅卸帽子,而且还要剃辫子。剃辫子者,即以后连卸帽子的右派分子也不要提了。又闻对没有工作的右派分子仍要安排工作。不过,已经处理过的不再安排。总之,消息是可靠的,但细情却仍待公布。这一下,或许对受过连降三级的有些好处吧?

至于我的所谓"诗",尚停留在"放狗屁"的阶段,实在不值一提,更不值得像您那样来夸奖。过去,或许由于要致力于所谓"经世之学",老师没有传授过怎样去作诗,因而连一首唐诗也不会背,谈到平仄更头痛。在西大上学时,曾选过一门诗词学,仅仅一学期,浅尝辄止。后来,教书,对学生要讲,又复钻了一下,但也只是限于常识而已。自从碧筠[1]不在后,才着手搞。搞了搞,感觉还有些意思,便买了部王力的《汉语诗词学》,细读了一过,于是便胡诌起来,现已"好"歹有了近四十首。可是,其间不足与人道的占绝大多数,能以示人者不过寥寥数首,况且又复陈腔滑调。你的驾临敝地,确也引起深埋心间的沉郁,遂诌了前呈的一首。可是,绝不是如你所说的什么"刺伤"而发的,望你千万不要多心为要。说实话,你的来给我带来的欣慰远比伤感多得多。既就是伤感吧,其来也已久,也不是即兴的,望你不要因怕有所刺伤而对我不敢有任何规箴才是。

在韦曲照的相,等泽汉[2]把它们拿来再看毛病在哪里。一般来说,如果底片过了时,是不太好办的。

东西,西安似乎比你们那丰富些,在你们那里如有需要,一定不客气的。有点感冒,就写这些。暇时望常联系,此祝近好!

泽秦
十一月廿五日上午(1977年 西安)

[1] 舒碧筠,陈少默原配夫人,生于1915年,安徽黟县人。1938年夏在汉中城固西北联合大学家政系上学期间与陈少默结婚,育有四女一男。1975年5月在西安去世。

[2]陈泽汉,陈少默二弟。

○○三

雄姊:

双十二寄来的信,今天收到了。感冒早已过去,好久未去信,只能归咎于懒,乞谅。您在雁塔博物馆看到的相扑的图片,是否与在碑林陕西省博物馆见到的同是一物?碑林的曾托人去办,但至今没有回音。雁塔恰好正属于前次托办的那位同志的单位管辖之下,似较碑林还容易搞些,惟尊处所需是原件的拓本、抑复制图或照片,请示及以便进行。在韦曲照的相,除您在灯光球场前照的还可以,其余两张俱因胶卷过时,底片太薄,冲可以,而晒像却难。我已觅专家,据说还可以设法放大。可是,拿去底片已经多日仍未见回报。前几天又遇一位专家,也答应帮忙,看来问题不大。不过,最好还是希望能再拍一次满意的。但愿这一希望能实现。

姚雪垠的那张报,有人见到,说还登了照片。此老大可像阿瞒那样自谦一句:"孤始料不及此!"此公也是五七年怯中人,更堪踌躇一下了。前信提到的文件绝非小道消息,长敏厂的干部已经听过传达,而且民主党派的此中人已有身涯盛典的。怎底你们那竟无消息,阿乡一贯"后治",也未可知?

年逾耳顺,不甘伏枥,尚欲效鲁阳之挥戈,雄心勃勃,名副其实,钦佩钦佩!大概我这一辈子窝囊到底,正由于自甘雌服吧?看来,您对自然规律仍是参悟未透,人世间最最厉害的两件东西,我认为莫过于名和利,但没了它们俩,也就不成其为人世间了。

谈到诗,大作[1]实在好之至,有暇自当奉答一首。最近长敏请了位匠人在家里做家具,我得给做饭,烦乱到有狗屁也不能放,奈何!所谓的其中三两首有禁忌,如果不因之而兴文字狱,容后录奉,如何?

相片,前者存两张,最好各存一张;后者可以见卢、宋、陈三家之好,颇足珍视,给我,甚谢。

近来无所事事,有关清代武术一类的资料,从别集中去找,泛滥无涯;从野史中找,稍不经心即为识者所嗤,似以"宁阙毋滥"为宜。《清诗类钞》一书如能找到,不妨翻翻,虽然寻不到什么,但当做小说看看,也未始不好。

就写到这里吧?"相扑"一物究竟要哪类的资料(原件当然除外),盼复示以便去办。此祝康乐!

泽秦

十二月十六日(1977年 西安)

长敏姊弟附笔致候。

李义山诗注只抄录些旁人的备考；自己去注，谈何容易！

[1] 指卢君雄先生五言长句《嘲戏一首赠泽秦》：每读大闷信，笑愠难自禁。迂拘近腐儒，绸缪蕴童心。你驾临敝地，引起深埋情。睱时希聊系，对我多规箴。情自何不类，沉郁安可伸。忆昔犹应爽，今何怛怳深。生途虽殊异，友于谊永存。相违日已久，夷险未同经。笔说抒襟抱，远胜事独吟，既得诗册昔，此中可语云。同是放狗屁，互为逐臭人。荣健俱飞逝，病老迫相寻。极目春华茂，顾此亦奋兴。勇者效鲁阳，壮哉弃杖吟。才拙怯如我，岂敢妄拟伦。见齐思自励，足资长警省。

○○四

雄姊：

前后一函，想已收得？在韦曲照的相昨日交来，由于底片差，晒出的成绩太不好，先附上。要好只能等尊驾再临敝邑了。大雁塔博物馆的"相扑"图片，已关照了旁人，待您的详细要求到达后再去进行。您的大作，勉为奉和，步原韵，所以凑得有些勉强。所幸是"打油"，贻笑大方，罪过罪过！诗是这样诌的：

  相逢久别后，惊喜两难禁。
  惊见容颜老，喜未失童心。
  春来草林茂，嘤鸣更有情。
  将欲倾积愫，痛定惩创深。
  忆昔琼岛侣，伊谁今孑存？
  代谢百年事，剥复一身经。
  问天伤屈子，遁世效虫吟。
  顽痴语褊切，期期向谁云。

　　　　谋身既不藏,厚己薄责人。

　　　　悲欢成往迹,入梦或可寻。

　　　　自顾尚不暇,安计废与兴。

　　　　悠悠且自慰,无病聊呻吟。

　　　　嗜名如姚叟,营营岂吾伦。

　　　　希声阕大朴(柳子厚句),共愿常思省。

　　五言古,诌来颇费劲,尤其在用词上。加上结构又须服从原作的韵脚,便更费劲。但愿不蹈腐儒的前辙,便足够这番"辛劳"了。不多写了,此祝康宁!

　　　　　　　　　　　　　　　　　　泽秦上

　　　　　　　　　　　　　十二月十九日(1977 年 西安)

附相片二张。

○○五

雄姊:

　　二十日函接得。

　　"相扑"件日内即托人去办。昨日因事去博物馆,见有那张复制图的陈列室正在调整,想得耽误一两个星期才能着手。近日如见到托办此事的傅同志(在市文管会工作),当即请他去跑一趟。他去办比我亲手去还有力一些。

　　上星期日一位过去在西北军政委员会文化部文物处曾同过事的同志来找我,我未在,因而昨天去博物馆找他,不巧正遇见他在开会,未能畅谈。他找我是替我物色工作——到茂陵管理所(汉武帝陵)去搜集有关茂陵的资料。须在那住(茂陵在咸阳以西,汉武帝陵距火车站尚有好多里),我婉辞了。这位同志从前找过我,拟介绍我去省文物商店去搞书画鉴定,由于省文物商店目前找不到开业的地方,因而搁置起。文物商店的工作比较对口,也是我喜爱的工作,可是责任比较重些。如果成功,也合心意。茂陵的工作,借此能看看书也未始不好,只是要离开家。近来遭遇,深感到"自立"的必要。但多年来养成的惰性,也在作祟。俗话说"当叫化子三年,连知县也懒得干",不无有理!有朋友劝我对这类事不要操之过急,否则变主动为被动便不妙。从"爱之加诸漆,恶之推诸渊"的经验去看,也有道理,不如索性等待一下。未知尊意以为如何?

大作确实好之至,岂敢意存讪笑。吾姊多疑,使人却谈,奈何!好了,让我们谈些别的好了,把诗这一道搁过去,怎样?

家具是长敏准备做了运去北京她家的,除了大立柜,还有两个书柜。已经做了快十天了,还得上十天才能完工。因而我还得跟着忙上十天。一贯懒散惯了,加上这项额外的忙碌,就显得什么都再也干不成了。

今天很庆幸地由古旧书店的那位高同志代买到一本《李贺诗歌集注》,糟糕的是在古典文学里夹杂着许多简体字,未免不伦不类。前天又发表了一批新简体字[1],有好些太通俗了,有的为迂拘腐儒如我所难以接受的。从这一点看,我还没有改造好。

不多写了。此祝康宁愉快!

大闷手上

十二月廿三日(1977年 西安)

---

[1]1977年年底中国文字改革委员会推出的《第二次汉字简化方案(草案)》,1986年6月被国务院批准废止。

〇〇六

君雄姊：

照片收到了。看了的确感触很大，但是又增添了更多的"浮生如梦"的颓废想法。正拟回信道谢(又未免"酸"了一些)，又接到来信。

近年来，由于受的"刺"多了些，因而对于"刺"也不似从前那样敏锐了。您对我的两"刺"，当时我确未意识到，只是感到有点"鲠"而已。你为馨馨[1]她妈感到不平，站在你们那半边天的立场上，完全是正确的无可訾议的。我扪心自问，也深深感到对她不起，特别是在秀文[2]不在了以后的这一阶段，她的"宽恕"和"体谅"，更令我痛悔过去的所作所为，这笔账只能去另一个世界去清算了。过去的一切，使我更相信"宿命"。人生的安排似乎早有定论，也像社会发展一样的"不以人的意志为转移"？尤其是，我感到婚姻对于一个人一生的安排具有很重大的决定作用。因此，在一九六五年的秋天，我上北京，独自坐在北海旁边一个角落的游椅上，看到现在，想起过去，便不禁潸然泪下。以我个人的青、中、老的三个时代的遭遇同北海做背景，大可以写出一部像巴金的《家》那样一部小说来。也正由于此，长慧[3]多次邀我去北京，我都拒绝了。经济虽是主要的，思想上更是主要的。提到这些，大概您总会对我的"怯懦"和"颓堕"有所谅解吧。

说到我的"如夫人"，可惜您没看见过她，更可惜您没有听到她在我倒楣时期的表现。当我去陕北劳教时，有人劝她同我脱离。她说："我要同他脱离，应该在他没倒楣的时候脱离；我现在怎能同他脱离？"就此一端，便可以想见其为人如何了。人们往往瞧不起风尘中人，其实，风尘中人有好多地方是令人不可厚非的。

您对我的指责，岂敢拒而不纳。至于指摘我"读了那么些书，却半点事也不干，一蹶不振，竟那样怯懦！"我却感到未免冤枉。书是读到牛肚子里面去了，一知半解更是害人也害己。要干事——孟浩然不是说"不才明主弃",要干事,哪能由得你自己? 给孩子们做做饭,下下棋,早睡而晚起,闲聊而不及政治——无非"事"也,何必夙夜从公之"事"哉! 酸得够受了,就此打住也好。

前信提到的"现在遭遇"只是一时的感受,是思想上的,你将如何帮助解决呢? 但,你对我的关怀,我是深深感谢的。

至于"迂拘腐儒",我自己也曾画过供,自认不讳,哪敢怪您! 不多写了,此祝新年快乐!

泽秦上

七七年十二月卅一日(1977年 西安)

[1]陈长馨,陈少默四女。

[2]李绣文,1921出生于河北保定市高碑店市白沟(镇),评剧演员。1942年与陈少默在西安结婚,1965年在西安去世。

[3]陈长慧,陈少默长女。

○○七

君雄姊:

元月一日信接到。尊寓的洁静使人欣羡之至。不知此生尚有机缘得以拜瞻否? 寂寞对老年人也许倒是一种慰藉。曾见到不少的老头子,低着头坐在太阳底下打盹,觉得是一种享受。现在,就我来说,能够寂寞书斋里,已经太清福了。不过,书确实要有,否则便真无聊奈了。

郑瑛——这位大姐,我确实把她忘记了。她能在许多年后把近四十年前的信留给你,真是有心人。而我呢? 竟自一些记忆不起她,这大概是远祖陈叔宝的遗传吧。您如给她写信,请代我问候。

扯到我的颓堕,用马列观点分析,是阶级性的必然落脚。我深悔当时不该参预西安的家事,如果那时听从雪亚[1]老伯的指示,去西大当一名助教,或许不至陷入目前这样的境遇? 可是,"五七"一关是否能躲过,也是一个问题。老臭老九的毛病,应有尽有,"难乎免于今之世矣",你对我有什么"逆差",大可不必躬自厚而薄责于人啦! 在学诗之后未久,曾诌了首诗,录奉:

瞿塘蚱艋鬼门关,身到蚕丛知路难。

峡接黄牛云蔽日,城高白帝水浮天。

梦魂追击三千里,旧事萦怀四十年。

寂寞客窗风兼雨,渝州处处夜啼鹃。

也可谓"狂言欲启卅年谙"吧? 一笑!

"相扑"图片告诉了文管处那位同志,但正忙于搞运动,看来还须等一个时候。馨馨的问题没有什么,现在开始准备六月考大学。余容续布。此祝近好。

泽秦上

元月十三日(1978年 西安)

[1] 刘镇华(1883—1956),字雪亚,河南巩义市人,原镇嵩军统领。民国时期曾任陕西省督军兼省长、安徽省主席等职。抗日战争期间隐居陕南城固县八年,抗战胜利后移居河南开封,南京解放前夕随家人迁往台湾。

〇〇八

君雄姊:

廿二日信收到。在你那样"紧张"的情况里抽空写信给我,真不知怎样来谢谢你?

在大治之年,党对知识分子这般器重,确是"士为知己者死"的时刻了。至于说什么"猴子称霸王",你那样的老师,恐怕既就是"猴子",也是"齐天大圣"了,何须那么谦虚!

在前次信内写给你那首诗,现在想起真不应该将它寄给你看。

对于过去,我一直是个"宿命论者"。既然认了命,便不会存在你所谓的"积愤",更说不上什么"怨怒"了。

过去就让它过去罢。来者是不是犹可追呢？就种种情况看,终归是"逝者如斯夫"而已！而已！

谈到工作,前几天,介绍我去文物商店工作的那位朋友来找我了,说文物商店决定办,省方已派了专干负责此事,地点也已找好,内定有我。看来此事已有百分之五六十的希望。但是否中途有变化,也难说准。不过,如果找我,我决定服从你的意见,坚决去干,以此答复你的支持鼓励,你总该就此于心少慰了吧？估计这个工作至早也得在半年之后才能实现。因此现在一时尚无工作,你有什么忙要我帮,我一定尽力为之。希望把你的具体计划见告,最好是抄抄写写的工作,对于抄抄写写,自信是不会辜负您的委托的。

诗,我看还是少献丑为上,有了前次信里那首就足够了。

"尊寓"对于我,直是神仙的洞天,存之想像缥缈间如何？

对于郑大姐,我确是忘得干干净净了,真该死！也许由于没能够过得桥,便不想记桥吧！如果给她写信,请代为问候,可别提起陈叔宝为要,为感！否则,太不好意思了。我真佩服能在这许多年里还将我的信保留着,这位大姐真是有心人！

长敏和长佑[1]的家具在上周末做完了,一共六件,可费了神。好在有长馨帮着做饭,不然真够我呛的。长馨因被派出所借去查对户口,工作轻松,所以才能帮此大忙。她现在每周读六小时的英文,由一位老朋友教她。这位朋友是上海沪江大学毕业的,发音比较正确,会话也好。语文,我可以帮她学习。糟糕的是数、理、化基础太差,长佑和长馥[2]又无空暇指导,如果考文科,她的语文又不突出,想突击又非力之所及。看来前途是不乐观的。可是,读读书,总比不读要强得多。

长敏在昨天上午回北京去了。这次回去大约得半年左右才能回西安。她公婆工作的北京电影制片厂决定拍摄《李自成》作为向国庆三十年的献礼,借调长敏去搞服装设计,工作是相当艰巨的。但借此既可以锻炼锻炼,又可以趁此机会在北京活动活动调去那里工作。结婚十年了,两口不能在一起生活,确是个问题。能借此得以解决,也是好事。

姚雪垠的大作,得空当拜读一下。此老既为吾姊所钦佩,必有过人之处。我的看法是不够正确的。

"相扑"的问题,已另托人去办。这次是直接去找陕西省博物馆搞美工的人去搞,而且这位美工的父亲即是介绍我去西安文物商店工作的那位老友。想在最近必有复命。前次托的那位文管处的同志因搞运动,忙不过来,因而多少耽误了一些时候,好在贵刊在上半年内不能定稿,时间是比较富裕的。

春节即将到来,此间的供应情况似不如去年,据说每户供应鱼壹斤(我想不致如此?),香烟是每人一盒(好在我不大吸),成都如何?

人上了年纪,对于过什么春节,似乎已不大感兴趣了。几年来,除夕夜里一如故常地很早就睡了。初一也是一切照旧。大约你也是同样情况吧?

春节到了,我需要什么呢?只要能常常得到你的信,便是戊午年你给我的好年礼了。祝春节愉快!并问大嫂、重温夫妇好!

弟　泽秦手上
元月廿八日(1978年 西安)

[1]陈长佑,陈少默之子。
[2]陈长馥,陈少默三女。

○○九

君雄姊:

春节前就接到你的信,原准备赶春节前作复,不料感冒了,由于感冒又引起肾炎,遂迟迟未写。今天接到来信,真令我不胜惶恐之至!

你已回到"寂寞书斋里",而我呢?或许因为此间在新年连降大雪,一些朋友都挨到过几天才登门,所以寒斋并不寂寞反而热闹得令人头痛。尤其在病后,精神实在感到有点应付不过来。从这,你可看散樗的如何。对比之下,又更使我非常羡慕你的健旺!

年前的来信,我并没有感到有什么觉得过不去的地方。这当然归功于这些年来身上的疮疤累积得多一些。身上的疮疤多了,自会对所谓触也吧,刺也吧,反应慢,是不?

你认为我会生气吗?一个人如果事事衡量自己,就相当不容易生起气来的。退一步讲,即使有气,又怎能向给我以"好音"和"濡沫"的发呢?

我对自己总是时时予以衡量的,而且总是把自己衡量得很低。对你,我更是把自己衡量得低之又低。从几十年前,到现在一贯如此。相信你是可以了解我这一点的,我的圣玛利亚!

在上次信里,有些话似乎欠慎重。可是,假如不把它们割裂起来,含意还是不暧昧的。然而,竟令旁观的几位小鬼却挤眉弄眼起来,那么,我对你的亵渎,就可以想象得出了。调子既然早已定妥,然而偶有拍案之误,就令周郎回顾,知音之苦将何以堪?幸而还赘上两句"而已""而已"。否则,便更罪无追了。

说到这,想起你从西安走时,我原想那天早上送你,但终于未去。未去由于想对你做到"有礼有节"。但知道你带病走的后,又觉得"节"得有些过火。随后又诌了一首七律,是:

巴山寂寞巴江寒,断梦游丝接蜀天。
两岸哀猿啼暮树,一腔离绪压归船。
儿女多情终薄幸,丈夫失路任颠连。
相逢已讶双鬓白,那堪回首话当年!

当年"话"之尚不堪,其他就毋须再提了!

好吧!这一段仍以"而已""而已"作结束,让我再谈谈别的。

我从前害的病,叫作"末梢神经炎",不但两腿瘫痪,不能站地,连双手也连饭碗也端不稳。现在我步履如常,看来这个病似已完全消除。目前,为害的是肾炎,时犯时好。犯时一吃"四环素"和"呋喃胆丁"便好了。春节时有位朋友说他亲身的体验,用鲤鱼就黑矾、广木香熬汤吃可以根治。将来准备试试。但鲤鱼(活的)在西安是很难找到的,只好等机会了。

任老[1]对我的关怀,我很是感谢,请你代为问候、致意。像任老那样的达观,我想肯定会有向他老先生领教的机会的。他的大作,已否刊行?目前,党中央极重视科研,像《华阳国志详注》一类的著作,一定会优先发表的。

对"右"边的人,确有妥善的安排的消息,你们那当已有所闻。今后对这一般大智若愚的人可能要派用场的,但也不必高兴过早。特别注意,不要翘尾巴。好了,先写到这。"铩羽时盼好音怜"如何?此祝事事如意,身体健康!

泽秦上

二月十三日夜(1978年 西安)

诗容后录奉,毛笔未免费事,其他笔怎样?

[1]任乃强(1894—1989),字筱荘,四川南充人。著名民族史学家,近代藏学研究的先驱之一,一生涉及诸多领域,他是四川最早的经济学家、历史学家。

○一○

君雄姊:

春节前接到来信,因为感冒把肾炎引起,遂未回信。接到你春节后的信,马上就回了信。今天得到你给长馨的信,糟糕!希望那封信不至丢失才好。信里没有说什么有碍的话,但啰啰嗦嗦地,如果让那些你前次信里所说的"挤眉弄眼"的"小鬼"看到,便会更为丑态百出了。

病好了。假如出意外事故,我想孩子是会通知的。你的关注,让我怎样感谢才好!?

……………

春节后,一切又走上正轨。虽然说人老了,对春节这回事冷淡了,但有些地方仍是未能免俗。你不去,人家要来;人到家了,便不能不回拜,特别是亲戚处、至友处更是难以马虎。结果,把正轨生活还是搅乱了。好在今年的春节我病才好,又加上初二到初五连日降雪,更是不敢出门:恐怕滑倒了,轻则骨折,重则中风。因而一切从简,比往年清闲得多。然而有那位小孙女的捣乱,想安安静静写封信仍是困难。这样,也造成迟迟到接到你春节后的信才作复的特殊情况,想你会予以谅恕的。

今天,除了做两顿饭外,还去小雁塔看望一位老同事(给我介绍工作的老友),又写了八条行书(七律、五律、七绝),可谓忙碌得可以。前天、昨天送去办理私产登记手续,累得够受,但精神能撑得住。精神之好,可以告慰了吧?

好了,就写到这。为了慎重,用挂号寄去这封信,当不致再遗失的。此祝近好!

泽秦谨上
二月十九日(1978年 西安)

○一一　与卢君雄书

君雄姊:

接到你给长馨的信后,曾寄了封挂号去,想不致又遗失了?迟迟未见复,忙呢?还是受了我"有礼有节"的影响?一笑!

上封信里抄了首诗,前些天发现五六两句失粘,便改了一下:

"巴山寂寞巴江寒,断梦游丝接蜀天。两岸哀猿啼暮树,一腔离绪压归船。青春浪掷空留恨,白首重逢枉自怜。落叶长安风又雨,那堪回首话当年。"五、六两句仍欠蕴藉,但目前还诌不出适当的,只好且自由它。

除此,再抄几首,希望多多指正。

《题戊子冬赴平津前画幅,兼呈众常丈》

(这首诗是一九四七年回北京、天津前给朋友画了幅山水题的诗)

读书击剑两茫然,卅载韶光一瞬间。

台殿凄凉丹阶静(当时故宫非常冷落),海河呜咽碧波闲。

堪伤浊世同棋弈,应喜神州改旧颜。

画图持赠君莫笑,空濛还似往时山。

《忆津门老宅》

一别津门几度秋,故园入梦枉添愁。

燕双好作青春伴,凰孤难觅碧落俦。

流水年华来复去,飘萍身世潜还浮。

可怜已是他乡客,冻雨疎风莫登楼。

《玉华》

(玉华,即少陵诗的唐玉华宫,一九六○年九月至六一年年底,我羁囚于此)

溪转峰回万壑松,玉华宫颓翠微空。

远天山接云为幄,骤雨洞幽水作栊。

金阙琼宇缥缈里,广眉高髻有无中。

羁囚日暮兴咏叹,鬼火阴房吊杜公。

《转眼》

转眼丁香花又白,两年前事有余哀(庭前白丁香,丙午花开甚盛,而遭大变。七五年花又盛开,筠谓非佳兆,夏初竟病逝,故有此句)。

伤心莫过城南路(筠自杜曲归,余辙于南门候之),杜曲车归伊不回。

《丁巳清明》

投老生涯叹寂寞,早春虽媚病中过。

清明却喜今年好,不似去年风雨多。

《近日书法品藻多仰东邦月旦因赋》

书林藻鉴有包康(包慎伯、康有为),春蚓秋蛇恣鼓簧。

法乱中原销歇久,如今月旦仰扶桑。

《赠之中[1]》绝句三首

其一

圣容院里远尘寰(之中寓小雁塔,塔寺宋时称圣容院),荒径幽窗谁叩关?

宅傍药栏山色好,春花写罢写春岚。

其二

晨光塔影卷帘看,萧散生涯竟日闲。

趁晴对花频写照,研朱点黛驻芳颜。(君画花卉小册甚得南田逸趣)

其三

吾宗画笔早擅名,不减洪洞董寿平(董为近代画手,君自谓习画始于识董)。

一树梅花几个竹,披图疑向孤山行。

《丙辰暮春纪事》

已过杨花雪落时,隔墙桃李又盈枝。

莫嫌荆棘侵台砌,记取东风曾护持。

《无题》

其一

雨过风微玉簟凉,回廊帘卷对梳妆。

娥眉淡扫春恋远,烛暗纱笼夜合香。

其二

作茧春蚕徒自伤,怜卿百里送寒装。

迢迢雪满铜川道,路转车回两断肠。

其三

枕孤偏觉此宵长,月色轻笼瓦上霜。

莫嗟浮生浑似梦,尚留鸾镜傍珠珰。

《清明节近怀湖墓庐》
节近清明梅雨天,西湖景物应如前?
玉泉院外邱垄在,宝带桥边池榭边(先墓解放后迁址玉泉院外公墓,所谓陈庄者,亦已改建)。
莫羡鸡鸣频起舞,须怜骥老屡蹒跚。
壮怀都已销沉尽,坐对斜阳听杜鹃。

好了,黔驴之技仅此而已,贻笑大方,罪过罪过!"相扑"复制品已催过,想日内或可办到?据说它是从云南传来的。

不多写了,此祝近好!

泽秦上

二月廿五日(1978年 西安)

[1]陈之中(1913—1987),山西临猗人,书画家,曾任陕西省书法家协会副主席,西安市美术家协会主席。

〇一二

君雄姊:

二月廿四日信及照片均于今晨收到。筱荘想是任老的尊号?精神矍铄,使人健羡。任老是老师的弟子,你呼之为"世兄",是否欠妥?"世兄""世讲""世长"俱是长辈对下辈的称谓,你这样,当另有所据。

诗,上次信里抄了一些,尊意欲墨笔写,纸还须一改,自当照办,但要等待天气稍暖后才能复命,如何?

抄给你的那首诗,五六句我自己也认为欠蕴藉。寄去后就觉得后悔。好在对我,你想不至为此大兴文字之狱吧?前些日把这两句改为"落花流水空余恨,暮齿屣颜却取怜，"似比较切实一些。原诗因此也少有改赢，容以后墨笔写时再寄去。

你认为可能自己是个"虚无主义者"，以我所见，不如说是"半个甘地"。甘地人称为"圣雄"，你"圣"则未必，"雄"确实地道之至。你的难，难在巾帼气少（当然不敢说毫无），这绝不是奉承吧？

曾参和王骏的典自何出？曾参杀人乎？王骏又干了些啥？希见教。朋友未免疏远了，姊弟何如？

体育史要赶出，又有"好学之士"的频顾，尊况的忙碌可知。越是忙，越要注意营养，为要为要！

对右派的处理，你那里是否有所闻？消息是确实的。据说不仅要"卸帽子"，而且要"割辫子"，"割辫子"者，即表里一致地去掉这一尊号。这样，在干部使用上便有很大的区别。目前，大专的专门师资很是缺乏，不知你有乔迁的希望不？此间又传闻，对单位和闲散的大专毕业生要普遍登记（有的由派出所调查）。果真，确实又是一个好消息！

就写到此为止。此祝春祺！

泽秦上

二月廿八日午后（1978年 西安）

你们那有印的风景明信片之类的东西否？如有，可否寄些来，以便瞻仰瞻仰锦城的风物。见任老请代问候，并谢谢赐照。又及。

○一三 与卢君雄书

君雄姊：

三月三日信收到。看来文字狱已有兴起的苗头。古人说："诗无定诂"，在词句间,往往仁者见仁,智者见智。我所谓的"青春浪掷"。是说自己,而非涉及旁人。"弄姿于帷房之内"的落脚——学问无成,事业不就,岂非"青春浪掷"?"相逢"是关于两者,可是"自怜",却可以"我怜,你不怜",与"共怜""同怜",甚至"互怜"迥乎有别的。如你那般解释,便无怪怒气盈笺了。似此,今后绝对要将这一道搁置不再去搞为妥。

曾参、王骏的典故原来这样,我真孤陋寡闻,"浪掷"了"青春"!开个玩笑作为收场吧!不知王骏死老婆的时候多大了?假若已经年近古稀,想他连这一席话也是不必多讲的。即使年纪已近古稀,邀侍还身为"少府",政治上有资本,经济上当然有基础,然而他竟能"不复娶",确实难能!如果既无恒产,又无官守,加以古稀即届之年,尚欲弄姿帷房之"内",那便荒天下之大唐矣。一笑!

我告诉你的消息,确有根据。"落实政策小组"当然也许把这项问题包括在内?

成都的风景很多,西安对临潼、大雁塔、碑林这些地方印有彩色的画片,价钱公道,大约十张左右只需人民币五六角便可买到。成都的类似的画片(明信片大小)想也会有的。有了便请买几张给我,没有便算了。

照片是黑白的,而且价钱比较贵一些,千万不要买——当然,我这不是向你客气,我确实不爱黑白的照片,而非常喜爱彩色的(于此也可见我的为人如何,是不?)。

听说西安对中、小学校的老师要加以考试,看来师资问题被重视起来。师资是相当缺乏,但绝对不会再轮到我的头上。轮到,我也不敢去干。像我这样的货色,已经误了人家好多子弟,不能一误再误才是。这是实话,希望不会再批个"酸"字?

再:希望你还是叫我泽秦,少默二字盼勿再施,免增加罪过。余容续罄。

此祝近安!

泽秦

三月六日夜灯下(1978年 西安)

〇一四

君雄姊：

三月九日信及附来的图、照片均收到。

成都虽仅仅呆了不到半个多月，然而感情却很深厚。全国我喜欢两个地方——北京和成都。我爱她们的幽闲和淡散。可是，她们现在俱以变得喧闹、匆忙了，不以人的意志为转移的发展，奈何！奈何！像你住的那个江北，该多寂静！现在恐也大变样了？看来，过去的一切虽是梦，但却很美妙！

"人老了，就小了。"这句俗话有道理。大家都是暮齿余年，还像童提时那样怄气，岂不应了这句话？不过不失其赤子之心，想是彼此"万寿无疆"的好兆头吧！仍是值得庆幸的。

"少默"二字当然不属于特称之类，然而让你这般称呼我，就未免显得生疏一些，因而我盼你勿再施。"大闷"我倒挺欢迎你这样叫我。闷且大，真是名副其实之至。我常想给自己刻个印，印文为"大愚若智"，是与"大闷"一脉相通的，就是未免显得露骨了，所以，还是"大闷"好。从前宋老伯[1]（长佑的太岳丈）曾说我这两个字"俗极反雅"，给我信就用此二字。我也曾刻了印而不常用。五七年以后便用起少默来，并把斋名起个"摩兜犍室"[2]，总算是亡羊补牢吧。其实默的功夫仍做得相当差。凡此种种，我请你不要以此见呼，当不至让你见罪的。

从地图上看，你住的地方相当好。我去了趟成都，连城圈圈都未出（去看大姐的坟，在牛市，是出了城），草堂、武侯祠、华西坝这些地方一个也未曾去，真傻透了。当时，我父亲对我说，城外不安定，加上整天流连于电影院，因而未去。现在想起，太遗憾了。但愿今生有机会去补上这课才好！

要做学术报告，不知题目是什么？来信上既在"学书报告"之前加上"什么"二字,又在其后加上"(?)",你未免过于对我有戒心罢?你的心眼之多,似乎"老而弥笃"?大可不必!大可不必!

说到"气",你还是太多心了。如果有气,便不回你的信了。我不是对你说过,我随时都是先衡量衡量自己的,而且总是把自己衡量得很低,尤其对于你。可是,我直到现在,困惑不解为什么招得你那样生气?来信的末一段,也令我困惑不解。可是,我将永远铭记这一段话直到我安息。

就写到这。此祝近好!

泽秦

三月十二日(1978年 西安)

今天忙了一天。宋伯母[3](长佑媳妇的奶奶)九日去世了,今天遗体送去火葬场,明天一早去三兆火葬场。中午出门,下午四点多才回家,便觉得相当疲乏。看来,我的身体比去年已大不如了。可是,我还想在暑假上次华山呢!

宋伯母过去是伪参政员,解放后是西安市政协的成员,今年又从市升到省政协,享年八十三。头脑很清晰,是女师大毕业的,和你是校友。上星期五,因脑囊炎进了医院。一进医院就吊针、插氧气,看来很危险,但一度又好了。血压正常,取了氧气,不料病情突变,在九日下午去世。我们陕西有句俗话,说人"五年、六月、七日、八时"(意谓人活到五十岁,在一年里能保险,到了六十只看月月,七十看天天,八十看时辰)。像咱们的年纪,已到了"六月、七日"之际,岂不危乎殆哉!一笑(真是瞎聊一气,请勿介意!)

[1]宋联奎(1870—1951),祖籍云南,生于陕西长安宋家花园。举人出身,清末曾官至直隶州知州。民国初年,作为社会贤达,宋联奎先后被聘为省政府顾问、署理陕西巡按使。抗战时期被举为陕西省临时参议会议长。一生对文化教育事业多有贡献,主持编纂《续修陕西通志稿》和咸宁、长安两县续志,并主编《关中丛书》,著有《苏庵杂志》《城南草堂文稿》《城南草堂诗稿》等。

[2]摩兜犍室:陈少默斋号之一。"摩兜犍"是印度语,慎言的意思。

[3]吴云芳,1896年生于陕西南郑,教育家,宋联奎夫人。

〇一五

君雄姊：

　　三月廿三日信接得。

　　病情如何？大夫能给开两个礼拜的半休假，情况是不会轻的。应当节劳，善自保重。世有伯乐，老骥奋力也应有个限度才好！上了年纪，万万不可遇事强勉。

　　…………

　　诗，或许由于缺乏所谓"烟丝披里纯"[1]，好久未做了。对任何事物，从来我没有恒心，作诗也是这样。这一辈子之所以一事无成，也由于此，奈何！奈何！

　　…………

　　前次的诗虽经三改，终觉欠妥。有首，曾记得寄给你，第五、六句是：才如贾傅徒哀鵩，拙若愚公可移山。近来改原句为：生逢盛世真堪喜，遇到交心亦可怜。含混不足，却道出自己的心情，只是不足与外人道罢。其末联也改为：悔咎从来由自取，何须搔首问苍天。质之高明，以为如何？

　　你让我搜集的东西，目前，手下有的清代人诗集，仅《渔洋精华录》和吴梅村的集子《吴诗集览》，词则连一种俱无，真是无从下手。如因此而去东借西凑，那便麻烦大多了。因为像这类的书，目前图书馆借是借不到的。私人的藏书也多沦亡于丙午[2]之秋，确实不好办！

　　我用的信封似乎并不像你所说的那般丑吧？我的字也谈不上个"好"字。你的恭维，使我不胜惶恐之至。过去曾请一位朋友为自己刻了押脚印，文是："黔驴之技"，说明对自己的字也是有衡量的。你这样恭维，几时让我亮了驴蹄子，那便糟了，一笑！

不多写。最后,希望你多多保重身体为要!为要!也祝进步!

　　　　　　　　　　　　　　　　　　　　　泽秦

　　　　　　　　　　　　　　三月廿四日夜,月正食已(1978年 西安)

　　你的藏书有没有《读诗心解》或《杜诗详注》?我现在只有一部《钱注杜诗》,论史实多,对词句的解释少,读起收获不大。如有这类书,是否可以借看看——阅后一准奉缴,决不敲竹杠。又及。古人为了作诗而读书的大有人在,这大约与为讲恋爱而勤刮胡子同一例吧!

[1]英语 inspiration 的音译,灵感之意。
[2]1966年,岁次丙午。

〇一六

君雄姊:

　　正准备去信问问你的病况,接到三月廿九日来信,更增加了些思想负担,冠心病对于年过六十的人是有一定的威胁,但其隐患还不如大夫所关注的那块包包。我以为,你千万不可马虎,应该来一次医学上所谓的"活检"(重温的爱人会知道是什么名堂)。不管是良,是恶,总以及早切除为是,恶性的尤该切除。好在你的那块包包的位置尚不太要紧(可能接近淋巴腺),一定要抓紧治疗,万不可大意。"人生七十因为稀,耄耋之年更属奇。吾辈正应珍分秒,不活百龄真可惜。"你从不服输,为何在生死大关上又如此消极?

　　仇注杜诗,是本好书,由借而送,已经令我很不好意思了。作为什么"赔偿",那就更令我不好意思。京戏《珠帘寨》里,李克用看见唐王给他的宝物,唱到:"孤却之不恭,受之有愧,一礼全收往后抬。……"我也只好这样,谢谢,谢谢!

你提到江北,不禁让我想起那寂静的山城。从江干走到山上的城边,仅遇见过寥寥的几个行人,真够寂静的!现在想已大改了样?差不多已是快半个世纪了,简直是一场梦。梦到何时才觉醒呢?恐怕要到心脏停止跳动的那一刻吧!

诗,过些天抄寄去,约有四十来首。前些日子,给朋友题秦代猎狩图砖拓本,诌了一首七绝:

　　　　猛士如云马似龙,漫将驰逐夸强雄。
　　　　秦王射虎挽弓日,已筑咸阳六国宫。

虽是应酬之作,自谓命意还可以,不知尊意以为如何?

这次专题讲了两个半钟头,以那么大的题目,用那样紧的时间,自然难免有一点粗糙。原是应该分两次去讲的。讲了,再稍事整理,成为一个小册子,事半功倍,何乐不为!你有时好强自雄,有时又复泄气过卑,似乎名不副实了,一笑!

就手头的两部清人诗集,已经翻过一遍,对你要搜集的材料似乎不多。或许我的记忆力太坏——现在看后的东西不久便忘,容再留心去翻翻,遇到这类的材料便把它们抄下来,至于注解则有待高明。

清人的诗集浩如烟海。邓之诚先生有《清诗记事》,仅仅截止康熙朝,已经不下好多家,而且有好多集子属于罕见稀有。当然,要择大家去搞,然而大家也不下好几十家(让我一一举出,也有一定的技术困难),真无从着手。稍后,我当开个单子寄去。

古人云:书到用时方恨少,其实,看时又何尝不这样。过去,我收藏了许多《四部丛刊》,一、二、三辑俱有,按《目录》查,缺少的只有十之二三,可惜一部分为秀文的病卖掉了,一部分舍不得卖的在六六年秋也化为乌有。那时有书不读,目前想读没书,多么鲜明的对比!《册府元龟》和《图书集成》[1]部头过大,检阅不太容易,可是这一类的书现在是不易得。

刚才接到寄来的书,笺子上的字并不丑,你太自谦了,同你廿三年写的一比较,确是苍劲得多。"人书俱老"语不我欺。我在六〇年写的字也同目前的大不一样。谢谢,谢谢!

用棉花蘸漆所书,是足与清代名家金冬门的漆书媲美,能不能赐书幅呢? 恐怕你又要客气一番吧?

今天星期,客不断。拉杂作复,此祝近好,并望抓紧治病为要,为要!

泽秦

四月二日(1978年 西安)

上了年纪,过分好强是对自己害多利少,须注意。又及。

近来西安市举行七八年夏篮球比赛,几乎每晚上必去看,我的情况如何就此也可知一二。人不可无嗜好,但嗜好也不可过多。我的嗜好便是过多一些,结果弄得一团糟,一事无成也由于此。

[1]《册府元龟》是北宋四大部书之一,为政事历史百科全书性质的史学类书。《古今图书集成》是我国现存卷帙最多、体例最完备的类书,原名为《古今图书汇编》,清康熙时陈梦雷原辑,雍正命蒋廷锡等重辑,改名为《古今图书集成》。

〇一七

君雄姊:

四月五日信接到,同时也接到任老的信。任老的信来得突然,令我既很惶恐而又尴尬。我准备让脑子冷静三两天再回复,以免有欠妥之处;而且你也让我"善为说辞",那就更需如此。

任老说及的,就你我之间已往的"病历"同目前的"行迹",除了你我之外,是难免不无这样的想法的。尤其对你我关怀的人更会有这样的想法。因此,对任老此举我虽十分感到尴尬(也许不如说"狼狈"更确切些),但却不似你对任老的那样,而是从心坎里感激此老的好心热场。

折转头来衡量一下自己,任老的过誉,简直让我万分惭愧。把乌鸦看成孔雀,而且要与凤凰相比,令这尾既老且拙的丑八怪将何以堪? 只好合十,道几声"南无阿弥陀佛"了——当然,你放心,这些话是万万不能向任老说的。对你这样说,我想总是可以的。

这种想法是不是有过? 是有过,然而那是"身到蚕丛知路难"以前的念头。随着长江水的东流,这些想法逐渐归入大海而沉沦消逝了。嘉陵江的水是多么清澈,黄海的水是怎样的污浊。爱的变化正如此。廿三年的西行,在我一生是个巨大的转折,特别在所谓爱情的问题上更是如此。——简单地说:自那年之后,在这个问题上,我再不似过去那样圣洁了。正由于此,便不敢再存过去的那种想法了。我对你这样表白,想你对我的了解是会有更进一步的。但是,这一席话我又怎好向任老说呢!? 好在,这一问题,你和我是已经有了共同的认识的,就没有再去啰嗦的必要了。然而,对任老,却希望你也能替我善为说辞说辞才好。

寄来的书已开始撇开《钱笺》来读它了。看来,你对杜诗是下过功夫的,圈点连仇序俱不放过,仔细可知。有感于你上次书中对这部书的追述,凑了两首"诗",录奉尊鉴如下:

> 千里贻吾老杜诗,高谊独有寸心知。
> 前尘已遂东流水,谁是谁非笑驴痴。

> 卅五年前事愿违,蜀山阆水费神驰。
> 此身合似少陵叟,辙鲋图穷老泪垂。

第二首的第三句,未免高自标榜,原来这首诗是这样的:

> 卅五年前事已非,巴山巴水梦几回。
> 此身合似杜陵老,万里桥边壮志灰。

似乎这首比较好一些,不知你以为哪一首比较和拍一些?有个朋友邀我去看歌剧《刘三姐》,就写这些。祝近好!

泽秦上
四月八日傍晚(1978年 西安)

〇-八

君雄姊:

四月十二日午夜写来的信收到。既是那样劳累,身体又不舒适,还午夜动笔写信,未免太不爱惜个人的身体,令人十分感到不安。没有什么要紧的事,何必如此着急?看来,你我的"迂",一出自遗传,一得从师承。"先圣后圣,其揆一也"[1]!

任老的热心,对你和我的爱护和关怀,应该没齿不忘。对他老人家的拗执,我只有感之不尽。当然,你是更加谅解的。任老的信写得极好,你如想看,可以抄了寄去。

我现在的情况之所以如此,病源很多,绝对不能由你负责,你千万不要把过去的一切错误都拉到自己的身上。我的堕落并不在自渝归平之后,而是在抗战爆发的开始,哪能来怪罪你呢!因此,你引以为咎,徒使我良心上深感不安而已。况且,我的一蹶不振,也是咎由自取。假如没有像给你那首"青春半为多情误……"的第六句,现在也不会沉沦到这步地位。这也怪过去受了所谓士大夫"清高"的遗毒,假若当时能稍微不顾面子"耍死狗",目前的情况或许也将有所不同吧?近来,我请一位青年篆刻家给刻了一方闲章——"大愚若智",了解这四个字也便可藉以了解大闷之所以大闷了。

前寄诗二首,俱欠佳。哀音多诬是缺点。可是,叫我强作欢笑,违情歌颂,反倒诌不出什么来,奈何!

任老还要写信给我,我是求之不得的。从内心讲,我真很希望能得到他不时地教诲的。如有机会,也真想同这位老师兄见见面的,希望有一天能有这个机会才好。

要去京,希望能在归程再过西安呆三两天。长慧、长敏都在北京,如有空,不妨去看看她俩。长慧住在东城东石槽(干面胡同里面一个巷子,正对金鱼胡同稍偏北路东)三十三号,长敏住在东城,但常在西城宝产胡同(护国寺街对面路西,过去叫宝禅寺胡同)二十五号。后者距厂桥不远。四七年我去北京,专门去看了看铁匠营,那时还是老样子。现在不知啥个样了!

不多写了。此祝健康!

泽秦手上
四月十五日(1978年 西安)

信未寄,又凑了一首诗,录奉:
白头愧对同心人,情到无情却是真。
世味休惊如酒薄,剑南烂漫尚多春。

"哀音"似稍减乎?又及。

[1]语出《孟子》,意思是:无论是在先的圣人还是在后的圣人,他们的准则是相同的。

〇一九

君雄姊:

十九日信接到,见于过去的欠慎重,因而就用毛笔来写。我虽是疏放,但礼节总还懂的一些,对任老当然不敢用圆珠笔的。任老对我过誉之处,实在令我惶愧之至,自然多少仍有些爱屋及乌吧!给他老回信,确让我绞了脑汁,诚恐出错子。他老先生还准备将我一军,怎生得了!前说之事,西安仍未公开,但传闻已久,想此间不久也会公开。至于你说得善后事宜,恐尚属遥遥,只好听天由命。对于过去,你此后的释然,也使我今后能为之安然。北海旁游椅上的潸然泪下,你是童年时代到现在整个的主角之一,仅负四分之一的份。廿三年的西行是一生的转折,是坏是好,还待入火论定。当时如果不虚其行,现在究竟是啥个样呢?或许是个本本份分的书呆子?或许走伯良老兄的路子?俱未可知吧?总之:有可喜的一面,也有不可喜的一面,是不?任老向你又谈了些什么,自不便问,能惹得你大笑,内容可想而知。他之放胆向你谈,足见他爱护你之深;他的执拗,足见他对你高测莫深之甚。我想你会对他谅解的。他的信现寄给你,并盼看了寄还我。清人的诗词稍缓几日抄了寄上。我的诗全是胡诌乱扯,让你看已经太不自量,你让任老看,迹近诚心叫我献丑。好在是老师兄,总该多少有点庇护的。前寄题秦砖狩猎图一诗,底稿忘记录,再请别人抄又不好意思,而且不易碰见,烦你抄给我以备将来汇总写册还愿,如何?近来心情坏,当与劳累得不到足够的休息有关,务希格外节劳为是。余容续馨,此祝近佳!

泽秦
四月廿二日夜(1978年 西安)

○ 二 ○

雄姊:

照片晒好,兹寄奉。因为胶片不好,照得不理想,所以没放大,你准备要哪几张,可以再晒,也可以放大。

西大的事由于介绍人去昆明开会未返校,故无消息。但据侧面了解,大致不会有什么问题,请放心。

　　再:陕西拟出版书学及篆刻一类的书,系中央指定出版的中国美术全集的内容之一,也有找我去的话。不过,此项工作是临时性,至多半年便了,又费力不讨好(叫我去唱独角戏),所以只能婉辞了。余容续罄,此颂近祺!

泽秦上
八月十九日(1978年　西安)

〇二一

君雄姊:

　　才寄去照片,就接得十八日信。碰上西大的杨同志来找,约星期六去学校和图书馆的领导见面,因而想将情况积总向你汇报,到今天方回信。

　　昨天上午和图书馆的两位负责同志见了面,工作大致是清理珍善本和鉴定一些字画。前项工作已有一位,是西大六二年历史系毕业的,分配至省图书馆,又由该馆送至北京图书馆,学习了一年的专业,不久前方从省图书馆调至学校。我去便是协助他清理这一批积存的线装书。因为要办工资手续,上班恐要到下月了,工资多少现在尚未定。其他情况俟到校后再向你汇报吧。

　　你替任老誊稿,七八万字有二十天当可完毕?惜乎我帮不上这个忙!叫我来办,十天满可以交卷。坏了,这又涉及蔑视阁下的罪过,原谅,原谅。我说话经常轻率,复好搞点所谓幽默,这就给人以刁钻刻薄的瞎影响,今后是要痛改的。先写到这。祝健康!

泽秦上
八月廿七早(1978年　西安)

寄去照片有要再晒或放大的,盼告知,又及。

四川成都南部
成都体院科研处
卢君雄同志启
陈之熙

西安市文物管理局

〇二二

君雄姊：

　　信及任老稿先后收得，任老大作拟仔细读一过，意见恐提不出些什么，题字当斗胆一试。

　　这些天来我的心情欠佳，原因是出去工作的事被公社方面破坏了。这一来，不仅西大干不成，文物商店也将同归春梦一场，对我是个不大不小的打击，对你却恐为一个很好的教训？欲为社会主义祖国尽一点力量而无路，岂不是天大的憾事乎？！过细一想，巢由的洗耳，想亦由于自己懂得翠出头所必碰得鼻青脸肿的落脚吧！此后，阁下当不会再以自暴自弃见责，未始不是一桩令我稍感慰藉的事？

　　相片已经放了三种，连同所有底片，将随任老的稿子一并寄给你，这些夹在稿本里，可以避免折叠。

　　你抄的稿子够正整，每个字俱能装在格子内，我是办不到的；速度也很快，看来我的自满，也非痛改不可。

　　《清诗别裁》我已整个看了一遍，把自己喜爱的诗也用毛笔抄录下来。通过这番工作，发现你所需要的资料直似凤毛麟角，一条也未见到，或由于它也是选录的，选家命意和你不同，才会这样吧？等看了专集当多少能寻到些。总之，我认为价值不大，似不必花费偌多的精力，尊意以为如何？

　　《清诗别裁》录完，准备再搞《唐诗别裁》，这样，要比饱食终日无所用心好一些，想不会为我姊所嗤吧？

　　我的近况可能引起你的牢骚，但此时此刻，必须牢牢记着我们伟大领袖和导师的教导:"牢骚太盛防肠断,风物长宜放眼量,"当然多多少少有点所谓阿Q心理。然而,缺乏这个"宝贵"的心理,难免不患癌症,还是有的好。大家俱是快七十的人,正是害癌的"好晨光"(上海话),可不慎诸!可不慎诸!一笑!怕你着急,先以布复,即祝近佳!

泽秦上

九月三日(1978年 西安)

任老处代致候!

〇二三

君雄姊:

前寄一信想已收到?这些天心情欠佳,但看看任老的《新诠》[1]深受他锲而不舍精神的感召,也就坦然置之。

任老此作,颇博洽,然究属专门之学,知音恐不多。叫我提出意见,以我的浅陋,实在无从提出。无已,则有些不完全正确的看法,先提供你商榷商榷。你如以为可向任老提,便请代为转达;你如认为无必要,也就算了。我认为:

此作既称为精简本,则精简的重点应为《目录》所列的(一)至(七)各项的内容,对自己创抒的《新诠》部分,仅摘其中简语,序各篇诗本事及其义旨似乎不应该那样简略,简略了便显得头重体轻了。再:从《目录》的(一)至(七)似可用《序论》总括之,原用《诗学概念》对周诗的突出也好像不够。再:我对马列主义和毛主席著作都学得很不够,对把士人作为一个阶级来看有无理论根据是不清楚的。一般把士人理解为知识分子,知识分子就咱们国家的选举法来看,是不称为一个阶级的。再,(八)的开始一段自我介绍也似无必要,以免招惹物议。

其他有些字可能有笔误,我在稿侧用铅笔作了标记,你可核校一下。总之,我以为,除了对个人立论重点可以阐述外,最要是对各诗的新诠须不惮其烦地予以发挥,方能达到自己创新立说,还周诗以原来面目的目的。对任老大著,我只能提供这一些意见,实在浅薄之至。好在都是自己人,错了无啥关系的。题字遵命,也未免斗胆了!

相片连放大的合底片一并寄上,在泽汉处照的俱未放大,你处如方便,请选择一两张放大寄我再转给泽汉。

任老稿挂号另寄,一部分照片同胶片也夹在里面一同寄去,以免折损。

长敏已回西安迁移手续,调令已到厂,俟上级批示后便去京。长佑研究生闻昨日已发榜,陈宋二家均正为之悬悬。有确息后当奉闻也,匆复此颂近绥!

泽秦上

九月七日午后(1978 年 西安)

[1]《新诠》:任乃强先生遗著《周诗新诠》。

〇二四

君雄姊:

七日函接得,任老稿挂号寄上,想亦递到?

就业尚有机会,目前只好敬如足下咏:"弃捐勿复道,努力加餐饭",以自解而已!

月来内心深怀恐惧,怕自己的问题影响长佑的前途。因之,血压不正常,头微微感到昏沉。所幸前天长佑两口先后来电话,报知已被录取,下月初至校报到。于是,宋陈两家皆大欢喜,真是托了英明领袖华主席的福!我的亲家竟又盼望女婿出国留学起来,得陇望蜀,人心大都如此,可发一笑!

谈到著作,谈何容易!记问之学,不足以为人师。著书立说,没有过硬功夫,何异狐狸跳巢,徒炫丑尾。阁下的期望,只好辜负,勿罪,勿罪。

昨夜睡不着,诌了绝句一首,录呈乞政:

竹马青梅迹未稀,相逢白首再难期。

柔情可似南归雁,飞向锦江秋正迟。

又有一首打油诗,是听了无线电广播周信芳(麒麟童)生前唱的《四进士》录音以后诌的:

麟童冤死甚堪怜,一代优伶竟弃捐。

有识须斩宋义士,生前幸遇毛青天。

宋义士,指讼师宋世杰,打抱不平,替干女赢了官司,毛青天,八府巡按毛朋,不徇情,平反冤狱,并参劾了同年三人。《四进士》这出戏不知四川有没有?

好了,先写到此为止,拉杂写来,可见我的心情怎样?阿Q精神的"伟大"未可厚非也如斯!此祝健康!

泽秦上

九月十二日(1978年 西安)

○二五

雄姊:

二十日夜信,今日收得。我在二十日夜离开勉县,于次晨九时回到西安,总算安全无事地结束了陕南之行,堪以告慰。回来后,因为要看孙孙,直到昨夜,才得空将材料写出,准备让长佑今晚看过后即抄好交去。由于仓猝,已经来不及请你提意见了,只好另抄一份寄上,希望你能见机行事。再想到国防工办是由王震副总理抓,如任老能从中为力,比较直接得力。但又恐任老为难,若有可能,是再好没有的了。不过,千万不可令任老有丝毫勉强,请你就近斟酌便宜从事为望。

早上跑步虽为日未久,但看来效果还大。回家后的第一个早晨,因为下雪,没有去跑,昨今二日俱出去了。跑了之后,感觉到全身轻松,当系血脉流畅的反映。街上跑的人为数不少,有男有女,有老有少,而且上了年纪的大都脂肪多的,因而联想到阁下。阁下为什么不试试看?不一定跑得快,只要比走稍快一些即可。跑时尤不可有乏的感觉,一感觉到乏即缓下步子走走歇歇。活动量慢慢地增加,不要一下子要求得过高。我认为你不妨试试,好在你的环境理想,体院跑的人准不少,会有人伴跑的。

答应寄给你的讲稿,省图书馆答应给我两份全套的,即将寄你一全套,但须等到会结束后方能取回。我虽健忘不致如是之至。看来,倒是阁下太性急了。

问题解决,一定去贵地观光,是不会忘记的,请您放心。匆复,即祝近安!

泽秦上

十二月廿三日(1978年 西安)

〇二六

雄姊:

我的材料已于今日上午挂号上递国防工办五机局组织组,现将另缮的一份和黄永年[1]同志的讲稿挂号寄上,其他的无关紧要,我以为似无必寄去。阁下如仍想要,待图书馆专管此事的同志回西安后,再索取寄奉,如何,祈示及。我的材料如有大不妥之处,亦望提出意见,以便修改。这桩事总算开始着手了,结果怎样,刻下尚难知道,但思想上却轻松许多,也是好事,想阁下当有同感。材料上递一节，前信拟恳任老帮忙，事后考虑，甚是欠斟酌，阁下想亦已考虑到了。如未发动，望不必以此渎劳长者为祷。此间气候虽稍较陕南冷些，但室内不生火满可读书写字，想蓉城必更暖和些。尊恙奚似，万勿强装好汉为是。匆奉，并祝近佳！

泽秦上

十二月廿五日午后（1978年 西安）

[1]黄永年(1925—2007)，江苏江阴人。生前曾任陕西师范大学古籍整理研究所所长，著有《唐史史料学》《唐代史事考释》《文史探微》《古籍整理概论》《古籍版本学》《古文献学四讲》等。

○二七

雄姊：

来信接到。今天去买年历，没碰上陕西出的那种，就买了一份上海书画社的，俱是明清两代名家花鸟，我认为远比陕西的好。现挂号寄上，如董老师不中意，可将前寄给阁下的对换一下。我的问题又向原工作单位递了一份申诉，内容较寄给阁下的扼要，重点放在我的问题一系列发生于交心以后，显见学校未照党的交心运动办事，再提出纠正及安排工作要求。国防工办尚无消息，寄去的那份材料非到最后关头望勿上递。阁下的问题决可解决，但须事硬话软，切忌感情过于激动为是。春节在迩，仍乞善自排遣，余容续布，此颂春祺！

泽秦上

一月廿三日傍晚（1979年 西安）

任老代为致候，又及。

〇二八

君雄姊：

初二、三曾寄去一信，想已收到？迟迟未见复，忙呢？还是病了呢？念念。

从初一到今天，才算空闲下来。今年的春节真是普天同庆，大地春回，但愿今年各个战线上都来个大丰收！

前些天，《西安日报》刊登了一条《西大街派出所摘掉四类分子帽子》的报道，我们西大街派出所这一辖区的四类分子分三种办法处理。一、该摘掉的公开宣布摘掉了；二、错划、错定的纠正了；三、没摘掉的当场指明出路继续改造。而敝人不属任何一类，真莫名其妙。想是等候原来的单位如何"发落"吧？只好等着瞧。

匆奉，即颂春祺！

泽秦上

二月九日早（1979 年 西安）

在勉县遇见一位省行老同事（这位同事比我大两岁），叫我写字便胡诌了一绝：

浮沉自嗟久离群，却喜山南又遇君；

会后须酬总理愿，余年乐事搜典坟。

作诗行家常告诫勿多作应酬诗，看来是有一定道理的，一笑！又及。

〇二九

雄姊：

　　元宵信接到，只怕你病了，没见信来。忙是意料中的。

　　我的问题正处于"山雨欲来风满楼"的状态下。昨天通过一个关系，把材料也递给了派出所，派出所的意见，他们原可以办，但不如由学校办好。所谓"解铃还须系铃人"是也。答复的也有理，准备由派出所把我的材料转到学校去。再则，又通过一个关系在国防工办五机局从上面加把劲，上下一齐发劲，问题当能解决得快些。派出所告诉我的那位朋友：陈根本没戴什么帽子，派出所对陈也没以分子对待。看来，多年来我的未受任何约束，正由于此。总之，事情是乐观的，希勿以为念。

　　…………

　　陕西省博物馆所属的书法研究室最近也一破常规，居然也专程拜谒，请我去开会了。这一下，我算升了级，由"区"队升到"省"队了。过去，甘肃省开书法观摩会，也曾邀请我，而这个机构竟然把请帖都没转给我，何前倨而后恭！

　　再则，陕西省善本古籍书目编辑组也准备聘我当什么"顾问"。看来，我真有点"运转鸿钧"！省图的稿子已交去，这类事阁下看来"多也无妨"。可是，我总觉得不胜其烦，想是懒病作祟吧！

　　任老的字我曾经专门问你：要横写？还是要竖写？未见答复，故未动笔。希即见示，以便交卷。

　　我的诗要写一个本子，实感诗少本子多。可否凑够写一本子后，再写了奉缴？

　　蓉城之约，俟我的问题解决后，一定践约，决不食言。

应酬诗的第三句,"会后"是指:勉县善本书目编辑会,编全国善本书目是周总理的遗愿,故有此语。未加小注,故当费解。总之,那一首实在欠佳。匆复,此颂春祺!

泽秦上

二月十四日夜(1979 年 西安)

来信语句沉闷,心情可知,故望善自排遣为是。又及。

○三○

雄姊:

三月三日信及照片收到。

我的问题在二月廿八日解决了一半,由派出所宣布摘掉帽子。至错案,则还要向原工作单位去办,也已登上了记。局方仍未来人,已经等待约半月,想不致落空。在上月廿六日接到西安市古籍善本书目编辑组的聘书,去该组当顾问,已于这月一日到职。虽系临时工作性质,但文化局方面优礼有加,可以迟到早退,甚或因病、因事可以不去,月给所谓补贴人民币七十二元六角。正因如此,反而不好意思迟到早退。现在的工作还轻松,预计到了下周编写卡片,就麻烦了。这些天还以陕西省书法研究室特约研究员的身份,参与日本各地来小雁塔参观书法代表访问团的书法交流,从前天到今日已经接待了四批。这项工作并不轻松。既要注意繁文缛节,又得对众挥毫,在镁光照射、镜头直瞄的情况下,真令人拘束难安。好在逐渐习惯后,已能从容周旋,应付自如。于此又可见:江山终究是闯出来的,一笑。

阁下不让我去教书的意见完全正确,能到文物单位工作,自是很理想,这也看创得怎样了。据闻文物单位亟需专门人才,省方拟专设文物局,省文物商店即将营业,都有机会。不过,要想找个固定工作,终须先解决复职问题,否则只能搞临时性质的工作,那就难有保障了。因此,我说我的问题仅解决了一半,也正因此,只好辜负锦城的春光烂漫了,想又惹得阁下气恼吧?!

今天在与日本关西大分县书法家访问团书法交流席上,有首即兴之作:

日中两国比邻亲,书法交流自古频。

空海橘先并墨妙,诸君踵武接前人。

空海和橘先生都是日本古代有大名的书法家,空海曾来唐都长安求佛法,因为日本书法代表团团长提到这位和尚,诗中及之,故属即兴之作,真难煞鄙人矣!橘先生名势逸,日本人崇之为扶桑书圣,以此二人比拟来宾,似又过誉了。

匆匆奉告,并颂春祺!

泽秦上言

三月七日(1979年 西安)

任老处请代致意,书签也写了,俱欠佳,请任老勿罪。

○三一

雄姊:

十四日信接到。把一只秃尾巴鹌鹑比作展翅的凤凰,未免过誉。辜负锦城烂漫春,又使你感到歉然,也更令我感到惶恐难安。愿终要偿的,望放心。

我的问题连孩子们都认为搞得不彻底。前次见到的那位,当面讲得蛮好,但已快一个月了,仍未见有动静,已托介绍的那位去侧面了解了,有确息,当奉告,勿念。

　　古籍善本编目工作,自本周起开始做卡片,比过去要紧张些,好在我一贯爱向故纸堆内钻。眼前的好书不少,借此开开眼界,并提高个人的业务水平,不但不感觉累,反而精神焕发。近况如此,想阁下知道了,会忻然一喜的。

　　"两头热,中间冷"的现象到处俱有。我原工作单位也是这样。其实,在上头又何尝没有寒流?知识分子大都是书呆子,把问题看得过于单纯、天真、乐观,到头来总是失望的成分多!

　　前录奉之诗踵武前人句,阁下未见日本人写的东西,故对"过誉"云云不甚以为然。如看到,便会同意我的看法的。有一个团体,几位的介绍是书道教授,而写的东西却实在不敢恭维。不过,有一位能把老杜的《酒中八仙歌》整篇背写出,令人钦佩之至。

　　任老若对题字不惬意,还可再写,只是黔驴之技,仅此而已!

　　以任老高龄尚能不惮入藏,区区微躯,坐在舒适的房间内,拥书对炉,何敢言苦!工作忙些,光阴反觉得过得快了些,好像才坐下不多会就到下班的时候了,倒也是件乐事。

　　阁下谆谆劝别人劳逸结合,不审何以自处?问题解决之后,心情反沉郁了,岂非怪事?亦希善为排遣,时时珍摄为是。

　　匆奉,并颂近绥!

泽秦
三月十六日早(1979 年 西安)

　　信封好后,接到原工作单位的信,已同意核查我的问题,故又启封写上几句,以释远注。又及。

〇三二

君雄姊：

　　三月底的信收到。不能即时作复,成了"惯例",罪何如之！多年没工作,乍一纳入正规,再加上一些琐事,的确将我弄得晕头转向。

　　以阁下之玩健,竟也会感到"身体不支",确也使人放心不下;应该检查一下,是否心脏有毛病？我近来一下班,就感到疲乏,往往一吃晚饭便睡了,直到第二天清晨才感到轻松起来。看来,不服老是不行的。

　　…………

　　谢谢阁下的盛意;既然要织,可否织得稍为宽博一些。我最怕毛衣紧箍在身上不舒服,特别是在两腋的地方要比较松一些,才好受。

　　贵地的菜肴早已世界驰名,西安当然望尘莫及。不过,有后门,肯花钱,还是有"可口"的。前年同兰州的书法家在五一饭店吃了一顿,平均每人花了五元多,的确不错(当然无法同贵地的比较)。上一星期六,我把一次机会放弃了:日本每日新闻书法家访问中国招待西安的书法家在五一饭店吃饭,也邀请了我。可是,因为怕受繁文缛节的拘束,我道了谢。据去了的人说,筵席相当丰富,平均一个人要花三十多元,想来一定是不错的。但,无论怎样说,提起吃,对贵地的,我总是深为佩服的(可是,贵地的爱吃苦瓜,却不敢恭维)。

　　"愿终归是要偿的",还是那句话,阁下放心好了。这里的工作可能到夏初即可告一段落。届时,如果我的问题完全解决了,就当暂时"整休"一下。我想,在枫红的时候,很可能背着黄包袱,去朝朝峨眉,不——应该说是文殊院的。

　　文管处对我比较"优礼有加"。上月的报酬72.6元,比我在仪校当老师的工资还多币一角整,总算可以了(大约是二十多年没挣过这样许多币的一种自满心情的慰藉吧！)。

　　目前的风向似乎又有一些变了,不知阁下已否感觉到？应当稍加珍重。一旦被蛇咬,十年怕井绳,像你我这些即将"启予足,启予手"的人,是再也经受不起波折的了,最好不要参与任何政治活动了,多搞些学术为是。一位朋友强调"实力","实力"有时也会反过来打自己的。"不为人先"大耳朵老头的话,说得有道理,希望你也注意一下。民盟不见有何行动?如果恢复了,我劝阁下不要再作冯妇为是。伯乐毕竟不多!既伏枥,又何必常嘶;似这样的老骥,未免多事了(对我这种腔调,阁下一定不会赞同的是不?)。

好了,先写到这。此祝近安!

泽秦上

四月三日(1979 年 西安)

〇三三

君雄姊:

复信收得。

想不到一句戏言,又勾起阁下的猜疑。我真不明白:为什么原本毫没作用的话竟会使你那样胡猜乱想?其实,"菩萨"是入世的,而"罗汉"才是"自了汉",把阁下当作"菩萨",膜拜顶礼,当不会以之见怪吧!?

我们知识分子看问题往往失之天真,像吾侪受过孔孟之道的更是如此,你能注意到我所提到的令我为之释然。对于从前以诱饵奉享的特别应该提高警惕,最好根本不参预,"来个不管"当然也是中策。看来,你对人是忠厚的,若是我,连什么劳什子"会",都不参加的。从前倒楣时,这些家伙干啥去了?

从四川的吃,突然想起四川人的爱吃苦瓜,可见我思路的广阔和飞跃,其广阔与飞跃的程度是不下于阁下的从朝文殊院扯到敬菩萨,又何足怪哉!提到苦瓜,由于我想起过去师母给我们做的苦瓜,在铁匠营时,夏天是常常吃到这种菜的。如果人生能像放映电影式地倒转去演,该多好!

阁下爱吃苦味的东西,我却爱吃甜的东西。自从糖大量上市之后,我每月消耗的白糖,至少要三斤多。晚上,甚至白天,只要感到有些疲乏,冲上一杯糖水喝,精神马上振作起来。尤其是在浓茶里(往往我把绿茶也放在炉火煮的滚开)加上糖,就更带劲。人家说上了年纪的人糖吃多了,会患糖尿病,但是,截至目前,我还是很适应这种癖好。人性爱好之不同也如斯,又是桩奇事,奇在阁下与敝人之间,真是奇上加奇!从爱好联想到脾气,也正如一个爱吃苦的,一个爱吃甜的一般。我爱乱说,你爱多心,幸亏不常在一起,如常在一起,整日不晓得要拌多少回嘴?……这就不必再往下扯了,再扯下去,又不知道会惹得阁下生多少气?

你想知道我现在上班的地点离家多远?好在你在南稍门体委招待所住过,一说便明白了。从招待所再往南走,遇到第一个街口向西一拐,便看到小雁塔,上班就在那里。如果直接从家里走,出小南门向南走,再向东一拐,路更近(可以省去从南门向西到小南门那一段路,正好不到一段公共汽车路站的距离)。骑车,最慢十五分钟就能到了。因此,只要不是下雨天,我都回家吃中饭。至于三顿饭,有时我做,有时馨馨做。一般中午饭吃的很简单,晚饭比较像样一些。我们那位老太太[1]是依靠不住的,善于养尊处优,什么忙也帮不上,而且毛病多(剩饭不吃,剩菜不吃,油厚不吃……),任何事都生怕破了例便一直由她搞下去似的,索性啥事不管。不过,最近有些改进,饭开晚了不再公开嚷嚷了。也许她老人家晓得,下了班才做饭,想按准时开饭,只有亲自出马才能办到吧!更糟糕的,是逢人说她开水泡馍吃,似乎受了虐待一样,饭还得送去……这些想阁下是会想象到的。想及此,人还是有亲娘在好!想及此,馨馨她妈确是位贤妻良母!

你六月间要来西安,真是太好了。行见祥云缭绕,柳枝轻拂,甘露赐降,自当虔诚奉迎,如何?

匆复,此颂近绥!

泽秦上
四月九日夜(1979年 西安)

---

[1]老太太:梁佩南女士,陈少默庶母。

○三四

君雄姊：

航函收到。解放了，真替你高兴。出什么题目呢？想是语文一类的，否则轮不到阁下上陈的。

"扯"，连我自己也记忆不起"扯"些什么了。我的思想近来相当乱，想到哪就瞎扯到哪，我也摸不准，这大概就是所谓诗的飞耀吧？一笑。

西安的气候近年来确实变得古怪了，可以说穿夹衣的时间很短暂，一脱下棉的便要单。上前个星期里，一天下午热得人穿了夹衣还须出汗，可是，第二天下起雪来，叫人难以摸得透。成都的气候当然要比西安正常得多。据说你们那爱在晚上落雨，该多好！晚间，外面落着小雨——至少要滴答有声，睡在床上，就着灯光看喜欢看的书，确是人间一大乐事……这又是再乱"扯"。嘻！

始皇兵马俑坑的确大到可以容纳一个数万人的足球场，毫不夸大。有机会再去看看，当知我说的是真话。希望你能来亲目一睹。

我的问题据这里分局（公安分局）和派出所向原单位去人、去信后，已得到答复：即将复查，只好耐心等待。目前我所在的单位，因为我是临时帮忙，不能插手。

再告诉你一个怪事：上星期六我接到中国美术家协会西安分会的通知，叫我去开会。一到场才知道是召开理事扩大会议。我根本连美协的会员俱不是，竟自被邀去参加什么理事会，岂非咄咄怪事。既去了，又不便退席，只好硬着头皮，跟着人家开了一天的会，吃了一顿一汤六菜的午餐（本人出粮票四两，人民币三角），参加了一次推选，出席北京文学艺术代表大会人选的表决（因为我不认识人，自己弃了权）。回家后，我暗自好笑。这和我在一九五九年的戴上"地主"帽子同样的不可思议。这个消息，阁下知道了后，想也有同感的？——目前的事,大都会令人不可思议如此! 主持会的美协副主席在会上说,除了原有的理事外,还邀有这些年来新生的人物作为理事,大概都是属于此类的。或许由于写字而招来的,可是,说到字,我便更难以自说了。阁下聆此,当可发一笑也。!

大雁塔游览手册,候我到适当的信封再寄去。给兴庆公园也写了一个这样的东西,早说要送来,但直到今天还没信息;一道寄去,何如?

慕庄[1]要来,自当好好地招待她。

给长馨她们带些怪味豆就满受欢迎了。我要些什么,连我也难具体提出要求;捎一瓶贵地的豆瓣酱,如何?

在西安,你需要什么呢? 盼不要客气,告诉我,以便早作准备。

好了,先写到这。此祝进步!

泽秦上

四月二十六日晚九时(1979 年 西安。)

现在落了雨了。今天阴霾了一天,现在才下,跟我的信,配合得真紧凑。又是一奇事! 又及。

找到了一个大信封,随信也将游览小册子一道寄奉。

[1]李慕庄,卢君雄先生侄媳妇。1961年毕业于华西医科大学医学系,四川著名治斑专家。

〇三五

雄姊:

上午才寄走回信,下午又接到十一日来信。上次迟迟回信的原因,已经在上次信里做了解释,想当邀得阁下的谅解?

毛背心已经寄出,实在感谢之至。边边差一些线,又何必非配上同样的不可。像我们这些老头子是对线的颜色齐不齐毫无所谓的,只要穿得舒适、暖和就满可以了。候东西收到,一定写信奉告不误。

慕庄要到这里哪个医院来?如是西安医学院附属二院或军医大学,都有熟人可寻,多少对她的工作会有些帮忙的。

你的北京之行,希望能实现才好。我的善本编目工作在六月间可以结束。但有新的情况可能让我继续搞下去,这个新的情况在上次信里已经告诉你了。今日又有新情况:西安市文物管理委员会的实际负责领导同志高歌(四川人),今天听了那位刻印的青年同志汇报省革委会第三把手李尔重同志(负责文教工作)的指示后,对我编辑的那个有关篆刻字典的材料也深感兴趣,有意由文管会来编印,并问到我的善本编目工作何时结束,一俟结束即着手进行那一工作。似此,今年暑假是不能到四川去了。你当也会了解到:我的工作如得不到永久性的安排,是不便离此的,我想,这一层也是会得到你的谅解的。

学校方面尚无消息。稍后,当从省方设法促进一下,这样,要比自己的瞎跑收效大得多。关于我的问题,那位青年也已向某书记作了初步的介绍(说"我的问题正在落实之中。")。从这些地方看,现在的青年们头脑要比我们这一代灵活得多的多啦!

冰糖似乎好买到。前些月,公开在大街上摆摊卖,近来却没见到。不过,门路是有的,当不致令阁下失望。白糖你们那是否买到?如有困难,可以保证办到。阁下做菜都离不了糖,此其所以为"川菜"也!南方人菜内总免不掉糖,我一贯非常欣赏的。

肘子好买吗?对在肘子上拔毛,我是不耐烦的。肘子加鱿鱼来熬,也很好吃。不过,对于肥肉,我是不敢领教的。好了,就写到这,等接到毛背心后再写吧。此祝近好!

泽秦上

五月十二日晚(1979年 西安)

你在上班时写信而感到局促不安,足见阁下的奉公守法。可惜现在像你这样的老师太少了。假如有四分之一的都像你,四个现代化肯定在本世纪能实现。我已很够疲沓的了,还落个勤奋的虚誉,像你又当何如! 又及。

〇三六

君雄姊:

　　冰糖寄出后,正拟写信,重温[1]来了,带到那么多的东西,叫我如何表示谢意呢? 无言的领受,想比费词以谢,要真挚得多,是不?

　　重温是昨天来家的,因为西工大要对他们进行一次英语考试,故而来迟。据他说,考得不够理想,但也比上不足,比下有余,大约是客气吧! 正好,长佑也在家,他们哥俩谈得很高兴。

　　现在的青少年,要比我们这一代豪迈得多。对他们自然不能以老眼光、旧礼法去要求。我从来也不太拘于小节,决不会对我们的下一代过事苛求,你大可放心。

　　毛衣穿了非常合适,腋下也很合适。口袋没有也无大碍。上封信我那么说,纯属玩笑,望勿多心。目前的工作已近尾声,可是,要整个结束约到六月底了。因为卡片写好,还须校对、编列次序……也非一时可了的。新的安排想在下月初便能知晓。

　　学校方面已托人去促进,万不得已时才去上告。这张王牌是不能轻摊的。平反有在下月结束之说,是否如此现尚难定。目前的情况仍欠稳定,因之,一切只好先尽人事,后听天命了。

　　工作稳定后,我即践约,是不会翻悔的。诗册也一定写,放心好了。

　　在西安还需要什么,请勿客气。今日的大闷,月入七十余元,已非昔时的穷措大,阁下万不可过于客气才好。匆复,即颂近安!

泽秦

五月二十三日中午(1979 年 西安)

[1]卢重温(1939—1999),四川成都人,卢君雄先生侄儿。1962 年哈尔滨工业大学毕业后分配在成都 402 军工厂工作,时在西安交大读研。蜀海青铜艺术研究所创始人。

〇三七

雄姊:

二十日信接得。

冰糖要黄色的才好,寄去的是白色的,因而说不够好。其实,糖那能不甜!

西安近来热起来了,但早晚毛背心还是起作用的。成都的气候居然那样,是否反常?据说今年闰六月,所以节气晚一些。

平反六月结束之说已经确实,可是,据说凡是已经受理的,仍要办。我的已属受理之列,当然不致不管。我已经托内线去催了,勿念。

至于工作问题,前天善本编目室的头头约我一道进城,路上探询我的问题办得如何,我说学校一方仍待解决。他即表示,上边的意思:在学校未将我的问题解决前,希望我在他们单位继续呆下去,善本编目工作虽快结束了,但需要我"帮忙"的地方很多。前些天我已告诉阁下,这里有聘我当顾问的消息。昨天在同一位同事闲聊时,我说工作快结束了,我也要"告退"了,他却说:"你不会走,这里需要你,听说你是要当什么顾问……"看来,工作问题大约是没啥问题的了,阁下知之,当同一喜!?至于阁下的所谓"有钱人",则恐未必吧?要什么,请想想,别客气(当然,欠阁下的债,是要先还清的)。

提到要送东西,又勾起好些往事的回忆,令人陡地又复伤感起来。当然,这伤感犹如"朱古力"般的苦中带甜,咀嚼着自另有一番滋味的。

重温自那一星期天来家后,再未来过,英语考得怎样,也不晓得。我的英文早已还给老师们了,长佑的口音差,但语法比较好。可是,对重温是谈不上有所补益的。

工作稳定了,成都之行是能实现的。鱼香茄子就大米饭,再加些什么可口的汤,确是"旷世盛典"。口福如何,有待阁下的宠锡了,一笑!

阁下的生日是否到了?望示及,以便再送一份礼聊表寸心,如何?你的记忆真好,佩服佩服。

先写到这,此祝近安!

泽秦
六月一日(1979 年 西安)

〇三八

雄姊:

来信收到。

重温上星期日傍晚来家,说他的英语考试已过了关,并托我为慕庄找旅馆住。我们西城地区的旅馆都设备简陋,甚至还欠干净。因为我在下星期一(十一日)要随同省图书馆的同志去咸阳、三原一带去看看当地搞善本著录卡片的情况,故已叮咛馨馨在慕庄来时,先住在我们这,等我回来后再作安排。

对于婚姻,我自来是个"宿命论"者,认为"千里姻缘一线牵,撮合从来靠上天"。重温的妻命好,所以才能有像慕庄这样好的媳妇。何况你的肯定,也是绝对不会有错的。

对于阁下的生日,我简直记忆不起是哪一天了,叔宝之无心肝也于此可见。

罪过！罪过！

任老让我为他老人家的大作题字，这是无上的光荣，一定照办。款式如何，祈见示（字的大小，横式、竖写？）。

秋后成都之行，想八九能兑现的。届时能和这位老师兄畅聚数日，自是快事！冰糖拟等慕庄返成都再稍几斤去，盼代送任老些，以表寸意。

对于阁下，也正在筹划送什么东西好。古人说："来而不往，非礼也"，如果旷放到非礼，也是罪过，是不？

目前，我的工作问题仍未确定下里，不过，看来问题不大。搞《篆刻字典》，因为李书记出国了，得等待他回来看了东西之后，方能定下搞不搞。稿费或许能有一些，但想狠狠捞一笔，恐非我们的社会制度所能允许的。近来，得了一笔外快，替西安市给日本京都市庆祝京都与西安成立友好城市五周年大会写了三条字，昨天得到报酬人民币陆拾元。总共才花费了我不到二十分钟的时间，得到如许的报酬，的确使我这穷措大感到非常踌躇满志。惜乎，似这样的美差使不多，否则，倒是一个图图作富家翁好途径。一笑！

好了，就先写到这里，待回来后再向你汇报去外县的情况吧！

再，听重温说，阁下经常熬夜到十一、二点才休息，固然人上了年纪没瞌睡，但子时要休息，是道家养生的秘诀之一，希望注意并节劳才好。匆上，此祝近安！

泽秦上

六月八日中午（1979 年 西安）

〇三九

雄姊：

昨寄一函，想已收到？

顷得到长慧（兔娃）来信，有人撺掇她去人大清史研究所。这个孩子学的是化学，现在在北京市128中教的也是化学，但非常喜爱文史，经常向小报投寄小品东西，也曾被多次刊出。对历史颇钻研，似乎将《资治通鉴》也浏览了一遍，如果想去搞史学这一门，起码是会有干劲的。现将原信附上，如能代为介绍一下，真感谢不尽，感谢不尽！

慕庄仍未见来，我已定于下星期一去咸阳和三原，约得三至四日勾留。省馆有邀去陕南一行，我有意借此机会去逛一逛，但恐市文管会不放，故现尚未定局。天气热，陕南对卫生又不讲求，去一趟也真不好受。

匆上，此祝近安！

泽秦
六月九日（1979年 西安）

○ 四 ○

雄姊：

前日寄上一函，想邀垂及。现趁慕庄返蓉之便，带上裤料一件，糖果二斤，方糖二斤，西安特产"水晶饼"两盒，乞哂纳。慕庄对这里的五仁饼感兴趣，今天去买，却没售，只好待重温回去时买到捎上。这种饼类似广东月饼，故慕庄爱吃也。

近来杂务颇多，实在安不下心。可是，印社还让刻印，要字的人也不少，奈何！匆上，即颂近祺！

泽秦上
六月二十七日（1979年 西安）

〇四一

雄姊：

七月廿九日信接到，正准备作复，又接得二日信，只好一并来回信。

善本编目工作在这一星期内决可结束，忙了四个多月，总算"功德圆满"。文管会准备让我同目前的一位同事，将藏书继续整理下去。在我的问题没落实前，能有个这样的工作自然是件好事。今早，西大的那位杨教授特地到善本室找我，说西大方面，因为郭琦校长向图书馆交代，让他们叫我去，故而来看我的意思。我向杨教授表示，在我的问题没解决前，如果学校能给我个固定的职位，这个问题可以考虑；如果同样是雇工，我是不便向文管会推脱不干的。杨教授允将我的意思转达给学校，后话只能待下回分晓了。

至于我的问题，原单位似乎在照踢皮球，说什么"原来是由公安部门处理的，现仍应由他们解决。"问他们学校："材料是谁呈报的？是不是学校搞错了？"学校的回答："我们搞错了，为什么公安部门要批准？公安部门既然批了，当然就得由公安部门来负责纠正。"——像这样来处理问题，对他们又有什么可说的！？我已经再写书面的东西来催学校，只要学校敢在书面上这样答复，我便去上告。你以为如何？

些许东西，实不成敬意。只要再有机会，用三五分钟的时间，就能从鸡毫笔尖赚来的，一笑！

我这里的情况，由慕庄汇报后，想已邀洞鉴。中午只有短暂的时间，又须抓紧午眠，所以饮食只能从简。加上我又懒得上饭馆，故看起来，好似欠营养，其实，能够素食，也未始非养生大道？使得阁下悬念，真罪过之至。

长慧的问题，何洛同志迟迟未复，想有他的困难，我以为不必催问为是。

上月中旬，随善本室的几位顾问去逛昭陵、乾陵，在乾陵的上面照了一张像，由朋友放大了，看来还可以，现附上。因为放大纸的反差强，把我照得像位印度尼西亚的外宾,又黑又瘦,千万不要认为是欠营养的落脚才好!

近日为一位朋友题秦汉瓦当拓片,诌了一绝:

> 汉阙秦宫付劫灰,铜驰衰草任低徊;
> 瓦当纵使苔封久,犹胜千秋霸业垂。

调子低沉依旧,想是痛习难改了。

匆匆,即颂近安!

泽秦上

七月六日(1979年 西安)

附相片一张。

○四二

雄姊:

九日信及附函,昨收到。附函给长慧寄去,待寄还。这件事太麻烦阁下了,真过意不去。何同志和赵同志的处境可以理解,的确非二位力之所及,而盛情足使我们父女感激不尽的。

我的问题,如果学校能有书面答复,我即先在省上申诉,如再得不到解决,那就要烦劳阁下了,但愿不致如此才好!

在乾陵顶上照的相,许多人看了俱与你有同感。有的开玩笑说:"小心第二次'文化大革命',看见这张相片,给你加上摹仿伟大领袖视察黄河南北形象的罪!"的确有些"犯上",特别是那顶草帽。我原先不想拿上它,而照相的郑同志让我拿上,结果就成了那个样子,未免"僭越",然而却不是有意的。原先也想在后面题上一个七绝,已成了后两句,是:"自古风云多变幻,乾陵原上望昭陵"(那一天是先尽远到乾陵,然后去昭陵)。而前两句诌不出适当的,虽有两句:"阴兵石马空留汗,垂乳双峰任攀登"(阴兵句指昭陵六骏因阴兵与安禄山战而留汗;垂乳句指乾陵前双阙凸起如乳头,土人称为奶头山。这从相片上可以看到)。因欠雅驯,故没写上,可否阁下为修改一下?

说到回家吃饭问题,也真令人伤脑筋。我们的那位老太太依然养尊处优,连一点忙也不肯帮,好像生怕煮一回稀饭,张罗张罗吃的就从此"永为己任"似的什么也不管。那么,只好这样穷凑合,奈何!夏天,馆子里的菜多不卫生,况且买需要排队,又得过了钟楼,菜方合口味,因此便一切从简。如阁下那种"比丘尼"的苦行,我们虽想试试,也有困难。"阿弥陀佛",说起又未免罪过!好了,先写到这。即祝夏绥!

泽秦上

七月十二日(1979 年 西安)

○四三

雄姊:

十七日示奉得。

说我"客套",然阁下的客套未必减我;谁对诗"内行",只有天知道了!

诌首"题照"诗,确不易诌,容稍缓复命,如何?

谈到我目前的生活,如果不再失业,自然是比上不足,比下有余的,但终属南渡偏安之局。如阁下所愿"决不会有失业之虑",恐未免过于乐观了一些?至于如阁下所谓"重新安排生活",以目前敝人的"年华"和"资力",当不易办。谁愿意找个年近古稀而又职业不稳定的,加上上有老姨太,下有捣蛋的儿女、媳妇和孙孙的家伙当伴侣?何况更要来伺候?天下间恐绝无这样的"痴情"的女人吧?

当然阁下的建议出于爱护,我是非常感激的,其奈纯属"乌托"乎?一笑!

嘱估计周同志所存的字画,就题字的诸位翰林姓名来看,知名的很少,其中"汪荃"当系"汪鋆"的昆弟辈,是同光年间人。像这样的字画,如在西安卖,能得到人民币四、五元已经是善价了。贵地的行情虽不晓得,但也不会比我说的数目能多出好多,似乎以不必费事为是。因为周同志是你三十年前的学生,我才敢这样估价。如果有张大千、齐白石、徐悲鸿等的画,又当别论了。请婉告为是。

下学期又开课了,可喜可贺。但总希望你保重身体,勿过于劳累自己为是。

昨天,泽汉全家上小雁塔来玩,把你照的相也交给我,叫我寄上,现连底片附去。老二的退休金从百分之七十恢复到八十,二弟媳也退休了,拿了70/100,小俪调北京,次子全春调长安县。知注并闻。匆复,即颂夏绥!

泽秦上

七月二十一日午后(1979年 西安)

○ 四四

雄姊:

三日信接到,今日作复,似乎又迟了一些,但愿不致又引起阁下"或可不再老来扰你"的牢骚?

忙确是忙,一下班,回到家里,扔下饭盘便困疲了,什么都懒得再搞,加之这些天来,西安闷热之至,种种原因,构成迟迟作复,当能有以谅之!

附来的参考消息,足见关怀的殷切,我吃糖也实在过多。每逢精神感到疲乏,喝上一杯加糖的茶,顿觉健旺,想不到竟有这般的危害,自应酌减,"月攮一鸡",可乎?

墨西哥影片,除《玛利亚》外,都看过了。在桎梏了三十年后,看到谈情说爱的影片,对青年一代确是大大解放了。然而,对像我这样年纪的人,却不胜沧桑之感,自然谈不上对自己有什么"享受",而是难受的成分反倒多一些。

英国片《简·爱》看了没有?画面要比墨西哥片子美得多,至于情节又似较沉闷,有些地方我们中国人是难以领会的。如果你来看,到愿你能看看才好。

"牙祭"这个词,我怎会不懂?想是把我同四川人生活了多年这一点忘了吧?

关于解决我的问题一事,给学校的挂号信寄去快一月了,仍未见有回音,拟在近期内在去催催,有情况一定奉告。

任老对我的关注,着实令我感动,但愿今年秋冬之际能见到他老人家。

此信到时,想你已从青城归来,照了相未?可否寄给我瞧瞧?

去游曾经到过的地方,特别是陪同至亲好友去的地方,常常令人伤感,我的不愿到北京去,正由于此。到了北京,我最怕到北海去,也正由于此。

你以我不能同游为憾,但辩证地看,未始不是件好事。因为我今年如能有幸奉陪,下次阁下再去游时,能无"景物俱非"之慨乎!?这或许又会让阁下谬奖为"看事透彻,灵活"吧?一笑!

近来又出了一桩怪事——这里的"民革"有拉我的迹象:一是送了我一本《杨虎城将军传》;二是邀请我看了场秦腔的《西安事变》;三是昨天发通知让我出席孙蔚如先生(解放前曾任陕西省主席,现任西安民革主席,杨虎城的旧部。解放前夕,在杭州与先君有往来[1])的遗体告别会。先父反对了国民党一辈子,我过去一直是无党无派,如果要被拉上,的确使人啼笑皆非。有人劝我在政治上捞些资本,不知阁下以为如何?

虽然说"三年无改于父之道,可谓孝矣!"可是,我总觉得跟这一伙子鬼混,太不合算。如果我早有政治野心,不是在解放初被镇压掉,便是现在混上政协委员了。"祸福无门,唯人自找",似乎应该慎重将事,阁下又以为如何?

阁下是否恢复了民盟的身份?其实,民盟要比民革高级一些。当然,这也仅是"以五十步笑百步"。

同样是办小老婆,但不会驾驭的结果"争风吃醋",会驾驭的结果"服服帖帖"。这上面今人要比昔人强得多！昨天一到会，所接触者多为昏庸老叟，恋栈裹驴，而且百分之九十以上都是观点与先父有分歧的，假若同这些人同污合流，真有忝家声。

好了，就先写这些。此祝近佳！

泽秦上言

八月七日晚（1979年 西安）

[1] 先君：陈少默父亲陈树藩(1885—1949)，陕西安康人。民国初年曾任陕西省督军兼省长，1921年辞职下野。晚年定居天津、杭州。

〇四五

雄姊：

九日夜写的信，今日傍晚收到，真快。你是那样忙，何必这样急于作复，迟些，从容些，又何妨！

提到"幸福"，确是人各有感。郑大姐这样的推测，对鄙人来说，是既"荣幸"而又"幸福"，有什么好笑呢？也许，阁下以为这样的"荣幸"和"幸福"，会使鄙人感到"啼笑皆非"吧？

小青年对阁下的谬誉，未免唐突过甚，可恶之至。当然，用目前的标准衡量，也未始不如此。我们这一代人确实都是不合时代的傻子，我们如果早懂得"知时节""懂现实""和平时代"，也不致落到如今的结局。然而，可贵的地方也正在于此。假若没有这些傻瓜，国其不国乎！文天祥、黄道周……谭嗣同、李大钊俱是傻瓜。就是我们的伟大领袖也何尝不是！他老人家到了晚年是变得聪明多了，但是……贵省的新相如也是这样，太聪明了反而招到了无可辩白的訾议。阁下以为我的谬论如何？

我的工作看来比过去能肯定下来的成分多了。朝山还愿之余,吃吃豆花面,尝尝四川人的厉害何其幸也!其实,四川人的厉害,早已领教过了,又何待乎吃了豆花面才能领教到。对四川人的厉害,我是安之如素,正如喜欢吃红油水饺一样,不辣,便不成为其四川味了。一笑!

蒙代尔[1]到西安时,是十万人夹道欢迎,可是我却是事后才晓得的。我们对待外宾的手法也有其独特的传统,历史上的事例甚多。外国人毕竟少,读线装书,故而会有受宠若惊的感觉。我们做事步步皆有脚印子,所谓"沉谋深算"者是也。在"文化大革命"期间,曾受命去欢迎西哈努克殿下,其场面的伟大,当不下今日的欢迎蒙代尔。曾经几何,波尔布特[2]的分量高于亲王,岂不怪哉!

我近来深深感到信之为用,国如此,家如此,个人亦如此。正因为如此,我之朝山还原是势在必行的了!

我的所谓《篆刻字典》是专供篆刻用的,某领导还来看过。最近出版了一部邓散木的《篆刻学》,是专门指导如何刻印的书。我们终南印社[3]给每位成员散发了一本,是否即你所说的书?这位先生目空一切,看了令人生反感。北方人不会吹牛,也是大病。

今日有人传话(此公与民革有联系),我可能是统战的对象(当然不外先人的余荫和自己的招摇撞骗),奈何!只好去应付一下,你以为如何?市文物管理委员会方面已为我的工作安排出了些力气,也是可喜的。据说,局长完全同意了。好了,就先写到这,此祝近安!

泽秦上

九月十一日夜(1979年 西安)

[1]沃尔特·蒙代尔,时任美国副总统,1979年8月29日,蒙代尔率领137人的大型代表团访问西安。

[2]波尔布特:原柬埔寨共产党(红色高棉)总书记。1976年至1979年间出任民主柬埔寨总理。

[3]终南印社:1979年6月在西安成立,是"文革"后国内成立的第一个印学团体,也是陕西历史上第一个篆刻团体。

○四六

雄姊：

　　二日信收到。一封信三天才写就，阁下之忙可知。我的假日比起你来，却轻松好些。

　　重温未见来，想是学校假日有集体活动吧？烧了些肉，还有一尾不大的鲢子鱼，等到二号才吃了。这里吃条鱼可不容易。不过，假使看过养塘鱼是用大粪，不吃也就败胃了。

　　昙花仅在照片上见过，确实美，可惜开的时间忒短暂了。然而，其为人所珍惜，或许正由于她的短暂吧！

　　一个人活到高龄，也不过百数年而已。这百数年，比起千百由句的岁月，何异于昙花的一现。诚如是，能作为一个"昙花一现"的人物，也颇不易。从历史上看，有些伟大的人物多活了几年，反而不如早死几年之能永葆令名。世间上的事就是如此的矛盾！

　　阁下对教课有如许的信心，让我安下了心。但是，希望不要掉以轻心，上了年纪的人毕竟反应缓慢得多了。好在，已经摸了底，要好得多，可是，像你所说的情况，恐怕教起来要费很大的劲的？

　　目前，好像又要着手写文史资料了。这里也有人让我写关于我父亲的传记，我感到很不容易写，想能推就推脱掉。

　　文管会的工作看来似有眉目，但仍不敢过分乐观。现在是上边同意了，未见得下边便肯办。文管会的派系斗争依然故我，高局长表示虽好，政工上便不敢保险。昨天听了中央台的广播剧《南宫玲霞》，给我的感触很大。好在，叶帅的讲话提到对有"专长"的知识分子使用问题，但愿他的话能兑现才好！

　　文管会当然要比文物商店好听些。其实，敝人只是"沽之哉！沽之哉！"能混上饭碗也便心满意足了。你说得对:"但愿这次就能定下来,不再拖延才好。"

筱庄老人的身体想必康健如故?见面时请代致候。郑大姐的情况如何,亦念念。

我们在三十日下午便等于放了假,直到今天才上班,而且也没多事。下午,一些人去看拓本展览(准备出国的),不到五点,我便回家了。如此工作效率,奈何!有时,不免要"随大流",否则,成为家人之忌,就不妙了。自五七年以来,"混"得了这一条经验,哀哉!好了,就先闲扯些这些,并祝健康、愉快!

泽秦上

十月四日六时(午后)(1979年 西安)

○四七

雄姊:

九日即接到七日来信,因为准备十一日去原单位,想将去了的情况奉告,故而未即作复。原单位去了未见到负责的人,只好过几天再去。结果反耽误了回信。

重温的论文发表了,是桩可喜之事。"文化大革命"之后,能让年轻人有进取心,不能不归功于以华主席为领导的党中央,也是桩可庆之事!卢陈二家后代如此,真值得庆幸。拿我们这一辈,阁下自是无愧先声的了,至于敝人,常自谓忝居蜂腰,恐怕尚能自知的。

阁下对工作充满信心,也是可喜的。我的意思是怕阁下为了备课而过于操劳。至于如何讲课,当然是无可操心的。

来信举的例子,究属可笑。不过,滔滔者皆是也,只是这位被阁下发现了而已。我们文管会被中央委托办西安拓片壁画展览,给日本人写了份展览简介,让我和其他几位提意见。结果,意见提了,而改正不大。背地还有人告诉我:原作者说他和陈某的观点不同。其实,我根本就预防到这一着,仅提纲挈领地发表些自己的看法;而是师大一位同志给修改的(这位老兄也确实不客气,除了大事删削之外,还加上什么"欠通"、不合语法等等的批语)。前天又交给我,要我提意见,真让我啼笑皆非。大约不如此不足以表示虚心和礼贤下士吧!我也只好虚与委蛇,敷衍敷衍。总之,目前的事,就是这般难办!对于这些事,虽然经历了惊心动魄的一九五七年和"文化大革命",我仍是吸取教训不大,见了不对仍爱啰嗦,想来,知识分子之秉性难改,真要比登天还难吧!一笑!

关于我的问题已有决心抓紧办。文管会方面也由处的领导,当着局长的面,催促政工上去办了(这是处领导对我讲得)。况且,因为这里的挽留,我已辞去省文物商店的工作,这里不办也未免讲不过去,只能耐心等候。至于向上级发动,我认为除到了万不得已时才走那一步棋。到时,自要有劳你的。

关于扬州书店,我没有熟人。苏州方面倒可想想办法。《丛书集成》,大部头书,可以托人在上海古旧书店打听一下。方志一类比较不好办,特别是无的放矢,更不好办。不知贵院想想哪些省、县的方志?再:凡是嘉庆以前所修的县志,均已够善本,更不好买到。解放前印的,或较易买到,但也不敢保险。快上班了,就写到这。祝健康!

泽秦上
十月十三日午后(1979年 西安)

〇四八

雄姊:

抵京后发函已接得,因感冒咳嗽未能即复为罪!

长慧处本星期日想已见到？长敏如出差返京，想也已见到？慧儿体质自胃割除后，便不够好，加上爱搞文艺，爱看书，故一直瘦弱。近来颇有志专研究清史。其实，历史越近越难搞，这道理她是不晓得的。她和长敏之间，我是比较疼敏的。大约敏是由我自小照护的缘故吧！当父母的，有时也不免偏爱，想是通病吧！

你要的诗已经写好了，但只薄薄的八页，未免不像样。你要催着要，并以之为阁下的寿礼，我实在不过意。

泽汉在这月十八日给他的三儿完婚，地点在长安县，早已通知我了。阁下如能参加，岂不更好！

在京的事何时能办完？几时来西安，行前祈示知。

古月[1]处是否要去？人倒楣时去看了，现在兴时了如再去看看，以测人情之炎凉？我们过去太自标清高，因而吃了许多苦头。目前似应该灵活一些，未知阁下以为如何？我的问题，将来万不得已，或许也须走走那条门路，现在就先准备一手，岂不是好!？当然我也不能让阁下过于作难。

我的感冒今天已经好多了，勿念。匆复此祝旅绥！

泽秦上

十一月一日夜（1979 年 西安）

[1]古月（1937—2005），本名胡诗学，湖北汉口人。1949 年参军，曾为昆明军区文化干部，八一电影制片厂演员。1978 年被叶剑英圈定为扮演毛泽东的特型演员。

○四九

雄姊：

抵蓉后来信收到，知平安为慰，来信提到你此行的"收获"，以为有些事"很不是滋味"。在送你走后,我也对此深有同感。特别我感到对你太不合算,太弊多于利。好在,距离我的问题得到解决尚有一个阶段,不妨我们都冷静下来,将那件事好好地仔细地再考虑考虑?

像我们这样的年纪,如果被一个年轻人的举止和情绪所操纵、支配,未免忒那个了。

在这儿时,我曾一再向你表示:这种事对你太不合算。当然,地位和经济条件是极其次要的,主要的是……一条洁白的莲花插在一个破罐内,太不值得。再则,作为"知己"的总比具有法定的关系自由许多。偌大的年纪,清白了六十八年,再来带上"家"锁,岂非天大的"怪事"?再则,我们在本乡本土上各有自己的"事业",谁给谁当家属都有困难。如果谈到彼此得以相互照拂,恐也不易做到。老织女会老牛郎,这出《天河配》更必使得观众笑掉大牙。因此,我以为与其使将来我们都感到"很不是滋味",不如现在冷静地再把这个事考虑考虑,你以为如何?即便你是如自己所谓的"怪人",当也不会怪到明知"很不是滋味"而硬要把它吞吃下去的;何况感到"很不是滋味"的不仅是你,还有我。我看这件事让我们在我的问题尚未得到解决这一阶段里再好好考虑一下然后做决定,你以为如何?

谈到我的问题,仍没有新情况。但今早陕西省博物馆来了一位人事科长和群工部主任,是来邀我去该馆讲书法和篆刻,还叫我去该馆工作。我谈到我的问题,这位人事科长说可以边工作边解决,约定我去馆详谈。市文管会方面恐不易推脱,我拟在一二日内去找博物馆摸摸底再说。详情自当告知,勿念。

再,武馆长的著作《西安历史述略》已买到两册,日内寄去,一册给你,一册送任老或孙老,由你支配。

重温昨早来小雁塔及家里找我,因去参加西安市书法篆刻研究会筹备会,未见到。傍晚又来家方见到,时间已来不及买油筒和水晶饼了,只好等到十二月再搞。重温说下月他还要回去开会,届时再带不迟。

好了,就写这些,此祝近安!代问廖老师好。

泽秦

十一月廿四日(1979年 西安)

○ 五 ○

雄姊爱鉴：

七日夜里写的信，今日接得。

……前天给你的信，想已接到。你是否愿意在寒假里上我这儿来？如实在有困难，还可以商量。不论你来我往，时间总得个把月。离开这，我老是不放心长馨一个人。父母之心，人皆有之，想你也有同感？你实在不能来，还可以从长计议，是不？我总以为，既然事到现在这个节骨眼，还是早些办了为是，你以为怎样？

博物馆的工作，据熟悉内部情况的人谈，那里是非很大，彼此倾轧，深不易处。你的意见如此，过两天我即去再谈谈也好。

关于落实抄家政策的奥妙，你确实莫测高深。现在的事大都口是心非，不可尽信，你不了解内幕，也难怪你。说句实话，起码我们这儿是不想给人家的。上周，管库房的王同志表示，让我也写请求，我一笑置之。我想看看给人家办得如何，然后再自己去办。廖同志的评价，着实令我惶恐。古人常说："其善者皆伪也"，阁下须提高警惕才好！

对于我在你回蓉后的那封信，阁下似乎犹有余憾？这恐怕"易地则皆然"。至于说我骂了人一通，我却不承担这一谴责，是逼上梁山的；假若换了你，我想你必然更会雷霆大发的。

——已经过去了，就让它过去吧！折磨，折磨，原是爱情必然带来的苦果。某出京剧有句台词："这苦呀还在后头呢！"你也要小心才好。

有了电视确实平白带来了好多麻烦，几乎没有时间去看书了。世间的事总是利弊参半，看电视也何尝不如此。

我发现近来眼睛常发困，看东西久了便觉得有些模糊，大约有了白内障；假若有了,倒是桩窝心事。好了,就写到这。祝健康愉快!

泽秦上

十二月九日夜(1979年 西安)

○五一

雄姊爱鉴:

九日晨发信已得。

葵瓜子已买到七斤,拟再买三斤,凑够"十全"之数,给廖老师外,还可以给慕庄和孩子们吃。漪麟想必也爱吃?

上次重温带来的东西足够吃了,切望不必再带,福是要慢慢享的。

至于春节谁来谁去一事,可以从长计议,万不可因此而使彼此、尤其使你不安。

我以为,像我们这样的年纪,办这样的大事,似乎以不必过于铺张为是。客恐怕在两地俱免不掉要请,一两件衣服想必也得做做,估计约得二三百元花费。这我想是不难办到的(我现在可以筹出二三百元来)。任老的盛情委实可感,望你代我致谢。由于他的盛情,好像我也不应当把去成都的计划拖得太长了,是不?

这次电视机卖得太冒失,而我又拒绝了长佑的"入股",因而周转就不够灵活,想起有些后悔。可是,一看到节目,这种感觉也就抵消了一些。

除葵瓜子外,还带去水晶饼五盒(一盒给慕庄,一盒给任老,余由阁下分配)。书两本和放大的相片,油筒也带去——都装在你捎来的皮包里。

千万不要再带东西来。匆复,此祝健康愉快!

泽秦

十二月十二日(1979年 西安)

○五二

雄姊爱鉴：

十六日信接到。

你能来，真是太好了！几时来？好做一切准备。至于送你回去，当然照办。事如何办，待你到后再商量，如何？

"连碰也不敢碰"，未始不是"保泰持盈"。能"保泰持盈"，自然会"福星高照"的。还记得在石驸马大街西厢房内的那一"碰"吗？虽是轻轻地一碰，却招来江北小楼的一碰，其不跳嘉陵江者，殆有后福乎！

漪麟元旦结婚，现寄去贺仪拾元，区区总算我的一番意思，请转致，并代我祝贺他们幸福。

筱庄老兄的盛情，我非常非常感激，写信致谢是很应该的。可是怎样措词呢？能不能请你拟个信稿？因为你们相处多年，他老人家的脾气，你要比我摸透些。想你是会代劳的。

眼睛准备去检查一下。我想问题不大，望放心。

糖也是"月攘一鸡"，也望放心。

工作情况：书套已搞完，现在帮着登记为市图书馆购买的书籍，比较轻松。

好了，就写写这些。祝健康愉快！

泽秦

十二月十九日夜（1979 年 西安）

今天是农历十一月了，阁下是这月几时的生日？望告知。又及。

○五三

雄姊爱鉴：

二十三日信收到。

阁下来陕之期，当然要到寒假。但，最好能在一放假即来。因为有好些事要同你一起办，而且总还得留下同你去成都的时间来，你说是不？关于办手续一层，两方都要单位证明，故盼你来时带来。这类手续想可从漪麟他们那吸取经验便可以了。

现在用哪间房子，还没决定。我看就在我目前住的这间即可，不知你的意见如何？这间虽小些，但比较干净，清理起来也比较省事。你不在这儿时，也可以少搬动。如果阁下有什么意见，盼直接提出，不要客气。

给任老写信，你不愿代劳，只好我来写了。不过，我的意见等到你快来时再写，如何？

你的生日，记得是在这一月（农历十一月）。可是确切的日子却记不清了，又没办法去查。1912 年的元月七日是农历几时，只好等到明年再祝贺了。当然，也许又是阁下的一番"考验"？可惜，我们这的书虽多，却没有这类查阳历农历年月日对照的书，奈何！奈何！1912 年是民国元年，那年生肖属鼠。按迷信的说法，鼠虽小而能制虎，要比阁下属猪好得多！

长慧、长敏处，在前两个星期曾去了信，把我们的消息也告诉她们了。再写信时，一定把你的话捎到，而且把大约的时期告诉她们。

阁下在成都看到西安的戏，而在西安时却未看到，当然又是一行我的大罪。寒假来时，一准要同去看看的。要看还是看秦腔的好。西安的陕西省京剧团演得可真不见怎样。我宁愿看秦腔而不愿听他们的戏。成都看京剧的程度相当高，这里的在你们阿乡当是吃不开的？就表演技巧、戏文的编排来说,我认为贵省的戏要高明得多。但愿我去成都时,能看到贵地的戏。大约也得走后门吧?

好了,就写这些。此祝健康愉快!

泽秦

十二月二十六日夜(1979年 西安)

再:我在这放大的照片俱是一位朋友代办的。他专门在西安搪瓷厂搞照相,而且在此地也有一定的名气。当然不花钱。你问这是否怕我花了钱?大可放心。如果还要放什么,可将底片寄来,好给你放。

这位朋友也是参加宴席的当然成员之一。又及。

○五四

雄姊爱鉴:

  病后寄函,想能于阁下寿辰邀览。痔疮加上感冒,右腰风袭作疼,睡了近七日,今天总算起床了,望释念。可是,祸不单行,昨日拜托探听有关我的问题进展的友人来报信,学校竟然作出维持原判的决定。我拟在这一星期里让长馥两口去学校看看情况。如果属实,希望学校给个书面答复,以便据为向上级申诉的凭证。怙恶不悛以致于此,可叹!可恨!后情当续告。不过,却引起我许许多多的考虑,特别是对于我们问题的考虑。我的意思,在我的这一问题未落实之前,是否暂缓解决?当然,假若没有这个消息,糊里糊涂地办了也就办了;但已经晓得了而不加以考虑,那便欠妥了。我是这样考虑的:如果我的问题解决了,能得到退休的待遇,自己的行动就主动多了,即使老死蜀土也问题毫无;不能这样,就不能在这里挣扎求活,每年能与君同在的时间必然少得可怜,那么,与我们的希望天壤悬绝。退一步想,让我去当阁下的家属,在阁下当无所谓,而别人如何看待我呢!……种种困难,不能不慎重考虑。因此,我以为我们的事不妨暂缓一步办,你意如何?最好也向任老和廖老师请教一下,我想她们会给我们指出明路的。

就你情况看,你担心的是消息已经传出去了,不便中途有所更改,以致惹起人们的讪笑,是不?如果能从侧面把暂缓办的原因透露出去,通情达理的人是决不会有误解的。至于二三别有用心的,他们爱说什么便让他们去说好了,何必计较!再则,以阁下的为人处世,像这样的人也是不会有的。

考虑了一夜,我断然向你提出,盼你慎重对待,也好好考虑考虑:我的意见是否对头。

至于我的问题如何进一步去搞,等待老二两口从学校回来后(这一星期五去)才能探讨。看来,或许得烦你找找上峰,不知你在京给他的信后有无酬答?我也准备另找一些门路。阁下谬许我"大智若愚",岂其然乎?

感到有些腰痛,就先写这些。此祝健康!

泽秦

元月八日午前(1980年 西安)

〇五五

雄姊爱鉴:

元月八日发函,方才接到。前天我发的信,想已阅及?当会使你寿诞的余庆受到一定得冲击吧!

看来,我们的事是非办不可了。但是,我总以为慎重考虑考虑为是。过咎由我个人承担,对你是没有什么损害的。

如果你"蹈汤赴火"在所不辞,虽然我于心真不忍,也只好听天由命了。

关于我的问题,有些朋友劝我,先在里面找人从中转圜,到了不得不决裂时,再去找学校,以免将事搞僵,也有道理。现又托人去活动了。详情如何,容续报。望你不要为此添烦恼,为要!为要!

市文管会给我的名誉既是书籍善本编目工作室的"顾问",又是委员。但工资则从一月份起由图博组的图书费项下支付,实质为每天二元四角身价的零时工。所客气的,一般零时工要扣除休假,而本人却按每月三十日计算,休假不扣除日工资,已算"优礼备加"了。为我的问题,的确派过人专门到学校去催过,但把解决问题的责任不包揽了去。现在,我的病已经大好,准备在下星期一到会里去,得机向他们谈谈,能否设法把我的工作固定为正式的,也准备向省博物馆方面探询一下有无搞到正式、固定工作的可能,然后再作计较。——这样办,你以为怎样?

因此,假若你单位出证明,对我可写"西安市莲湖区西大街公社东夏家十字十七号住民"为妥,否则,写上"西安市文物管理委员会委员"也可以(虽是挂名,却也堂皇,是不?)。

…………

何洛[1]爱人的信看过了,现附还。我们的事目前似乎已臻"天授人归"的阶段,"如之何,如之何,吾莫如之何也矣"。可是,越是这样,越要慎重将事。此事对我这个"破落户"是影响不大,对于阁下你却不这样。千万不要在日后有"既有今日,何必当初"的懊尤。三姐,我爱你,才向你说出这些话,想你是会原谅我的。事到这样的节骨眼,我老以为你不值得向我作出这样巨大的牺牲,这是我肺腑之言,——绝非心存激胁,万勿误会。所以最后,我还是恳乞你要慎考虑为是。

至于我的病,已经可以立坐了,但便后仍有少许的血,痛也不痛了,放心。准备明后去理理发,修修脸。今早揽镜自映,衰容触眼。上了年纪,的确已经受不起多大的挫折了。好在,对于学校这般搞,生气并不大,以此作为理论实践的测定未始不好。中国人阿Q精神何其伟大也,於戏!

不多写了。想明后日又会接到我姐的愁言悲调的。此祝近安!

泽秦上

元月十日傍晚七时(1980年 西安)

[1]何洛(1911—1992),笔名何鸣心,重庆丰都人,著名文艺理论家和文艺教育家。著作有《易卜生在中国》《实践美学》《潮声集》等。

〇五六

雄姊爱鉴:

　　十一日信收到。你的态度这样,我还能有什么可说的!你来吧,确定了日期即告知我。多少总得准备一下才是。

　　病已经大好。今昨两天都特地上街去玩玩、转转。昨天觉得腰有些疼痛,今天就好多了。昨天下午,文管会的李正德同志来探视我,说科里没有多少事,劝我多休息几天。我预备明天去会里看看,能休息便休息也好。

　　我们的事又惹得任老操心,真不好意思。现在事态既已肯定,望即时告诉他老,以免他老为此不安为要!

　　对我来说,我上次写那封信给你,自己认为是完全应当的。我不愿为此带累你,给你带来很多的麻烦。我想我的出发点是不错的,你当然能加以谅解的。

　　好了,愿你在把课程结束后,少作安排即来这里。有什么事要在这里安排,也盼即时告知,以便着手办。

　　就先写到这。此祝健康!

泽秦

元月十三日夜(1980年 西安)

〇五七

雄姊爱鉴：

今早才寄上一信，午后即接得十六日函，彼此俱释然愉快了，自是万分可喜的事。给任老的信也已寄出，不过，信封上直呼大名，而忘了称字，确实大不敬，希望他老人家不介意才好（信封上写任乃强同志收，真荒唐），见面望能代致歉意。

关于正式工作问题目前尚未谈到。不过，看来市文管会的态度还恳切。至于是否以统战政策对待，仍未敢必。前夜陕西人民出版社专门来找我，谈出版隋唐书法专集问题，这是旧事重提了。但看来一切图省事，舍不得花钱，很不好搞。建议他们先组一个班，然后再向全国求援共襄此举。现在仍然功利主义、实用主义那一套，如何行得通！对这件事，我只能虚与委蛇，敷衍了事。尤其在学校如此地胡搞之后，我真灰了心。得过且过，犯不上去卖那么大的力气。这方面也希望阁下放明白些，灵活些，再像二十年前那股子劲，就太傻了，大约这也是你所劝告我的"不要自己给自己过不去"之一道吧！於戏！

来这里千万不要携带那么多的东西。第一是不必要，留一批让我去成都享受，也不为迟。二则，你来时正遇春节在即，火车每年这时照例拥挤不堪，不必让行李多拖累得自己受罪，千万千万不可多带东西，只要力之能及便满够了。我这绝不是客气，务必不要多带东西，至嘱，至嘱！

日前，德绪父亲[1]写了首诗给我："四十年来天一方，老来情深唱和忙。人间到处传佳话，新郎依旧是陈郎。"可谓谑近于虐，录奉且博阁下一粲。

好了，就写至此，即颂健康愉快！

泽秦上

元月十八日午后（1980年 西安）

宋亲家近来相当得意,据闻已升教授的消息。又及。

[1]陈少默儿媳宋德绪的父亲宋寿昌时任陕西财经学院教授。

〇五八

雄姊:

　　到西安的当天即寄上一信,想邀尊鉴。昨早去市文管会,正遇见处里学习文件。从星期一到星期三学习三日,因此,我就打道回府,准备明日去上班。据昨早的了解,这次须重查的善本书有二百六十七部,同事的沈老已经把少半数复核过了。看来,要搞的工作量不算大,预计这月底即可结束。可是,从侧面得到的消息,市文管会想留住我。为此,还决定将我的文物发还给我,可谓"优礼有加!"我的意见,拟从侧面(或等他们表态之后)把我留下的条件透露给他们:一、给固定的工作(最好替我办落实政策;据闻市委第一书记最近还在一次统战会议上表示,要把落实政策贯彻下去);二、武馆长和博物馆方面,由文管会的领导去替我婉辞(据说文管会和市文物局的领导表示要将我留下不放。春节时田局长来家时曾这样表示过,阁下是否在场? 现在正局长高歌同志也这样表示)。不知你以为如何? 在这种情况下,又有人劝我:不妨在实现以上的两个条件的情况先留在市文管会,一则可以借此将被抄的文物搞回一部分来,一则可以以逸待劳,如果他们不给我办落实政策,或办不好,我都有话可说。这种劝告你以为有无道理? 关于这一问题,先向阁下谨作如上的汇报,有其他情况,自当续陈,勿念。

　　……我走后,阁下的情况可想而知,但这也是毫无办法可想的。好在有阁下的僚属奉陪,当可少慰孤寂? 我每夜看看电视,看看书,倒也逍遥自在,然而叔宝之无心肝,又当惹得阁下生气,罪过之至!

回此时,经你收拾的行李,一检查,少带了雨鞋、冬菜和六本字帖,还有你许给馨馨的枕套,上次信里已经提到了。如果能赶上重温来捎来,最好;否则,也不必忙于寄来,以免无谓的浪费。

好了,就先写这些,余容续及。此祝健康愉快!

泽秦上

三月十九日午后(1980年 西安)

○五九

雄姊:

二十日信在星期六接到。别后,阁下的情绪自在意料之中,秦蜀遥隔,无以慰解,奈何!惟望阁下善自排遣而已。恕罪,恕罪。关于我的工作问题,上周科领导正式通知我,局领导坚决挽留,武馆长方面,由田局长两次亲往疏通。武老表示,只要给陈某能落实,在文管会亦无不可。至于落实政策这里也告诉,目前忙于搞加工资,待忙过这一阶段即办我的事。似此,去博物馆恐已不可能了。我准备在月底前后去看看武老的态度,再作最后决定。当然我不能说了不算,武老方面只能文管会方面去转个弯子为佳。再我衡量了一下:两处似仍旧贯为妥。一、人地已熟,去博物馆则须另创局面。二、人事上这里比起博物馆稍为单纯、况且还能从侧面了解一些情况和动向。不知你以为如何?

相片已由张重一[1]老弟晒了、放大了,现拟陆续寄上。以"诗史堂"做背景的那张,除加晒几张外,还特别另行放了一张大的,约在下周好给你寄去。放大的合影要送给任老一张,待题了字再寄去。此间的气候突变,上星期四上午到午后下了场大雪。不过我仍坚持穿在成都的那套衣服,以示老而弥健(阁下在容貌上虽比我年青,但在衣着上则恐老大的不少?一笑!)。咳嗽已经大好,痔疮也未犯,请勿以为念。再自二十七日起要去参加美协西安分会会员代表大会,要开几天现尚不知道;届时要忙一些,如回信不及时,也盼勿罪。留下的东西不必寄,等重温来时带来可也。好了,就写这些。祝健康愉快!代问阁下的两玉一玲及诸位同志好!代问董老师伉俪好。

泽秦

三月廿二日(1980 年 西安)

[1]张重一(1924—1981),湖南长沙人,摄影家。新中国成立前曾开过"重一照相馆","陕西摄影学会"的常务理事、创始人之一,时任西安人民搪瓷厂美工。

○六○

雄姊:

廿三日信接得。卿况如此,我何以堪?最后承以"逍遥自在"见祝,更使我欲语无言。"家"这面"枷",你才戴上不够两个月,那就难怪你有如此的感受。我之所以能像阁下所祝诵的那般"逍遥自在",当是负荷已久而造成的麻醉的影响吧?现在,也只能以此解嘲了。奈何!奈何!

关于写申诉一节,我的意见:以写为是。至于自我吹捧,不妨个人多少打些折扣,显得谦虚些为是。我觉得"清高"二字在当今之世除了多少给自己带来不必要的麻烦之外,再无其他。通过五七年至今的磨炼,作为知识分子似应该有所觉醒,"现实"一点又有何害?爸爸给你在人大所造成的后果,是值得深思的。况且写申诉,当是一种手续,按照手续办,想领导会高兴,何必别别扭扭,给领导造成不必要的麻烦?最糟糕的,是给人以"自己了不起"的印象,太犯不上。我的意见如此,请阁下裁夺。

关于我的问题,你的意见很对,一定也办。昨天刚寄走内带照片的那封信后,田局长特地到科里来找我,告诉我一定将我的问题抓紧办。今天为了一个工作来找我,又谈到了那件事。看来,是有决心给我办的。当然,我自己也得努力一下。准备开完美协代表大会之后,写个报告寄给市领导,放心好了。

亲朋对你的慰藉,使我也深受感动。但是,相形之下,愈显露了我的"逍遥自在"。好在,我的思想里,"投降主义"已经占据了三分之一的地盘,作最坏的打算,去阁下那当当"家属",以了余生,如何?虽然"迹近不光彩",只要绷绷脸皮,又何尝不可!这次在阁下那里,每逢出入贵校大门,我心里总有一种羞怯的感觉。如果当了"家属",又当如何?这是我思想斗争的根源,也是"稍觉欠舒服",并不全如阁下所祝愿的那样"逍遥自在"的根子。咳!人总是这般矛盾!

好了,就写这些吧!祝善自排遣,保重身体!代问诸亲友好。

泽秦
三月廿五日(1980年 西安)

〇六一

雄姊:

来信已接到三日,因近来一切都比较忙,未即复为罪。

提到如何编目,这项工作与一般图书馆不同。大致情况,将前寄《全国古籍善本总目》收录范围、著录条例、分类表看看就明白了。至于其他细节,便麻烦了,纸上谈兵,徒劳无益。你的钻研劲头是深堪钦佩,但涉猎过泛,未免太不爱惜精神,望多加留意。

我近来一切都还好,只是一到晚饭之后,就感疲倦,连书俱懒得看,人不服老是不行了!除了编善本书目之外,要参加省书法协会和终南印社的活动,要给旁人写字,刻印,闲聊,同日本书法家交流,真是整天不知道瞎忙些什么。有时想来,出岫之云荡漾于九天之上也确实受罪。阁下闻此议论,当会嗔我惯于疏散不识抬举吧?一笑!匆复,并颂近祺!

泽秦上

三月廿七日(1980年 西安)

〇六二

雄姊:

廿七日信昨天接到。看来,阁下的情绪已有好转,如果不是矫情,那就使得敝人能安下一些心了。

郑大姐对我的维护,铭感无已。前有郑,后有廖,想是敝人前一世广结善缘的酬报吧!一笑!

…………

会开到今天,已是最后的一天了。昨天上午大家去省委礼堂去领受省委马文瑞、章泽和省长于明涛的接见,还照了相。其"光荣"当不下于阁下的"荣膺"贵市金牛区政协委员。今天上午选举理事,午后闭幕式,夜里一场"蝴蝶梦"电影宣告胜利结束。五天的会,如斯而已!会上对我们这些比较上了年纪的和比较所谓"有声望的",俱分配了住处(年轻的,住的近俱请回家睡),是优待的。但我只住了一晚,开完会,只要夜间的活动不大紧,都回家睡。饭食却不够理想,甚至一盘菠菜拌粉丝也算四大件之一。是则敝人的"延安作风"也算得"永矣勿替"了。

你的申诉写了,很好,措词还得当。不过结尾转得欠灵活。依靠群众(阁下有"在群众提名下")自然是万分正确的,可是,对领导的关怀竟毫无表示,依然"傲骨崚崚",似欠周密一些。——我的意见如此而已!

罗大姐的问题解决了,可喜可贺!看来还是"朝里有人好做官"。惜乎,我是早走了几天,未能参加那次盛宴和胜游。

　　罗大姐要去北京,是否考虑一下,只要她的车次便于迎接,我可以去车站去见见她,并请她将留在成都的东西捎了来。假若此举可行得通,望再买三斤豆豉、两斤辣酱(都要一斤装的)和三至四本我在草堂买的那种书。不过,首要的条件,必须考虑到罗大姐去京所带的东西是否多。即使不能捎东西来,我去车站接接她,送上两盒点心,也算表表我的一些意思,当亦可通吧?阁下以为如何?

　　黄稚荃[1]的诗相当好(结句我不太喜欢,限于平仄,所以用"一笑"承上。其实是还可以推敲得好一些的,是不?)至于她的字,"二王"体未见到,不敢置评,隶书却相当平平。好在她是位女的,因而就比较难得,的确具有书卷气,这是一般男的所不能及的。

　　至于阁下谈到一个人心境和气度对自己生存的重要,自是一番大彻大悟。以阁下二十多年来的遭遇来衡量,心境和气度也并不弱于她。我看,阁下的病在于争胜好强,但辩证地看,阁下的病也正是阁下受益的根子。如果不争胜好强,想也早追随二老于地下了,是不?天下间的事,总是这般矛盾,奈何!

　　花会未看成,自是一大憾事!这怪我把文管会的结尾工作看得太繁重了。其实,只要破上三五天的工夫,即可搞完的。事已如此,只好借此自解吧。要去开会了,就先写到这。匆匆,此祝健康愉快!

泽秦
四月一日早七时(1980年 西安)

　　附相片,内一张请送给任老。

[1] 黄稚荃(1908—1993),笔名杜邻,四川江安县人。曾任四川省政协常委、中华诗词学会顾问、四川诗书画院顾问。著有《杜诗在中国诗史上的地位》《杜诗札记》《李清照著作十论》《杜邻存稿》等。

〇六三

雄姊：

　　昨天上下午都去车站，这因为阁下来电说的车次是64，可是又有"晨过西安"四字之故，下午总算接到了。东西好重，费了劲好容易弄到出站口，不料又被拦住以持的是月台票，而被罚了币三元一角（原罚四元六，带款不够，又去六娘处去借。可能看我的态度好，只交了三元一角？）。回家开箱一瞧那些青菜，毋怪分量够瞧的！原来估计仅捎来书、鞋和豆豉、辣酱而已，不想竟这样多，这样重，累得出了一身汗。"爱之能无劳乎，"其此之谓欤！？

　　青菜头西安有卖的，但买主不多，想是未发现它的味道？莴笋有而价昂，豌豆尖确实是绝罕见的。离开成都时，阁下张罗带此东西，怕行李重而未带。这次去人如愿以偿了。可是，倒不如上次带来，有小伙子扛，也免得叫老汉遭殃，一笑！

　　老三的信附还。看来，在文学修养上，他有一定的造诣，当是受了阁下熏陶的结果。康济[1]兄的后人个个俊彦，卢门有后，五世其昌，确值庆幸。漪麟兄妹也个个才能，也是可喜的。君子之泽，绵绵无极！

　　长慧、长敏久无信来，我也忙得没给她们去信。东西带去，想总该有个道谢的表示吧？嫁出去的女儿，泼出去的水，奈何！奈何（当然阁下不在此例）！好了，就交代这些。此祝健康愉快！

　　　　　　　　　　　　　　　　　　　　泽秦
　　　　　　　　　　　　　　四月七日午前（1980年 西安）

再：咳嗽仍未大好。气候忽热忽冷，最难将息。勿念。又及。

---

[1]卢康济：卢君雄胞兄。

〇六四

雄姊：

　　收到东西的次日寄上一信，想已递到。快一周了，没得到阁下的信，忙？还是病？念念。

　　你腹际的包，必须去检查一下。这桩事，想请廖老师代我监督一下，不反对吧？

　　关于《三希堂法帖》，一回到这便打听了。目前像这样的东西，文物商店不花大价钱买进，但极欢迎将字帖放在他们那寄售，卖家爱要多少钱就标多少。可是，卖了之后，卖主只能得到售价的十分之一，而经手的他们则得十分之九。因此，要变卖掉字帖以达到咱们买一部十四吋彩色电视机的目的，便得标一万九千八百元，那么，必须等待这么一位发疯的外汇持有者方能实现，恐怕比"俟河之清"还要难吧！？

　　长慧、长敏收到你带的东西后，有信给你否？念念。

　　昨天我去看病了，还是咳嗽。大夫说我内火重，开的药有生石膏、淡竹叶这些。吃了一剂后，咳嗽已经比前些天爽利了，当是收了效。还有两剂，想用完之后，准会大愈的。望勿以为虑。

　　再：这里的工作已快结束。这一星期天，要去看武馆长，看看他的态度。如果不坚持叫我去博物馆，我便留在这了。目前这里搞调资，一个星期要开三四天的会，我没参加会，因而清闲之至。希望在暑假之前不解决我的问题，就有充分的自由去同阁下共度假期了。好了，就写这些。此祝健康！

　　　　　　　　　　　　　　　　　　　　泽秦手上

　　　　　　　　　　　　　　　　　四月十日午后（1980年 西安）

　　代问诸位老师好！

〇六五

雄姊爱鉴：

星期六晚饭后重温来了，带来你的信和可可晶。巧克力西安已有卖的，而且比你那便宜三分钱。以后这样的破费似应该减少，否则阁下的经济情况是难好转的。

十九日的信在昨天收到，何其快也！想是阁下操心我的病，连邮局也加把劲了！我的病已经大见好转，工作也不重，务请放心。前天得到长敏的信，捎给她们的东西已收到。信上还说准备去看看白老师；照你所说，她们也没见到白老师。至于信，想她们再忙，也一定要回你的。长敏的通信地点是北京朝内大街（朝阳门内大街）人民音乐出版社，在东四牌楼以西，是容易找到的。秦龙在人民文学出版社，同长敏在一个楼内办公。长慧的家住在干面胡同东口内东石槽三十三号，距离敏儿的单位不远，一出南小街北口就到。

至于我的病，已大大减轻，望你千万不要为这着急发愁。我偌大的年纪，是会自己照顾自己的，令你为此不安，当然迹近残忍；但让我背上这个谴责，也同样是迹近残忍的。我一定抓紧治疗，望你不要惦记，千万千万！

今年我们这一组开了工作安排会，编善本书目这项工作计划在今年十月完成。因为气候冷了，在书库内就不便于搞工作了。看来，此事得叫我唱独角戏了，分量不算过大，大约要四百多部书。不过先编出甲编，只二百五六十部。除了个别比较好的和罕见的须稍加介绍，写出提要之外，大都有了书名、版式和刻板时代就可以了，故而工作量不为过重。目前，没有帮手，我对面坐的沈老，心肠热，可是往往帮倒忙，这次复查卡片，他老先生就帮了我的倒忙，搞得我头昏脑晕。忙了四五天，今天才有了眉目。再，在今天的会上，我趁机表示到了八月我要去你那。组的领导认为是理所当然,探亲假嘛!你们学校几时放假,一放假我就去,住到你们开学再回来,怎样?不过,要在六、七月内先把书目搞出个六七成,方能"要伸",是不?,顶多还要一百多天我们就要相聚了,我们好好熬吧!

花都养得很好,自是可喜的事。昨天去张重一那,郑老特别把给咱俩在草堂走廊照的那张放了大,寄给我,还说什么咱们像是在长生殿……心是好的,然而这个比喻却未免太唐突阁下了,望勿生气。快十二点了,就写这些,但愿能借此给阁下带去点慰藉。此祝健康!

泽秦手启
四月二十一日(1980年 西安)

〇六六

雄姊:

四月二十一晨信,昨日收到。

阁下最近的设想,似乎值得敝人惊诧。既有望于敝人,又何必告老归林?以敝人之见,不若让我去阁下那里为上策。因为成都的确是块养老的好地方,此其一;再则你那的条件,如能搬进所谓教授楼,就比现在更好得多,何况那里又有阁下热心的僚属和可爱的亲属!更何况占着教授楼便打报告退休,会给人以什么印象呢!阁下这种打算,其志自属可嘉,可是,存在的困难却也不小。以我之见,不要匆匆决定,且看事态的发展如何。不知阁下以为这样考虑是否得当?

当然,我这样考虑又会使阁下对"胜利者的骄逸"越加感到憎"恨",越加"感到自己的痴愚",是不?但是,如果发觉人生,人生,就是这样的人生,或许心情能比较愉快一些。你还记得不？去年秋末在体育招待所,我不是向你说过"你会后悔的"。现在,至少在你内心里有一种想法:我成了他的俘虏,向他这位"胜利者"迁就了,低了头,曲了膝,任他摆布;而这位"胜利者"却对自己所做的牺牲不是毫无感觉,就是珍视不够;不仅毫无知恩的表示,而且认为理应如此:还债嘛！谁个几曾见到债主对还债感恩？……总之,你自己抱着这个自以为是失败者的偏见,并用这种失败的眼光来看不尽如己意的事情,那便毋怪无往而不以胜利者的皇冕戴上敝人的头上了！

"魂梦遥系三千里",现在又何当不这样！？只是现在的要求和过去两样了,因此,感受也就不同了。你以圣洁童贞的处境来要求一个放纵半生的登徒子,自然会使你事事觉得轩轾不合,这也是难求备于贤者的。我觉得我错了,甚至犯了罪。让我们永远保持着那样"魂梦遥系三千里"的境界该多么的真挚、淳朴、圣洁！这一番倾诉,或许要被你认作反"发泄"吧？但愿你不怪罪我才好。

我的病已经大为好转,务盼勿以为念。至于检查,希望阁下"己所不欲,勿施于人"。

再:政协的某一负责常委,让我写自传,准备推荐我当省文史馆馆员。市文管会也向上级写了关于我的情况介绍,底稿经过我的修改,主要内容是落实政策,恢复正式工作,予以延揽。后情怎样,当续告。

再:你对"调资"的态度是正确的,但希望不要因此而开罪于任何人。祝健康！

泽秦上

四月廿四日午后(1980年 西安)

此间气候也忽热忽冷,今天下雨,我穿着棉袄。

〇六七

雄姊：

　　卅日信收到。我的一阵牢骚使你伤感落泪，实是万分歉仄。我看今后咱们最好不要再因为这些问题而闹得彼此不安了；究竟哪个是"胜利者"：还有待于实践的证验，你说是不？

　　郑大姐的信看之后，我觉得这位老大姐的胸怀很开豁，而且对事物无往而不乐观，是值得我们学习的。缅怀过去，决不沮丧，尤其在像我们这把年纪的人更属难能。她想请你帮忙写有关她个人半生的遭遇，你当然是乐于从事的。大约我也是有幸能观光于斯役的。不过用什么体裁，倒是需要好生考虑的，以阁下之才且敏，自然是游刃有余的了！照片上的题词，容我寻思寻思再作，如何？你俩的关系不同，代你执笔，先要从你个人的感受立论，是够我受的。阁下严命又不敢少违，只好请阁下假以时日，月内交卷当不会嫌迟吧？

　　调资有你的份，而且能泰然处之，对从来淡泊名利的你，确是个突变。不过这种突变发生在你我同心之后，是否会有人说其影响来自长安古都呢？一笑！

　　五一，重温来家，我却一清早就应重一吃腊汁肉之约去了，没见到他，由德绪和馨儿招待他吃了晚饭，看了电视才回校去。来时还给我送了一包鸡蛋糕，这般温恭有礼，也是阁下的教诲使然？其实又何必如此！长佑在卅日早去北京，四日再去长春，是为学校出差，得月把日子才回来。

　　上星期内看了川剧《燕燕》，地点是在锦江剧院，看时不禁想起那晚散场后淋雨的情况……孙大姐、周文华、廖老师、胡老师、董老师夫妇他们。真是一场梦，然而是场春梦，是场甜蜜的梦！

　　你又去宝光寺了，吃素面了没有？又该伤感了吧？迄今我总不愿再去北京，也是因为那里交织着无限的苦与甜，然而你毕竟比我要单纯多得多。我所回忆的自然先是童年的追逐,但不可避免地还要想到其他,这便不禁会自己感到"登徒子"的落脚何等荒唐,何等悲伤!想这你是会加以体谅的?

好了,就写到此。咳嗽已痊愈,勿念,即祝健康!

泽秦

五月三日(1980年 西安)

代问董老师、廖老师、胡老师、任老、孙大姐、周文华……诸位好,尤其对廖老师要再三致意。

〇六八

雄姊:

三日信昨日接到,比过去快了,值得一喜!

病已经完全好了,只是精神还不如在你那那样健旺,大约是心悬两地的后遗症吧!

阁下说我爱逞强,不服老,阁下何尝不同病?有人说上了年纪的人最怕气馁,一泄气就快蹬腿了。诚如所云,则我们的不服老岂非寿徵?一笑!

贵校在七月初放假,到九月初开学,何其早而长?这样我们的七月七要由农历改为阳历了。不过,探亲假要享受两个月,恐又须让文管会特别照顾一下了。

调动工作等待问题落实后再着手办,极是。目前,文管会的调资工作已近尾声,对解决我的问题当会提到议事日程上了。不过,最近有消息说,文管会要在人事上压缩压缩,也许会有影响?但是既然"委身事人",只好"听人摆布"了;或许归根到底,出路一条:去当"家属"未始不妙!现在,谁也掌握不住个人的命运,只能尽人事,听天命。於戏!

　　至于我还有令自己发愁的事,近来我忽有所得,借以向你说说也好。有一天夜里突然想到了死——这是自然规律,何况即使怕死也还得死,索性来个阿Q的"二十年后还是一条好汉"。然而,夫妇们只闻"同穴",不曾见过同日死(殉情例外),那么,总有个先后,这样就"先死容易后死难"了。如果,牛马走在阁下的前面,那还好办,磨石山上安息,倒也不寂寞,或许还能化为花蝶(花花公子是不能化为纯色之蝶的),尝尝阁下摆在墓前的陈酿红橘酒;如果奄化于阁下山陵之后,又该是怎样的情景呢!?恐怕比孔圣人的栖栖惶惶如丧家之犬还栖栖惶惶吧!? 这些想法,可能是想入非非,可能也有它一定的根据。阁下以为如何?

　　阁下的自奉太薄了,弄些好菜,吃时在桌子对面摆双筷子,岂不好?

　　西安近来也多雨,但还没见雷雨交加。我现在写信时,外面就下着雨。因为今、明、后三天都有外事活动,所以未去上班。日本来了个什么"大道书法访华团",今天去机场接,明天书法交流,后天去机场送。据说这是第一批,内妇女多至四十余位,西安东拼西凑才纠集了四五位年青娃,想找一位上了年纪的还找不到,不禁使我想到阁下。如果来个夫妻(不,应该说:女老伴、男老伴)双表演,又是一番佳话了! 接待后的详情当续告。

　　泽汉两口未见来,我还未得空去他们那,这个星期内想趁空去他们那看看。《小说月报》第二期当想法找本看看。近来文艺刊物多如春笋,质量有好有坏,有些揭露的作品看了还能令看者带劲,推理小说也不坏。

　　该做午饭了,祝健康!

泽秦上
五月六日午前(1980年 西安)

　　对饭食一定要注意,决不能胡凑合,是不是经济紧张呢?清君姊和阁下合照上的题词,可否将重点提示提示? 又及。

○六九

雄姊：

七日信昨天接得。

阁下能想到"老是闹得彼此不安"，确是敝人感激不尽的一件功德事。

对别离是否显得那么"满不在乎""若无其事"？难道要叫我在临别时同你抱头痛哭，方显得"在乎""煞有介事"？……算了，还是"不理"为好！

郑大姐的委托，你如何去婉辞呢？当然，像这样的文字确不易写。回忆录一类的东西，由别人代为润色似还可通，如果代作便很难着手了。婉辞是对的。

代你在合照上题词以什么为主，须你告知。"严命不敢少违"不过是句玩笑话，阁下居然竟自动了气，甚至怀疑到尊重与否，猜疑到以"狮吼"比拟阁下，真让人哭笑不得。看来，古训"相敬如宾"，是不无大有道理的。

像我这样的人竟然被笼罩着"神奇的传说"，不仅阁下要被弄得莫名其妙，敝人又何尝不是!？可是，仔细一想，其根源仍在阁下。因为阁下本身便是一个"神奇的传说"中的人物。九天仙女能下凡，其对象自然绝非庸庸之辈，必然也是"神奇传说"中的人物。这是普通的逻辑论断，自不足深怪。阁下是未来的副教授，如配不上一个"教授"，岂非咄咄怪事！一笑！

文管会对我的事仍无回音，今天又给我一个头衔：落实政策发还文物鉴定小组的成员。具体工作是审查哪些文物应由国家购存，哪些应发还原主。我的东西也在此列。看来，彩色电视机遥遥在望了。武馆长去过他家两次均未见面，上次去还带了一盒豆豉和一桶豆瓣酱；文史馆也无动静。我的意思：文管会既然坚留，自然未便绷得太硬；工作已一年有余了，人事比较融洽，似乎一动不如一静。它既已承若为我解决问题，将来只有我说的没它讲的。省博物馆人事比较复杂，天下还要去另打，不如在市上的已有基础。文史馆属统战口，荣誉较高,工作比较轻(爱干就干,不干就算,每周学习,尽片闲传——贵省"摆龙门阵"的同位语),都有利有弊,阁下替我想想,该是哪里合适!

你那三日放假,我十日左右回去,怎样?过了十日,"掉以轻心"和"满不在乎"之罪岂不又上通于天?

外事活动只在五日下午去当了一次仪仗队,其余的活动因来宾忙俱取消了。来访团长是日本前首相三本武夫的夫人,故而比较隆重。月底将在西安书法展览的川上正(景年,七十七岁),即是这位夫人同她丈夫的老师。前天在电视新闻联播中报道了在北京展出的情况,是写颜柳和飞白的,功力相当深湛。估计这月内是会见到他的。

五一去重一那,诚如阁下所料,这类事自然不能经常搞,何况这类事一搞就会上瘾。自当克制,望勿以为念。

今天午后因下雨,又碰上别人去上文化课,听西大某教授讲"中国史",就未去上班。睡了一觉,醒来便修本。现在馨馨把饭做好,就写到这吧。祝健康!

泽秦

五月十日午后六时(1980年 西安)

○七○

雄姊:

十八日信接到。在我接到你信的同时,还收到邮局退回我寄你的信,原来把一张用过的邮票给贴上了,真糊涂!随即另贴了邮票付邮,想已收到?

上星期六夜和星期日早西安也落了雨。看来,我们虽是远隔重山,却仍风雨同"周"了。一笑!

追悼刘少奇同志大会的实况,我也看了。昨天文管会还学习了"恢复毛泽东思想的真面目"，通过学习，收获很多。但最重要的是文人伎俩的伟大，因而更令学习者认识到毛泽东思想的伟大。文人之不可缺少、用处的宏伟，令人不能不佩服得五体投地。叨在文人之列，自然也感到莫大的光荣了。

下次的外事活动是接待那位川上先生，恐怕还要参加他的书法展览开幕式和书法交流？

最近又收到四张外宾给我照的相，俱是彩色的，比较大，不易寄。我们的合影也有放大的，我的意见不如等我去时带了去，如何？想看，要送人，何必着急这三四十天呢？

长佑前天从北京回来，慧、敏捎口信让我代为问候你。听说还准备送什么绣的东西给你。慧儿和阁下同一命运，也是在调资的三榜被淘汰掉，故而情绪不好。对于调资，这里有人传说出什么调资的四部电影：一是《甜蜜的事业》，二是《沉默的人》，三是《生死搏斗》，最后是《尼罗河的惨案》。虽洽于事情，却未免谑而虐。我以为最后一部不如换为《冰上的梦》，比较含蓄些。可惜阁下没看《冰上的梦》，结局倒是很美满幸福的。快上班了，就写到这吧！祝健康！

泽秦

五月二十一日午睡后（1980年 西安）

○七

雄姊：

廿三、廿五信先后接得。想将接待外宾的情况告诉你，故延至今早方写回信。

前天上午举行开幕式，去参加了。会上人很多，仪式也比较隆重。川上的精神矍铄，但自视甚高，作品除少部分尚传统外，大都平平，惟裱褙颇精致。据说一副屏,花的装裱费约折合人民币两千多。镜框也雅致之极。会上送给一部册子,印刷很考究,待去时带给你看。午后去丈八沟宾馆礼堂座谈和书法交流。我在会上发表了一首诗,并写了送给来宾。原准备了两首:

一

　　龙蛇腕底竟奇雄(今上御名),宾主挥毫兴不穷;
　　莫道比邻云水隔,千年书法根源同。

二

　　柳骨颜筋饶苍劲(川上的字出自颜柳),
　　四体精工盖有由(真、草、隶、篆俱能写,故云);
　　赢得书名垂海宇(有些捧得过分,但又不得不尔),
　　春风桃李遍瀛洲(弟子甚多,团中男女皆是)。

因为席间有位老者即兴赋诗捧了这位书家,于是我也就没用第一首而用了第二首。

书法交流组织得欠佳,乱得出奇。除了双方的团长写时比较整肃外,多各自为政,谁爱写便写,倒也自由得很。来宾的头头是位女的——森毬,大约是位高干的家属,人虽老了些,而风神绰约,容貌端丽,字却写得不怎样。其余的更是自郐以下。看来这位川上的教学效果并不理想,同他们的招牌——大道书学院大不相称。川上之所以享名,殆由于其在政治或经济上有特殊背影乎?或许是黑龙会中的潜势力亦未可知。

接待外宾的情况如此而已。再则,昨天上午去看泽汉,并同他夫妇二人上香积寺(从韦曲搭公共汽车两站到贾里村,再走二公里即至)和贾里村大姐的舅舅家去了一趟。香积寺是新翻修的,上月还由中日两国僧众在那做过盛大的法会,布尔什维克的大居士赵朴初同志曾来陕随缘。可惜,我认识的和上[1]进城参加政协会议(市上的要比阁下高一级),未能进寺观光。寺门严扃的原因,由于想去参佛焚香的信女信男过于沓杂所致。

泽汉因为血压高,曾住了一个短时期的院;精神相当好,走了一路,几乎没停嘴过,谈风之健甚类贵省的人。听他讲话,不禁想起阁下,如果阁下也在,二卢二陈,当也凑合得妙!我想这样的机会将来准会有的。

泽汉给你两张相片,随后寄上。一张是他夫妇结婚卅五年的纪念,一张是他们的三位媳妇和长俪的合影。

　　再：参加开幕式后，就便上亲家那去（有从咱家去桥梓口电车站那样远近）。他们都在，还招待我吃了一顿饺子。亲家母已能下床活动，桌上还摊着咱们送给的纸牌。问你暑假来不来西安，并让我代他们问候你。

　　好了，要准备去上班了。就先写这些。祝健康！

泽秦

五月廿九日早（1080 年 西安）

代问阁下的僚、亲二属好。

[1]和上：和尚。

〇七二

雄姊：

　　六一信昨早收到。

　　这些天来，杂务较多。前天晚上在小雁塔与日本贞吉书道学院的成员书法交流，从七时多一直忙到十时半才完事。今早又去博物馆听川上景年做学术报告，午后又写了十多幅字，没去上班，得空方写成这封回信，恐又会害得阁下不知跑了几次收发室，真是罪过！

　　前些信内提到的问题，我以为有些不尽如你所想象的，故而忽略了没回复，现谨答如次：一、上下搬书入橱已于上周末结束，从本周起先作编善本书目的准备工作，已由武戏转唱文戏了，望勿以为念。其实，过去搬书也有一位女青年帮着搞，因为她比较粗心，所以我要插手。

二、带回的窗纱,绷了碗橱,又把西边窗户也换上了,不够的,又配了几尺,装在东窗上,是由马正达[1]在四月初安上的,记得好像已向阁下汇报过了?

三、文管会对我的问题截至目前,还无动静。其原因当是由于领导之间有矛盾,第二、三把手同二位科级干部联合起来,反对第一把手;据闻相当白热化,当然也就顾不上我了。我原准备催一下,但因为文史馆方面尚无回音,故拟等待一下,为将来去文史馆伏上一笔。今天去博物馆,遇见泽汉在长安县认识的一位朋友(他最近调到博物馆)和我的一位老友(现任保管部主任,兼省文物商店要职),后者表示博物馆仍拟要我去它那。似此,退路好像不少,即使文管会不积极,正好我有话说,它没什么好讲的。我是处于主动的。如果把工作靠实了,反而被动,不如先拖一下子,你以为如何?

四、审核发还文物工作,在上星期六参加了一次会,会上研究如何落实政策。看来,中央指示全数发还。好的,有价值的,如果物主不愿卖,也不能勉强。但,文管会方面却以省文物局有指示,属于四级以上的文物要由公家保管,显有抵触。会上决议:把田局长从上面带来的精神向省、市再作汇报,看上级如何办。似此,又是上层一套,下层一套了。真不是一种好现象。田局长为人甚精干,看问题也很准,他是主张按照中央指示办事的。现在尚未检查到字画,我准备就自己所能记忆到的,写一个清单,在鉴定字画之前,交给这里主管的同志,以免有人说闲话。我的东西大概都还想得起,当然其中也会有所遗漏。通过最近的了解,抄家的东西都是有账可查的,这次发还我的杂件上便标有号数和姓名,字画当然也不例外,其所以对外扬言无账可查,目的是相当明显的。

我在会上发了言,说我的地位,一半是官方,一半是被抄的,很尴尬,大家都笑了。我也批评了文物商店收买价之不合理,太亏人了。他们也承认了。我们科领导说文物商店给人家一件明代做工的犀角杯一百多元,比药店收购一两贰佰多元的价还低得多(本物要值两千多,何况还是一件完美的文物),也有同感。不过,收购文物的专家又不能当家拿主意,而是由行政上的权威做主,这些同志们恨人富,因而只晓得白手起家,无本生涯可贵,昧着良心坑人,又奈何他们不得。目前事情之不好办,大都如此,可为浩叹!

老二给阁下寄的衣服,诚如阁下所描绘的那样,的确穿不出去,还了很好。不过,搭上两段料子,似又何必!

象理[2]昨天回来了,已戴上了红领巾,可见在家中虽淘气,在学校还是比较听话的,巧克力这里最近缺货,你的意思我告诉她了。我说"六一"节,奶奶叫我给你买一盒巧克力,可是没买到。孩子说:"我有,是爸爸在北京买的。"德绪说是她二姑父(秦龙)[3]给买的,知注并闻。

好了,就先写这些,祝健康!

泽秦

六月四日(1980年 西安)

[1]马正达:陈少默小女婿,书法家,陈少默纪念馆名誉馆长。
[2]陈象理:陈少默孙女。
[3]秦龙:陈少默二女婿,画家,时任人民美术出版社编审。

〇七三

雄姊:

八日信接得。

阁下"精神分裂症"的病因,自然非敝人莫属,但是阁下的沽执(滞),遇事想不开,也是多少有份的。

关于落实政策,我的意见似不必操之过急,更毋须去告御状,迟早总会解决的。即便不解决,我现在的日子不是还过得可以吗?满足现实,当然是我一辈子"没出息"的根源吧!

关于文史馆一节,介绍人是省政协副主席胡景通先生,他也是民革全国中央、陕西省委兼副主席。其兄胡景翼,乃父亲的旧部,后为靖国军,卒于河南督办任上。景通先生在"文化大革命"前被监禁了十二年之久,前年才昭雪平反。他对台尚有一定的影响(陕籍国民党军人多同他相识)。关系如斯,所以我认为不至走走过场。宋亲家现荣任民革陕西省委,但他与胡的关系并不深。同胡我可以直接打交道,不过却不愿为自己的事去找他。好在,院里李家的老李在退休后由胡约去政协,帮有关写文史资料的忙。老李的父亲百川先生是胡景翼的秘书长,关系也深,这次就是他向我传达这件事的,简历也是通过他去交的。这件事的情况大致如此。目前文史馆正处在搭架子阶段,因而着急也没用,只当一个有希望的希望可也。你说是不?

审核发还文物工作,每周星期六开例会,上周开始搞字画。我们的职责:鉴定好坏,决定哪些可以发还,哪些可以价收。目前的症结是:有的人主张一律发还,可以劝说卖给国家而不能强迫,这才符合落实政策精神。有的硬搬"四人帮"时期的规定(而且这一规定也是由我们这拟就的意见,上呈批准下来的),认为可以硬性收买。田局长属于前一派,现已上报了中央文物局向田指示的精神——不能强迫。且看下回分解了。我自然是属于前一派的。但因所处的地位有别,只能表示看上级如何决定。现在只能看上面的老爷是否搞土政策的了。

学校的假日已定,我准备在我"爬墙"[1]日子之前到你那里去,好一同过那个不幸而又有幸的日子,阁下当不反对?

给郑大姐与你的合影题词,前天胡凑了一绝:

    结伴髫龄手足亲,相逢须惊换华鬓。
    休伤曾历沧桑变,颐寿常怀无我心。

请酌定。"鬓"字是否押对,也乞一查。

钱,今汇上币五十元。不够,再来信。

编善本目录还未开始,现可以说处于休整阶段,颇闲豫。从报上看到贵院的广告,白娃、熊娃俱有大作,可喜。匆上。即祝健康!

                泽秦
             六月十三日(1980年 西安)

---

[1]陕西方言过生日叫"狗爬墙"。

○七四

雄姊：

　　十三日信接到。我近来不知为什么思想欠集中，往往把事情搞错，将发信日期弄差，当是这些表现之一吧？或许是老昏懂了？

　　合影题诗，望你酌改。未检韵，是学泰山。我这也存有《诗韵合璧》，但临到用时却懒去找它。好在目前的新体"老诗"，只要合辙就得。近来这里《西安日报》上发表了一些市级领导做的《访日游诗》，大都此类。吾侪小人在君子德风的感召下，也效尤效尤，何尝不可！

　　汇款给阁下花，是分内事。过去，父亲给现在敝人奉缴，但愿将来长佑他们也孝敬。那么，阁下的"三从"便齐备了，加上阁下早具的四德，岂不是闺范俱全了？一笑！

　　星期六寄上一信，当已看到。看来，去你那过狗爬墙的希望又不能实现了（我想阁下是不会不顾及武馆长的意见的）。好在过了六月六，还有七月七，更符合现实些，是不？赶月圆，我想是会赶上的，姑且以六月十五日到你那，已是下月廿六号了。我想不会迟到那一天的。训练班是自二十日至月底，我的报告说明可以照顾提前，在二十三、四当可结束。一结束便成行，故而月圆时节人团圆，想是没啥问题的。

　　重温还未来，但看来我们是不能一道回去了。现在大学正忙于准备考试，我想考试之后，重温是要来的。至于我回去时是否惊动尊驾到车站来，现在说来似嫌为时尚早。不过，我的希望，要惊动也只限于阁下一人而已，千万不可不要像春节时那个场面，真让人消受不起。丝袜待去时叫长馨给你去买，如何？这种差事，她去办要比我强得多。

　　"X"是个什么字？把东西寄给长敏，我想她是不会"X"气的。衬衫的尺码告诉她没有？

　　《鉴真东渡》，因为长馨要看四频道的电影，因而只能看到最末的两场。情节相当热闹,把二王真迹以及玉环同李林甫之间的斗争都吸收在内,剧作者想象的丰富实堪钦佩。场面也大,要比话剧好的多了。《天平之甍》,在成都上演了未？有暇不妨看看。

董老师贤伉俪特邀阁下看电影,用心的挚厚,使我深深感激,也使我深感惭愧。望代向致意。

编目工作从明天开始,同时还需为训练班的讲课做准备。后者限于时间,甚不易准备。现在搞工作大多"走过场",真不是好现象。然而担任这门工作又不能不准备,否则,就太显得不负责任了。何况"名誉攸关",不得不慎重将事,奈何！

好了,就写这些。愿君健康！

泽秦

六月十六日夜(1980年 西安)

从这里带些什么东西去你那送人,盼了解一下,以便准备。又及。

〇七五

雄姊：

十六夜信已得。训练班你同意去,我就去了。在二十五日前,想是能回到你那去的。

熊老师拟学拓片,可以设法办,最好要个学校方面的介绍信,以便先公而后私。拓本不难学,但学精也还不易。如果官方有困难(作最坏的估计),让几个青工偷空教教,总能办到的,请熊老师来好了。

这次去训练班,他们想叫我写个书面东西,好在什么手册上发表。因为不大好写,我准备不做,但发言提纲总须写的。看来,又得忙起来。我现在居然成

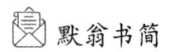

了思想懒汉,一见写东西便伤脑筋,怎生得了!

　　入了夏,的确不如前些时期胃口好,想是一般人的通病,望勿以为念。训练班据说不是在渭南便是在华山脚下办。如果在华山脚下,当有机会一游西岳。不过,以敝人的鼠胆,恐是望莲峰而却步的。可是,能一瞻仙掌也还不错,是不?

　　给郑大姐的诗经阁下调整后顿改旧观,韵押对了,可是,词句不免"头巾气"稍重。我以为,不如这样:

　　　　四载同窗接席频,重逢百感竟难禁。

　　　　休伤曾共沧桑变,特健须怀无我心。

　　阁下以为较胜前作否?"共"字是推敲出来的,比较切合同摄影的现实。阁下的"成均",典过雅,正是"头巾气"的流露。原来的"颐寿"似亦如是,可谓"沆瀣一气,夫妇冬烘",对耶否?"竟"原拟作"情",但是平声,未用,可否斟酌斟酌?(仍是"竟"字妥。)

　　该睡觉了。此祝健康!

泽秦
六月十九日(1980年 西安)

熊老师信附还。

末句可否作"最是养生无我心"? 又及。

"四载"易作"忆昔"或"忆昨"。

〇七六

雄姊:

　　廿日函接到。归去之期当不迟于廿四日,月圆时节能团聚矣。训练地点现尚未定,但渭南似不如华阴清凉,以其傍山故耳。饮食起居自当留意,望勿以为念。西安近日多雨,风凉有时似初秋,并不似重温说的那样热。重温今午有信来,云恐不能同道回去,已函复讫,能否一路,只好届时再看。

"典故"想必有趣,现在不告知,只好等廖老师面告了。熊老师到时,一切遵示办理,勿念。

长敏信看过,附还。得暇当写信给她们。她们也够懒的,自然,有病也得原谅她们。长慧心胸欠开拓,但像这样的事,谁遇着也不会不 X 气。明季事坏在监军一类的手中,这伙的权不减轻,"四化"是不易实现的。虽然,到处都有好人,可是,这伙子里确也难找出几个好种来。因此,我怕和这一类家伙打搅。

再有一件事想请阁下办办:德绪有了喜,厂里已批准指标,但转到长安县生育计划办公室给卡住了。昨日长佑求我向他二娘问问,有无门路可走。但,过去我一再叫他夫妇去老二处走动走动,他们一直未去(强调忙,简直不成理由)。现在急来抱佛脚,如来自难发慈悲。我去说,老二无所谓,老二媳妇不给面子,岂不伤脸。我意:不如由阁下出面,或能于事有济,未知阁下能出面斡旋否?望考虑一下见复。如果给老二夫妇写信,不妨将长佑两口训斥一通,先给老辈消消气。至于实在无能为力,也盼把回信给我让他们看看,知道咱们的心总算尽到了。此事如阁下以为可办,即请抓紧办办。

"X"字有本,足见阁下比"专家"还"专家",我这位孤陋寡闻的"老九",只有自认惭愧了。这些天,借故在家里写训练班的发言提纲,下午不去小雁塔,因得暇写这封信给你。上次信内提到给郑大姐相片上题的诗,廿日来信没提及,想是未邮到吧?祝健康!

泽秦上
六月廿二日下午五时(1980 年 西安)

〇七

雄姊：

廿五日函收到。题诗承过誉，实在惭愧。阁下启发之处，也功不可没，确实太谦虚了。

讲稿因为对象对书画和善本两门毫无基础认识，讲深了不解决问题，浅了登在手册上，又未免寒伧，故决定不写。将来拟个发言大纲，结合实物，给讲一些入门的基本知识，以便初步地展开工作，似比空谈高深理论实用的多。尊意以为如何？

在西安很难看见一些珍贵的书画和罕见的善本，因而我的所谓鉴定知识可以说是十分贫乏的。至于被缪推为什么"专家"，更是"蜀中无大将，廖化作先锋"，对于善本尤其没有把握。虽然看过些有关的书籍，但也看过就忘，遇见东西，必须翻资料，等于大夫临开药方时要查药性论，是何荒唐！懒写东西，不仅由于思想懒而借以藏拙，怕露马脚。阁下尚欲为我作"抄书奴"，岂不折煞老夫也！西安近来也常落雨，但邻近各县，尤以北面蒲城、富平、合阳、韩城高原一带，却闹旱灾。富平灾情更大，夏收每人只分到小麦十斤。我们住在城市内的，真是烧了高香。

今夏因郊区雨水较少，番茄收成欠好，市上很少见往年那样又大又红的西红柿子。我看，只有到阁下那里去吃了。

熊老师想学拓拓片，我已有布置，待他来后，即作安排，勿念。此祝健康、愉快！

泽秦上

（六月）廿七日午饭后（1980 年 西安）

白老师的大号是够为"澄声"？盼复，以便为他治印。又及。

四川省成都市体院路
成都体育学院体育史研究所
唐君毅老师鉴启

西安市文史研究馆
陈泽秦

地址：菊花园29号
邮政编码：710001

四川成都南郊
成都体育学院科研处
唐豪雄 同志
陕西西安市桑家十字西七号
陈乃乾

〇七八

雄姊：

廿六日信已得。

给老二的信写了，甚好，总算了件心事。但愿阁下的面子大！

贵校拟把我调去团圆，由于我现在尚非正式成员，恐怕不能如意。不过，这样也好，可以借此督促市文管会一下。至于单位如何问我，却是无法估计的。我心里有个准备是必要的。

去训练班，已经过我们科领导同意，是省文管会派专人来接头的，当然名正言顺。即使市上心里不愿意，口上也是不好意思拒绝的，因为是武馆长的面子。再则，对我也确是十分有面子。我之所以说是"借故"者，仅是说明借此之故而言，并非阁下所想到的那样。于此，可见阁下的精细。

一事不知士之所耻，一字不识当然值得惭愧，又有何面子之可顾。"知之为知之，不知为不知，是知也。"该多辩证。问题也不如阁下想的那样严重。对好多字，我只知其大意是什么，也有时予以引用。可是，字音常常读错，这是从前念书太粗、太马虎的落脚。如今，想纠正，而记忆力差，已是纠正不过来了。古人云，时过而后学，则勤苦而难成。信夫！？

也告诉阁下一个消息，昨天市文管会让我写个清单以便落实我被抄去的字画和其它文物，已经开始写了。好在从前有个底子，再加上回忆，大约还能十得七八。看来，电视机确已在望了。

快见面了，但心情似应力求平静一些，以免过度刺激，造成不良的后果，是不？——这是开玩笑，别又多心生气。

西安这些天热了起来,昨天已换上凉席。夜里仍出汗,加上蚊子多,真睡不好。想你那里,楼高风大,必然凉快而又少蚊?据闻成都夜间多雨,是满有诗意的。

善本书目工作顺利,现已将经、史两部分搞出初稿,子、集部分需要考证的不多,估计去你那之前,可以将子部搞完,那么,就可以多在阁下那里住几时了。拼出一两月的临时雇工工资,和织女能团聚些美好的时光,该多好(这些话似乎有语病,望不多要多心)!好了,就先写这些。祝健康、愉快!

泽秦
六月廿九日(1980年 西安)

代问亲属、僚属好!

○七九

雄姊:

熊老师捎来的信和吃的东西都收到,昨天又接到四日的信和照片。

吃物捎得太多了一些,有一袋陈皮梅和两包怪味胡豆满可以了。阁下之受孔方兄的迫害,根子即在于缺乏计算,爱面子,讲排场,但愿在来年能有所改进。像我们这般年纪,虽毋须把孔方兄带进骨灰匣,可是也不必为了它老兄而在思想上背包袱。添家具,留给哪个?还不如供献自己的五脏神为上。阁下以为如何?

昙花美甚,然而花虽美,总不如"人面昙花相映白"能给我以亲切之感。人年青时的美固然美,上了年纪的美又别具一番风度,阁下不可妄自菲薄。就我自己来看,敝人虽是头发稀且白,嘴上又添上一些毛,可是自视风度要比年青时强一些。当然迹近自吹自擂,质之阁下,以为如何?老太太要有老太太的风度,否则便会叫人看不顺眼的。

没能参加赏花雅集,真是憾事。我想来年准能预此盛会。到时把花放在我们的中间,拍张照,"从面昙花相映白"该多富诗意!一笑。

今天是爬墙之日,鸡蛋卷的确给我添了几把劲,一鼓气把发言稿写完。这样的稿纸写了三十七页,约一万四千多字。星期一在博物馆讲了一遍,压缩很多,也用了三个小时。如果照本宣科,即兴补充,也必七、八小时始能讲完。我准备征求馆方的同意,把善本书籍舍去不讲(馆方也似有此意,因对善本书籍已做过普查),任务就轻松多了。目前的问题,开班的时间仍未确定下来。好在,不论拖到几时,我在你那总是要呆够一个多月的,等到初秋再回单位。只要不要工资,而在十月内完成目录初稿,市文管会是对敝人没奈何的。目前,目录已将子部搞完,拟在下周再将集部搞一些(这部分考证不多,不难搞。加把劲,一个星期足可弄完,但又似无此必要。何况现在搞工作总以留一手为上策),因此,深切希望阁下稍安毋躁,恭候台光。

给白老师的印已刻好,石同志也在昨天交办不误。

熊老师和孙老师前天傍晚来家,打听去秦俑馆和乾陵怎样搭车,我已详细奉告。他们计划先远后近,完全正确。今日晚饭后,拟去体育招待所去看看他们诸位,还准备招待他们一回,略尽东道之谊。我想阁下是会同意的。

要的照片,已请张重一老弟各放八寸的两张(花前和诗史堂前两张),想已够用。

再,刚才得到重温来信,他定七月二十五下午车回去,问我能否同行,可由学校订购车票。我准备回信告知我的情况,让他先回。你的信他已在十六日接到。

快准备晚饭了。原想吃面,而长馨早上把米饭蒸重了,不加劲吃,也成问题。好在白米饭,炒鸡蛋,番茄汤,金光银气,预卜今后的财运亨通,正是大家的祝愿。善哉!善哉!此祝健康愉快!

泽秦上
七月十七日,六月六(1980年 西安)

○八○

雄姊：

廿二日信已得。

想不到为了恭候台光，竟使阁下蒙受损失之惨重如此，殊令敝人既愧且感之至！

训练班截至今日仍未确息，使人焦急。如果迟至下月初不能开始，我只有不去了。否则，让阁下着急得有个好歹，如何得了！

调资有望，可喜，可贺。沙发似不必忙着去买，西安的已经减价了四分之一，未知成都怎样？等着与电视机配套好了。我想在年底总该落实到我的字画。西安最近破获一起盗卖文物案，一副郑板桥的画竟卖到两万元。是则，我的字画总值也不下于四五千元，可以娱老矣。当然，目前的事总须兑现了才算数。

我自从五七年之后，凡事老是不敢过分乐观，结果，受益不浅。但愿阁下也能少贬其乐观才好。

让我管财政，恐怕是以五十步笑百步，岂敢！岂敢！只要自己稍加樽节，情况是会好转的，不必叫我跟着作难为是。

照片已放好，约明日去取。大有大的优点，要送朋友，大了总体面些。

对孙教授一行，招待未成，仅送了小雁塔的导游图同纪念章（每份合币五角），实在简陋之至，恐有损阁下的面子，祈原谅。

再：阁下这次调资，有人"不舒服"，其中不无消息，这当是阁下平时傲上爱下的结果，盼对上级能多少加以颜色，特别对搞政工的老爷们更应"小心伺候"。小人是不能得罪的，"敬鬼神而远之可也"。

白澄声二同志的印已刻上，给阁下亲僚二属要送什么，乞示。

好了，就先写这些。祝健康愉快！

泽秦

七月廿五日（1980年 西安）

〇八一

雄姊：

廿四日信及书已收到。书大可等到我去你那看，足见阁下的性急；或许也是对我的一个促进。

连日来，甚为阁下的牺牲惋惜。这个训练班真是"该死"，到现在还未把日期确定下来。

阁下的假期已经渡过三分之一了，奈何！

送人的东西，我看仍是每人买双袜子，比较好携带。此外，已经买下三瓶本省出产的葡萄酒，配上几盒水晶饼，想已够应酬了！给董夫人的枣子当然好买的。

《中华活页文选》已买到一套，去时奉上。第二册不好买到，是走后门才找到的。

重温想已见面？

西安近些天比较热，好在科里有电扇，书库里也凉快。图书馆要移交文化局，我们的存书恐将全部移交。借此过渡时间，能浏览一些需要看的书，倒是不容放过的。我想搜集有关评论颜字的资料，见了就抄存。这虽是个人的偏嗜，但受爸爸的影响不小。其他有关本省金石的著录也在涉猎之列。惜乎，记忆力太差，看了就忘掉，只好也去记下。

过去，看书毫无计划，诚如阁下所谓的"泛览无归"，这是我们的通病。过去称某某"治学有方"，现在才明白了这个道理。不仅要有向，也有法，才是兼而"方"之。记札记，确是个妙法，可是必须分类。我记得过于凌乱，往往用时要瞎找一气，但毕竟这条佛脚还很值得一抱。

提到有人问到敝人的行踪，阁下何不云："他要来，但有要事，须办了之后来。"如果追问什么要事,岂不是又替阁下脸上添彩吗?太不善于自我吹嘘了,毕竟老实!一笑!

该做午饭了,就此搁笔。并祝健康!

泽秦
七月廿七日中午(1980年 西安)

〇八二

雄姊:

七月卅早发的信,今日午后即收到,何其速也!

训练班仍无消息。我准备明天到博物馆去问一下,如果拖到十号左右不能让我把课结束,我就不恭候了。从上周起,我便未好好去小雁塔上班,因为近来经常感到右侧腹下部不时隐隐作痛(原先疑心肝上有病,经大夫检查是肠胃上的毛病,望勿紧张),昨天痔疮又小犯。打算从明天起便向市文管会请假,好做去你那的准备,同时也便于和文管会结算工资。好在善本目录的初稿已完成,大可在你那住到九月底再回西安。豁出两个月的工资在成都"耍伴",想阁下当不会反对?不过,这一下,阁下要购置沙发的愿望又将破灭,奈何?

送人的东西,已打听好尼龙袜。如果成都有,到那再买,如何?蜜枣是否蜜饯一类?抑是普通的红枣?乞明示。水晶饼自然要带。

老二给你的东西也已捎来,容面呈。

有好多话要向我说,不妨有问即记,不要尽在脑子里打圈,以致失眠,增加我的罪过为要!

阁下的种种烦恼,真使我十分不安,务望善自排遣,不要搞出病来。

小说,你想看哪一类的,我好去借。最近看了一部《梅里英短篇小说选》,相当好。如果阁下爱看外国小说,市文管会大大的有,而且正归我们保管,是很好借的。

朱自清的《经典常谈》尚未见到。大凡新出的书,我总能见到的,有了当给阁下买到。

再:这次你来的信何其神速,我疑心是从航空邮来的。如果是这样,恐怕宝成路上又出了什么麻烦,亦未可知?

好了,就写这些。祝健康愉快!

泽秦启

七月卅一日夜十时半(1980 年 西安)

代问阁下的僚、亲二属好!又及。

〇八三

雄姊:

昨寄一函,计达。

讲课定于五日午后,六日自临潼归后即买车票,至迟可在八日首途。车次俟买到票后再电告。届时只有阁下一人来接最好。

从接信之后,阁下不妨搬起指姆数日子好了。

送人的东西拟买袜子十二双,其余再调配些。行李当能自理。

想搭特快车,但中间站卧铺不易买到。看来,须坐十九个钟头,然而借此一表谒圣的虔诚,也是"要得"!

匆奉,即祝愉快!

泽秦上

八月二日早(1980 年 西安)

○八四

雄姊：

别后，于六日午后六时三十三分正点到达西安。长佑、星星、马正达、老三女婿、常世伟同李根海六人来接，场面虽比成都较差，但也够热闹的。

今早便去上班，闲聊了一上午。午后因干部听传达报告，我就未去会里，去看看朋友和老大的婆婆。

这里大致有这几桩事须向阁下汇报：

一、大家对阁下的饲养技术深表惊讶和钦佩。

二、落实文物尚未见到东西，据主管同志今早的口气"陈老，有几件东西要还给您"，看来恐没有什么比较值钱的东西，具体情况容续报。

三、明后有位学生陆五崇要出差重庆，归途要去成都，我让他到你那去，望将留下的水洗叫他带回。如果你怕来西安时带的东西多，可让他把我的大衣捎来也未尝不可。

四、我有可能同阎秉初去安康看字画。安康在不久前派人来请，但此事还须由安康征得文管会的同意才能实现，刻下尚未定局。

五、工作上，新的任务尚未下来，外务较繁，省上和印社均要开展览，五省书法篆刻观摩会也要召开。

再一件特大喜事，是德绪在五日午养了一个小子，一出世就体重八斤多。虽然略逊于他爸爸一月九斤的记录，但也够可以了。后日便出院，住在西医二院，妇科主任是一位同乡世妹的爱人，这位已故去两年了，但这位妹夫仍买账，总算很有面子了！长佑给孩子起名"象天"，似乎口气侈了些，也只好由他。现在唯一的问题便是找不到人伺候月子。好在长佑的论文已缴卷，正等候分配，

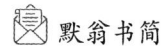

这个担子只好由他来挑。分配有留学的可能,据说系主任已向长佑表示过了,但长佑的意思想去西安公路学院,因为到那容易把德绪调到一块。

这里的情况就是这些。

阁下那的情况自在意中,诸希善自排遣、诸多保重,切要!切要!你那不久便要开会讨论稿子,想多少能让阁下有所寄托?

再则:临行前再三嘱咐(应该说:恳谏为妥)的话,务乞注意为是!

让叶、胡二老师、王医生、廖老师两口操心送我,也请代为致谢。

董、李两老师处也请代为致意。

隆莲[1]师托探听的事已有眉目,拟作进一步的了解再告知阁下转达。

邓二姐女婿要的字,写好即寄给阁下转去。

已经十一点了,就写到这,好明早付邮以免悬念。此祝健康!

泽秦上

十月七日晚(1980年 西安)

再:有空暇可否去医院把保美的对象看看?

[1]隆莲(1909—2006),四川乐山人,1921年皈依三宝,1941年于四川成都爱道堂出家。法师幼承家学,文史哲、诗词书法造诣很深,有巴蜀才女、中国第一比丘尼之美称。历任全国政协委员、四川省政协常委、中国佛教协会常务理事、四川佛教协会会长等职。

〇八五

雄姊:

前寄一信,想已蒙察及。离后情绪何似?念念,务祈善自排遣,珍重珍重。

寄去前信后,近来又有新情况奉告:

一、关于落实我的问题，前天局方催写申诉书，已在昨天写好，明天上交。刚才同阎秉初去田局长处，据告关于我的问题，学校仍坚持错误，已将我的档案从公安局要来，他和人事科也已看过，也是以市文物局为对象的。看来这件事已经动了起来，结局如何，只有且听下回分解了。

二、去咸阳讲课，已定在十五日下午去，十六日讲一天，上下午都有，当天可能回来。

三、去安康，在等安康方面的正式邀请通知，须通过组织。我很想借此机会回老家看看。自四〇年学校毕业后曾回去，呆了两个星期，现已四十个年头了，老家许多至亲现在的情况也已好转。能回去聚聚也顶不错。我恐怕科里有阻力，今天向田局长提说这件事，他表示支持，当能如愿。如去，当在这个月内。有阎秉初同行，不会寂寞。

四、前信提到有位陆五崇同志要去成都，我请他将大衣带来，免得给阁下添行李，望照办。再请买装罐子的豆瓣酱（盐市口大商场有货）两瓶，纸盒的金钩豆瓣酱四盒，小盒唐场豆腐乳四至六盒，三仁片四盒，以便自用或送人。数目请以我开的为限，只能比这数目少，决不能多，切要，切要。

五、玄奘顶骨问题，目前已大致探听得一些资料，待我在大雁塔看了他们这次从南京收集的资料后，直接告诉隆莲师。

六、给星星备丝绵被一事，星星表示她已准备了，不必要再给阁下添麻烦。我看就不必办了，也省得沉甸甸地把它捎来，是不？

好了，就写些这。祝健康愉快！

泽秦

十月十二日（1980年 西安）

代问诸位老师好。孩子们都问候阁下，德绪母子均安，勿念。又及。

〇八六

雄姊：

十二日信昨天接到，可谓速矣。在这天我也寄去一信，想已收得？

别后情况尽在意中，务望善自排遣，多多保重。皮肤疾宜抓紧治疗，不要耽搁。

最近工作及杂务较多，似乎又瘦了一些，但如月耗二三斤，总能维持到年节，勿念。见我者都说我胖多了，纷纷问道于我，我以"心情舒畅，饲养得法"八字答之。后四个字则全仰仗鼎力，想星星他们亦当首肯此言也。一笑！

我的问题，今早处领导告我：已将我的申诉上报省方，在短期内当可解决，盼勿念。

给德绪寄钱，有十元即可，何必双十，阁下之入不敷出，往往皆由于此，奈何！

明日午后去咸阳，可能在十七日回来，详况容归后汇报。

匆上，即颂近好！

泽秦上

十月十四日午前（1980 年 西安）

〇八七

雄姊：

十六日信昨天收得，知你的情况不似想象的那样糟，甚慰。但愿不是强作欢颜以安远念才是!

去咸阳是在十五日午后,到那人家已经用过晚饭了。饭后被邀到一位从前老文化部文物处同志的家里,写了十多张字。回招待所又聊到午夜方上床。上床又因不习惯在生疏的地方睡觉,彻宵辗转,天未明便醒了。次晨(十六日)八时就讲课,下午复持续到快用晚餐时才结束。由于是熟内容,讲来并不感到吃力。可是整天七个多小时的滔滔以谈,毕竟也够劲了。老汉的精神总算差强人意了。阁下闻之,想亦欣慰之至的!? 因为一位朋友叫看收藏的碑帖,当夜仍留宿咸阳,十七日早饭后,被送回西安。回来后方觉得有些疲乏,故而未去小雁塔。昨天又恭逢单位组织到茂陵参观,借此我又休息了一天,精神业已复原,祈释念。

兰州已决定不去。安康有正式文件给文管会,邀我同阎秉初到彼处鉴定字画,俟文管会决定后当可于月底前成行。如去,约得四至五日的逗留,详情自当续陈,勿虑!

体育史讨论会开始,阁下参加后,借此排遣离绪,也可少舒余怀。咱们的事,这里也有人提议写一部类似《第二次握手》的小说。事固足奇,但以我们偌大的年纪,犹作儿女态,也令人腼腆,是不?

阁下又结交了一些朋友,我也很高兴。他们如来小雁塔玩,一定竭诚招待。

东西千万带多不得,就我要求的数量已足够啦。

给星星的丝绵被已经安排妥,也就不必再事更张。

填直属亲系表,写上爱人的姓名,对阁下来说自属破天荒的稀罕事儿。然而,也正由于此,才成为破天荒。梦,人间的事,想透彻,何处不皆梦!阁下做得那么清醒,却是难得之至了。

阁下已寄给德绪二十,又给星星用了三十,加起来,又是工资的半数了,大约又要闹钱荒了?怎生得了,使我悬悬!

谈到"恳谏",并不把学术上的讨论包括在内,像参加工会召集的一类的;近似于过去遭受到惨痛教训的那种形似的会,则要求阁下能纳下谏才好。

申诉书已作了修正,但口气仍嫌欠硬,大约这也是敝人赋性柔懦的一种表现吧!据处领导见告,已转到省级,看来大有希望。不过目前的事情总不能高兴得过早,像调资一样,须人民币到了手头,才算落实!

底片日内交给重一,不过年代过远,恐不会令人满意。

快吃晚饭了,就啰嗦这些。祝好!

泽秦

(十月)十九日(1980年 西安)

给心发、王大夫他们要的画,已答应了,画好即寄去,并代问亲友好!又及。

〇八八

雄姊:

早上寄了信,午后又接到十八日晚的信,这样毋怪人家说我们的信多啦!

咸阳之行,已在早上发出的信里汇报了,便不再重复。

董老师写的东西,为何竟惹出不少的意见?望能摘要见告。

阁下的财运何其亨通,殊使人健羡。对阁下的处境,恐又将吟其"山穷水尽疑无路,柳暗花明又一村"吧!

说到吟诗,不禁想起去咸阳前的一天,同日本书法家交流席上,他们的团长当场把他们成员写的李白一首诗朗诵了一下,其声调之美远非咱们摇头晃脑所吟出的可及。大约这又是"礼失求诸野"的一种现象吧!这次来的以女书法家为主,上场的均为女性,而我方只有一位,而且还是东郭先生滥竽充数之流。她们团的女秘书长特地写了"和气致祥"四个字送给我,功底相当厚实,待阁下光临时必当奉览不误。

阁下居然在学校内看起电影来,想是廖老师的盛情难却吧?《庐山恋》这部片子在我回西安后方上映,我没有看。据说此片的评价毁誉参半,然而能得到阁下的赞扬,想必不差!恐怕又惹得阁下珠泪暗抛?所幸并非以悲剧告终,看了后当不致如《绝唱》那样给人心内留下惨痛的投影?

  阁下有机会去乐山,妙极!惜乎,这次我竟连当个"家属"的份儿也捞不上,只好等到来年的暑假啦。乌龙山的大佛是会保佑我们如愿以偿的。

  东西,计这封信递到时已来不及托人带来了。其实这样的事阁下尽可自作主张,但从这小小的事情上,又可见阁下是何等的恪守妇道,让敝人只有愧而且感自己的夫道有阙。罪过!罪过!

  写这封信时,正下着倾盆大雨,不禁让我怀念起成都的惹人怜爱。秋夜细雨是何等幽闲,幽闲得同淑女柔顺一般招人眷恋。此时此刻,能听到阁下的"掉文嚼字",虽代阁下罚上人民币十元,也是心甘情愿的!祝好!

泽秦
十月十九日夜十时一刻(1980年 西安)

〇八九

雄姊:

  前日寄上一信,当已收到。

  安康之行已由文管会批准,约在下周初成行。坐飞机抑乘火车现尚未决定。估计在安康须逗留五六日之久。我准备在公事办毕后回老家看看。据闻由县城去乡下,每日有好几班公共汽车。我打算早上去,午饭后回城,争取不多作耽搁。走动的不过三两家,有六七个小时也足够走访的了。像我这一号人物,多耽搁总是不相宜的。这些情况不用细说,阁下也会理解的。

  近来的工作不忙,但杂务不少。今天下午被邀请到南郊丈八沟宾馆(外国首脑及中央首长来陕驻跸之地)看收藏的字画,整忙了一下午,天黑后回来。这个宾馆占地四百多亩,可是布置得未脱土气。我同一道去的同志(一位是给咱们画画的陈之中,一位是西安美协副主席李梓盛[1])都惋惜西安人的头脑欠灵活。如果让阁下的老乡办,一定会出色得多的。好字画相当多。如果能有三两张这样的画,买个彩色电视机是不成问题的。

提到字画,落实给我的,我还未去领。估计不会好。再,最近又落实了一部书,是一部胡刻《文选》。记得我有一部是四部丛刊本影印《六臣注文选》,如是那一部,即当呈奉阁下御览。阁下的那部《文选》,忒寒酸了。我现有的一部是石印本,也比较疏朗醒目,在上面我过录了何义门的批校。惜乎,我一篇也背诵不出,有愧西蜀才女多矣!

今天是九月十五,月亮像八月十五一般圆而明,但望去却另是一番滋味在心头。吁嘻!

你的会想已结束?霍同志他们去你那没有?向陈之中要的画,已经将名字写给他,但他准备在月底去兰州参加西北五省书法篆刻展览,一时尚难交卷,望告知求画诸君不要着急。

给邓二姐女婿的字已经写好,等画画好后一并寄去。好了,就奉告这些。祝好!

泽秦

十月廿三日夜(1980 年 西安)

代问亲友好!

[1]李梓盛(1919—1987),陕西延长人。历任陕甘宁边区文协、西北美协理事、《西北画报》副社长,中国美术家协会陕西分会秘书长、副主席、主席、顾问,中国美术家协会四届常务理事等。作品有《家在汉水边》《刘志丹打土围子》《桑山行》《江清山秀》《漓江风光》等。

○ 九 ○

雄姊：

　　星期六寄去一信，想收到。阁下廿三日信今早接得，知阁下乐山之游甚适意为慰。阁下此游为明暑游乌龙、峨眉奠好基础，更属可喜。

　　咸阳之役，虽云劳苦，但所幸过去吃过粉笔末的基本功还可以，因而感觉不到疲乏，只是嗓门哑了一两天，也便过去了。安康之行，已买好廿九日的飞机票，午前十一时许起飞，约四五十分钟即可到达。估计要到下月三四号乘火车回来。这次去的中心任务是鉴定字画，没有讲课的安排。况且有阁老同担负这一任务，想来是不会繁重。再则一定遵谕安排生活，祈释远念。到了那里自当随时汇报不误。

　　关于我的问题，今早承办的同志来和我谈，因为省、市级的局限，须由我自己去仪校，叫他们办或不办有个答复，方好进行。关于学校如何整我，也透露一些。据说原先把我拟定为右派，上级没批准，遂又定为地主。而划定这一成分，眉县和安康两地都没有任何依据，是以我代表和别人为盗卖我家房产打官司为根据。把房产和土地混为一谈就给我乱扣帽子，真是欲加之罪，何患无辞！连承办此事的同志也说我是极"左"路线下的牺牲品，余可概见了。

　　这一问题，待安康归后即办。如果仪校坚持它的错误，即由文物局再上报宣传部及有关单位处理。当然，阁下又会对我大加申斥。但请以观后效，何如？

　　东西仍以托陆五崇同志带来为是。带的东西千万不要多，如过重，大衣可以不带，等阁下来时捎来也不迟。

　　重温昨天来家，用过午饭，看了英语电视节目后返校。我因终南印社开会，在下午二时即外出。他来时还带来十个新鲜面包，太客气了！但也可见阁下的教导有方。好了,就写这些。余俟到安康外续陈。此祝近好!

泽秦
十月廿七日午后(1980年 西安)

要睡早一些,吃好些,思想放开朗些,话少说些,钱用省些。又及。

代问诸亲友们好!来信似乎经人拆过?又及。

〇九一

雄姊:

行前曾寄一信,当已邮到?我同阎老[1]在昨日上午十二时许,乘飞机来到安康。终程虽历时一个多钟点,但在飞机降落时,耳朵感到很不好受。到了安康,正遇着下雨,隔一条秦岭,直径才一百八十余公里,而气候相差如此,可怪也。

安康地区中心文化馆对我二人招待得相当好,派专人陪同,住在地区招待所,两人一屋,也甚清静。今天开始看字画,据说有七百多件。今天一整日,我们便看了大约半数的,其中也有十多件够水平的东西。预计在这一星期六便可看完。此外,还须看看外县的字画,鉴定一下馆藏的瓷器,在下星期一二当能结束这项工作。我准备在这一星期天去老家看看,不想多做逗留,当天下午去,傍晚即返县城。从县城到老家,每隔半小时即有一趟公共汽车,相当方便。馆里有一位远房侄子,将同我一道同去,路上好有个招呼。总之,一切顺适,望释远念。

回西安去,已决定坐火车,馆方有位同志到西安另有任务,也将陪同我们一道。这里的大米质量很好,但据说居民每月只能配给五斤。我准备买二十斤带回去（这是星星交给的任务），有馆里的人代买，当能办到。馆里的伙食尚可口，今早县文化局的领导还特地来看我们，并吩咐馆方好生招待，还准备给我们买些木耳和茶叶。

好了，就先汇报这些，等从老家返城后再续陈，勿念，此祝好！

泽秦

十月卅日夜（1980 年 安康）

[1]阎秉初，1908 年生，陕西关中人，大学文化，文物字画考古专家。其父阎甘园系清末举人，关中著名鉴赏家、教育家。

〇九二

雄姊：

前天午后三时四十分自安康乘火车动身，在昨日上午九时二十四分到西安。一路平安，望释念。

抵家后读了来信，知阁下起居安泰，甚慰。

彩色电视机买到，我的愿总算还了三分之一，想土地奶奶不会找我的麻烦啦！款项我筹妥后在下月中旬汇上。指望字画是不能解决问题的。因为第一批落实仅四件，其中一件还缺一幅（何绍基行书屏条四幅，缺第二幅，四件中以这件较为值钱），所值很微。所以还须另想办法。不过，阁下也不必为此发愁，影响坐享又与诸僚共乐的情绪。

陆五崇尚未送东西来，可能知道我未在家而然？

因为有些字要由陪送的人带回安康去，准备明天去上班。

到学校去,打算在下星期内办。匆复,即祝健康!

秦上
十一月七日早(1980年 西安)

代问亲友好!附长佑信一通。

〇九三

雄姊爱鉴:

安康归后曾寄上一函,想邀垂察。

昨夜陆五崇同志将东西捎来,品种远远超过需求,已使人不安,而且还让陆同志挨了一元五角的行李超限的罚款。然不如是不足以见阁下之情意深厚,愧极,感极。

转告各节自当抓紧去办。原准备在这星期内去仪校,但因为刘自棱[1]赴兰州未回,引导无人又乏旁证,加之感冒未大好,故须推迟一些。彩色电视机价款虽出售字画无望,而支援者大有人在,下月初或半月,即可汇上,均希释念。感冒是在安康种的根,在这星期一才发作,咳嗽,嗓子干,当是内热外寒所致。已服羚羊感冒片,甚见效。不过,昨夜被街道抓差写选民榜,又累了些。今天又咳嗽,又流鼻涕,不太好受。但为人民服务,理所应当,可谓虽病犹荣也已!

峨眉的导游册子已欣赏了,好比青城山美得多。明年暑假我俩必当同游一番,能拉上董老师伉俪同去就更好了。

给心发他们向陈之中要的画,已交卷,以给心发的为最好。寄去呢,还是等阁下回去时捎上,请盼咐。

回陕后,整日忙碌,想起在武侯祠南的幽闲生活,不禁有天上人间之感。可能又瘦了些,但有老本可吃,尽可毋虑。

西安渐有冬意,贵处如何?

德绪母子均安,长佑可能在月半之后赴重庆开会,返程或在成都小留,惟目前尚不能定点也。

去信后已数日,未见回音,使人悬念。气候渐冷,诸希珍摄!此祝健康!

默上

十一月十二日午前(1980年 西安)

代问诸亲友好!

再:我去成都时的车票请找一找,如找得即寄来以便报销。又及。

相片已请重一冲晒,尚未交到。

[1]刘自椟(1914—2001),陕西三原人。曾任西安工业学院教授、中国书法家协会常务理事、陕西省书法家协会主席、陕西省文史研究馆馆员等职。中国书协曾授予他"中国书法艺术荣誉奖"。著有《刘自椟书法选》。

○九四

雄姊:

昨天上午刚寄一信,午后便接得阁下十日的信。

阁下的火气为何竟这样大?想是我在前封信内对买彩色电视机未做高度赞同而然吧?其实这也很简单,"先斩后奏"能不让思想毫无准备的人昏头转向?阁下为此肝气大发,敝人真是惶恐之至。至于说给土地奶奶还了三分之一的愿,把阁下称为土地奶奶,是敝人以土地公公自居,当非亵渎?筹五百元余元,剩下由阁下按月扣还,五百元岂非一千二百多的三分之一?以此而向敝人冒火，无怪陆五崇对我说："我看师母够厉害"。再者，阁下恐怕退掉被人笑话，难道我的满口要买而又不付钱，竟为阁下之累，岂不怕被人笑话？于此，又可见我之说阁下心眼过多，是没冤枉阁下的了。好了，这桩事只说到这，完全由我负责，在下月半将款汇上，务希释念。不过，这桩事多少也给我二老以教训：应该多少储存些钱以备不时之需，千万不要以为自己没有积蓄而自标清高；没有廖老师帮忙，岂不坐失良机！

再提到我的感冒，本已快好了，但被街道上抓差，写选名榜，累了些，感觉很不舒服，嗓子干疼，关节也不好受。好在吃了羚羊感冒片之后，从昨天下午睡到今早十时许才起床，嗓子已不干疼，口中也不干涩了，写这封信也不感到疲乏了。想再稍事休息当可勿药，亦务望释念。

再，短期内有位学生赵熊[1]去重庆开会，会后拟去成都，望予格外接待。此子系省银行老同事令嗣，既精干而又笃实，我近来多请他代我刻印。准备将给在蓉诸友的画请他带去。阁下需要什么，亦盼告知以便措办。匆上。此祝健康！

默上

十一月十三日午后三时四十分（1980年 西安）

[1]赵熊，字大愚。现为中国书法家协会篆刻委员会委员、陕西省书法家协会名誉主席、终南印社名誉社长、陕西书学院专业书法家。

〇九五

雄姊爱鉴：

寄来《足球世界》两期均收到。前寄一信，想已递达为念。

彩电价款已得支援，长敏在下星期内先汇去阁下处一百五十元，月底前再由我这汇上二百元，下月半前即可扫数兑付，请释念。

诸儿处只有长敏一家比较宽裕,其他则未惊扰。我自九月至这月的工资尚未领到,估计在月底当能发下,除扣交家用及伙食外,尚可筹到一百五十元。似此,已足够还储金会借款矣。阁下每月扣掉三十元,又去月入四分之一,窘况自可想见。从来年一月起,当由我按月汇上十至十五元,以资贴补。故盼阁下勿以此事为虑为要。

我患感冒,虽已大愈,但仍不时咳嗽、流鼻涕。已上班两天,尚能撑持,亦乞释念。

月内有学生赵熊赴重庆开会,路过成都(会前抑会后去尚未定)拟作小留,望妥为接待。如无住处,可否在您校招待所安置一下?他返西安时,不妨把我的大衣托他带来,这或能替阁下减轻一些行李也。其他则一律不要带来,千万!千万!

再,李策同志的未来快婿杨克俭同志因云过西安,曾来家看望,畅谈移时。他曾去小雁塔找我,而我未在,因而未能招待他上小雁塔,只好再候机会了。

快准备晚饭了,就先写这些。此祝健康!

泽秦上

十一月十八日午后六时(1980年 西安)

代问诸亲友好!

○九六

雄姊爱鉴:

昨寄上一函,想收到。

今早接得十七日信,看来,阁下的肝火已平,甚慰。

昨天又得到一批支援,现汇去二百元,收到后盼复知。

我的感冒已痊愈,希释念。这次得病由于离开安康那天气候突暖,车窗未全闭受的病。嗓子疼,即是内热外寒的症候,对穿衣服是没关系的。不过,今后自当遵嘱注意,务祈释虑。

给胡心发同志的画已准备妥当,即托赵熊带去。这些画有比较像样的,也有比较粗糙的,只好各碰运气了。给霍季民[1]同志的那样便不理想,将来当再设法补一张。好了,给写这些。祝健康!

默上

十一月二十日午后(1980年 西安)

[1]霍季民,河北保定市人,1943年生于天津市,1965年毕业于中央民族大学。四川广汉市青铜工艺研究所法人所长,中国工艺美术学会雕塑专业委员会委员,专业从事绘画、雕塑、轼工、舞美、大型展览等创作、设计、制作;电视制片、曲艺创作、大众媒介工作,成绩卓著。

○九七

雄姊爱鉴:

十九日信昨已接得。我的感冒虽已大愈,惟咳嗽仍间作间歇,已服药,乞释虑。此间气候变换无常,忽寒忽燠,将息实难。好在一切自当恪遵谆教,务希勿以为念。"讨贱"正是爱之深的表现,身受者稍具人心,必当感荷无尽,岂能"嫌厌"!想敝人心虽孬,但决不会孬到如此程度也。

赵熊今早乘慢车先到成都,约逗留三四日即去重庆,会后由渝直接返西安。托其带上字画数件,收到后望即转交索件诸公。此中裱好的我写的直条,乃终南印社展览之件,可做咱屋补壁之需,不必收藏。大衣能交赵熊带来即带来,否则待阁下来时捎来,亦无不可。嘱冲洗的相片已放大,现附上。单人的那张不知是那(哪)年拍的?看了不禁令我想起过去的种种。似梦又非梦,人生的道路何等曲折!现在从你的眼光里依然能看到那时的天真无邪,而我呢,便不堪回首了。……能有这种年头,大约是天良未尽泯绝的昙花一现吧!

昨天报上登载《天府导游》第一期的目录,内有任老一篇题为《薛涛是不是妓女》的文章,此老的博学多识真使人钦佩。此种刊物如能找到,请寄一本来。就题目看,任老对薛涛的是不是妓女,是抱否定态度的,但不知引用了那(哪)些资料,倒需要了解一下。

审问江青的电视广播,想已看到?江青虽在那样的情况下,不管其内心活动是怎样的,而外表一如过去,不能不令人佩服老头子的眼力毕竟高人一等!想寻寻马力克,却瞧见王光美。法庭设在正义路一号,江青一伙子到此,当亦庞士元身到落凤坡的感觉?掌握了马列主义和伟大的毛泽东思想之后才会有这样义正言明的安排!也只有伟大的中国共产党方能这样一举手一投足都具有明确的用意来!我们不能做为一个共产党党员,该多遗憾终生!

好了,就聊些这。余容续及。此祝健康!

少默上

十一月廿三日午后(1980年 西安)

〇九八

雄姊:

长敏支援是孩子的一片心,何况又是理所应该的。阁下要退还,固属对孩子的体贴,但相形之下,将置敝人于何地!

买彩色电视,是我夸下海口,亦是我分内应办之事。只是原先指望的退还字画未能像预期的好,致显得有些措手不及。好在任老先生悉数交价,我们借以渡年底储金会一开,周转灵活,当可少舒一口气了。惟以此累得阁下拮据度日,叔宝虽无心肝,亦决不忍有此!希望阁下不要再迂阔固执为是。阁下这般办,是使我寝馈难安的,求求阁下不要让敝人为此而精神受压制,如何?

天下间的事总是利弊相仍的。不过,我以为热闹总比清静得好,尤其我不在阁下的身旁,老盼望阁下不感到孤独寂寞才好。

哪几位是我们家的常客?大概胡玲玲两口总有一份吧?或许还有廖老师?有了彩电,黑白的便索然寡味了,人类的进步正赖于此。这一下,董老师家里的观众是会被拉走一部分的。

想起同董老师伉俪的搞"科研",又不禁勾起几许怅惘!学校里如没有什么要紧的事,阁下能否尽早到这里来?

赵熊想已见到?此子聪明而又踏实,给你的印象如何?此祝健康!

少默

十一月廿五日(1980年 西安)

这些天我在家里抄善本目录清稿,准备付印,因较自由。长敏的钱务必留下,不要退还。代问诸亲友好!

隆莲师托问的事,等看到大雁塔的材料后即回复。又及。

〇 九九

雄姊:

廿六日信收到。

钱退还给长敏,未免多此一举,然而君雄之所以为君雄也正见于此!

我汇去二百元,是否收到?想当不致援例处理也?大衣是否也由赵熊带下,尊示也没提及,念念。咳嗽已痊愈,起居自应遵嘱料理,亦乞释念。

审讯过程每夜照看不误。有些地方发人深思,江、张二凶态度蛮横,然不如此也下不得台。西安有句俗话："买肉的落在井里——人死架子不倒",此之谓欤!

昨天参加了一位省银行老上司的追悼会,遇见几位老同事,对我们表示祝贺,想吃一顿。看来,阁下来此要请的,不只我的二位高足就能了事。

长馨准备在春节里办喜事,阁下预备何时来此?望早做筹画。最后,谢谢阁下对敝人的褒奖。就写这些。此祝健康!

泽秦上

十一月三十日(1980年 西安)

代问诸亲友好!

一〇〇

雄姊:

廿九日信,昨已接到。同时也接到长敏的信,附来阁下汇款单的附言。谨悉种是。

阁下拟在假期前来此,极是,务必要避开放假交通紧张的高潮。如果不安排专题,何妨再提前一些?这学期没有课,下学期自然也不会有,借此,在西安多过几天延安的生活,何如?西安入冬后蔬菜供应紧张,已买到白菜、萝卜贮存了。好在有集市贸易,当不至十分匮乏也。这里鸡蛋卖到一元七个,成都怎样?一场上下集《基督山伯爵》票价八角。目前一切都在钱上着眼,可谓"过犹不及"矣!

朱海喜同志得了那样的病,殊堪惋惜,先玉同志处望代我致意。这种病可以找中医看看,或可治愈。我的咳嗽已大好,勿念。我最不爱找大夫检查。因为如果是不治之症,检查徒增加思想负担而于病无济。

这些天来,我上午去小雁塔,下午在家为善本书目清稿,用稿纸,写小楷,甚费劲。因为准备刻印,不能不一笔不苟。星期天叫马正达把窗前的树枝修整了,屋里显得明亮,暖和,其他则仍旧贯。恐难中阁下之意,当俟尊驾光降后再收拾之。

好了,就写这些。此祝健康!

泽秦上
十二月二日夜(1980年 西安)

— ○ —

雄姊爱鉴:

重温抵家,当已见到? 这里的情况想亦面陈矣。近日比较忙碌,过了下周,即可稍憩。寒假谁来谁去颇伤脑筋。只剩个把月时间,奈何! 近来发现,看小字书报,感觉视线微微模糊,大约有白内障嫌疑,拟在下周过后到医院检查检查,不是才好! 总结经验:灯下最好少看书。阁下也有这种毛病,似宜及早预防。阁下睡得迟,同样须引起注意。我过了夜里十点钟即觉得疲乏,但一过午夜,就入似睡非睡状态,所谓"老人三种病,爱钱、怕死、没瞌睡"是已。爱钱而财神不照顾;怕死,怕死也得死,何怕之有! 只有没瞌睡,却毫无办法应付它的。安眠药不能常服,真只能耐心领教了!

重温回去时原想再带三斤葵瓜子去,来不及买,失信之罪,望原谅。已嘱咐重温回此地时不必带什么吃的,绝不是客气,务乞照办。看来目前要存些钱,不必乱花才对。困了,就写这些。此祝健康愉快!

泽秦
十二月十六日夜十一时(1980年 西安)

一〇二

雄姊：

廿四日晨信,于今日午后就接得,又何其速也！我十九日的信寄出后,又在次日寄去一信汇报去看重一病的情况,来信没提到,是否丢了？念念。

这些天来的亲临其境,深深感到秦蜀远隔的滋味不太好受。几十年的确是活过来了,但这不到十天的"凤去楼空,伊人何处",却令人够活的了。不过,像我这么大的"孩子",连吃早点,穿衣服,还让"保姐"操心,也就太不像话了,是不？

西安在星期一和星期二的上午都下了雨,气候突变得冷了一些。好在我的棉装整个没脱,未受到任何影响。养生家常说"春天要捂","捂"者,不随便脱冬衣之谓。敝人就是恪守此说的。阁下当可以放心了吧！

星星最近一直呆在这里,未回师大去。这孩子大概是有了孕？这样不来回跑,对身体会有好处的。你劝戒她两口的话,我一定转达,勿念。

长敏操心长佑两口的生活,足见为姐的关怀友爱。不过,据我了解他们的生活并不像长敏想象的那样糟,由我津贴给孙孙些奶粉所需,是完全应该。等见到长佑时当表示一下。但我想他恐怕不会接受的。

你给孙孙带奶粉来,可以；带冰糖则大可不必,因为在西安满能买到。

这些天我比较忙。原先以为对导游的稿子只加番工就可以了,但做起来可不像想的那样简单。一共有三十七八篇,现交来的不满半数,看来月底是不能完成了。这项工作完毕之后,要动手编善本书目目编,预计五六月交卷。如果文物能在七月初之前落实(闻现已整理出多件属于我的),我敢保证我的诺言是会成为行动的。当然,阁下总会体会出：我们两人的生活费用一个月每人三十元,是太少了一些的？当穷家属,对阁下来说,当然会于心不忍的！

星期六见到任老和隆莲时,代我问候,并问问隆莲寄给她玄奘顶骨的材料是否收到？

再,今天看了一部英国、意大利、西德合拍的影片《卡桑德拉大桥》,很值得一看,希望阁下勿轻放过——阁下走后,我的消遣就是看电视和电影,悲夫！就写这些,以慰阁下的寂寞。祝好！

泽秦上

三月廿五日下午(1981年 西安)

一〇三

雄姊：

昨天下午,寄给阁下信,去"群众"[1]看了一场电影《抗暴记》,回来便接到卅一日发的信。看来,从你那来的信用的时间,确比西安快得多,这当是贵省人办事效率远较敝地高的原故吧！

从阁下日记体来函中看出尊驾的忙忙碌碌,真使我耽心。那样忙,恐怕铁打铜铸的人儿也吃不消,也就毋怪阁下的深感疲倦了。你说我不会将息自己的身体,可是你呢？应该自重、自爱,善于顾全自己的健康。能避免的应酬完全可以设法躲开,不必那样老实。难道老实给自己带来的麻烦还少嘛？

昨天得到长敏的信,说她在镇江梦见她妈,喊没钱用,所以她汇来币十元,让买纸钱在清明焚化,我为之心中凄然。老二这孩子,心地的确善良,这恐怕是秉自母胎,以敝人的残忍凉薄,深刻寡恩,是不可能有这样的好苗苗的,是不？这里每年清明,都由老五给她妈烧纸,其余的孩子就很少能操这样的心了。世间果真有鬼吗？如果有鬼的话,有子孙还是有用场的。想到这,秀文确是可怜！

对爸妈的坟,你是否准备去扫祭一番？如去,不妨同庆麟一道去,重温想是没时间的?

没吃到三座桥的鱼,真十分遗憾！没能和董老师、廖老师他们在一起吃,更是万分遗憾！但愿很快能有个机会补上这一课。

该去上班了,就写到这,祝健康！

泽秦上

四月二日早八时(1981年 西安)

[1]"群众":西大街"群众电影院"。

一〇四

雄姊:

一日寄出的信,当已邀察及?

导游册子已着手写第二次清稿。我担任十多篇的抄件,拿回家里搞了一整天,总算告成。今日去了一趟省图书馆,拉人家拍两份书影,便回了家。看我是何等开豫自得,对阁下自然也是一番慰藉,是不?

原准备去德绪她们那,看看孩子,一直没空。打电话给重一,知道他仍住在医院里。接到亲家的信,说亲家母也住了院,这都是得空一定要去看看的。亲家母几乎每年都得住几次医院,弄得亲家很狼狈。好在今年经济情况大为好转,想当不致像往年那样拮据不安?

老五[1]从今天起休息两天病假(心律不齐),想去看看她嫂子同孩子,这倒替我了一桩心事。老四已经两个星期没见到面了。他回家时,我都没在家,给孩子买的吃货,现在还留在这。你叫给老四补贴十元的话,因此也未能告诉他。

阁下的近况类似？想必仍是整天"无事忙"？

昨天，一位邻居专门带话给我，说唐得源[2]先生（解放前，当过西安高中校长和教育厅厅长，现在陕西省政协）把我介绍给有关方面，推荐我当省文史馆馆员。这件事过去政协胡五叔[3]（景通，胡景翼的五弟）也曾提过，因为市文管会正在替我落实，没有抓紧去办。现在唐先生又提出，我的意见：去和唐先生面谈，除对人家的关怀表示谢意外，仍恳其暂缓一步着手。这因为我考虑到：1.目前市文管会并未正式告诉我此路不通；2.我已丧失信心，准备老老实实当阁下的家属；3.去省文史馆后，必然要被拉入一个组织，卖身投靠，晚节不终，未免不值得。对这些考虑，阁下当有以见教。

上星期五，管落实字画的王同志，对我说，有一批字画要落实给我。如果这一批里能有几件卖了出去，把咱们二人的生活费用从目前的六十元提高到原来的数额，我真不愿再去瞧别人的脸了。当然能多一些，更妙！

对于我自己目前的情况，我总觉得像现在这样锋芒过露，跟着人当龙套，不但毫无意义，而且"塞翁得马，安知非祸"。过去，一直受人家的考验，现在，该是我考验过去考验我的人啦！当然，这又是一种"懒"的表现，爸爸泉下有知，当会痛斥我一通的。像我这样的不自振作，是否也辜负了阁下的一片好心？

西安近日的天气忽热忽冷，我仍穿着一套冬装，纵使微汗也不敢脱掉一件。或许正因为如此，到现在还没有感冒。这不禁使我想到：没娘在身旁的孩子，仍然可以过得很好。

好了，拉杂地写些这，以慰阁下的远念，何如!？此祝健康！

秦上

四月七日中午（1981年 西安）

---

[1]陈少默小女陈长馨排行老五，儿子陈长佑排行老四。

[2]唐得源，山东临淄人。毕业于清华大学，后赴美国留学，获文学硕士学位。归国后，历任西安高中校长、西北师范学院、西北农学院教授、西北农学院院长等职。

[3]胡景通，著名爱国将领胡景翼之五弟，曾任国民党政府第二十二军副军长兼第八十六师师长，1949年在绥远起义。新中国成立后，历任西北军区司令部高级参议，陕西省第四至六届政协副主席，民革第五、六届中央常委等职。

一〇五

雄姊：

昨寄上一信，今早便接到五日来函。

去上坟了，很好。惜乎我未能参加。没有蝴蝶来享祭酒，当是由于我未去的缘故吧？丈母娘总是疼爱女婿的，何况又是自小看大的女婿！但愿明年清明时节蝴蝶能再现。

八姨回来了，想已代我致候了。

鬼，我相信它是存在的。我在二十岁左右很怕鬼，对泽汉的能深夜往来于岳坟至墓庐（那一段）殡宫纵横、磷火出没的路，十分钦佩。夜间牌局散后，即使在西安城内，仍得央人伴送。然而年过四十，却变得一丝不怕了。这大概距自己越离鬼城近，就越不怕鬼吧！前些年，我常常梦见秀文。近来却没梦过，倒是不时梦见碧筠。这也许是一种历史溯旧的现象。一场电影将映完时，是要把影片向回倒的——希望这不是一个生命即将结束的预兆才好。不过阁下也不必为此耽心，凭我的第六感觉，在十五年以内，我是不会离开这个人世的。

昨夜，从电视上又把狄更斯的《孤星血泪》看了一回，最后一场很使我有感触，一是"想亲，你就亲吧"那段话，二是为什么我不能像匹兽那样从印度致富回来？在我们中国，这两者都是不可能实现的，哀哉！

近来，的确体会到"盼"的滋味，大约这也是一种"良善"的表现吧！

《成都导游图》二份，已收到。《话成都》尚未寄来。

姜老师要来西安，是专程，还是过路？蒔蔬千万不要带来，切切！如果能带些巧克力和临江豆瓣酱，要比菜蔬好百倍。冰糖这里有，似不必带了。带东西最少最好，一则不给旁人找麻烦（符合心灵、行为两美的条件），一则免得超重罚款。一行十好几位,当不致超重,但给人家找麻烦,似可不必,故菜绝不必带。

从上月二十八日起,白糖又有了限制,凭票证,每人一次半斤。咱们老说旁人造谣惑众,往往造谣却成为事实,真不知给人造成什么影响。可是,敝人因之而减少得贵同乡司马相如一类的病痕[1],又何尝不是一桩好事,一件德政!

蜂蜜存了至十斤之多,可谓"夥顺"! 至迟七月半以后,我是吃到的。

关于有人介绍我去省文史馆一事,前信已经提及,不知阁下有何想法?我的意见想阁下是会统一的,是不?

来信未提到胡老师的病情,甚念。重温出国恐又搁浅了?慕庄的腰痛想已痊愈?

好了,就写这些,此祝健康!

秦上

四月九日(1981年 西安)

去兰州是为了随同我们终南印社主办的日本人冈田鲁卿的书法篆刻作品,去那里展出。不过,尚未决定。昨天,泽慧夫妇来说,安康一位老叔叔要在最近来西安看我,如果这位老人家在月半来这,我便不去兰州了。又及。

[1]司马相如,西汉文学家、政治家,传说司马相如得有消渴病,即今天的糖尿病。

一〇六

雄姊:

十一日夜写的信,今天收到。估计当是十二日早付邮,今天便收到,真不慢。

与卢君雄书

前天寄上一信,当已邀睐及？现将昨、今二日的情况汇报给阁下：

昨日到杨老师学校,同到军大医院看重一。精神不如前次去看时那样好,但还不像想象的那样糟。据崔甦敏说,从今天起又要进行化学治疗,而小平和其他友好则仍主张先回家去养养再作放射治疗。看来,主要还是小平和她妈妈之间的矛盾。于是,我也就不便表示意见,因为住院和回家各有利弊,谁也不敢负完全责任。明天我打算给杨老师打个电话问问结果。再:我已向重一代你致候,他让我谢谢你。

看了重一之后,我便去见唐得源先生,也照我向你说的话办了。他也表示谅解。他还表示等他从北京回来后(去参加清华大学校庆),要同胡五叔(陕西民革副主席)一道设法解决我的问题。因为我从前那个学校现已归省高教局管,而省高教局的头头则是唐老的学生,唐老可以向他说话。不管咋样,唐老这番盛意是应该感谢的。我们之间并没有深交,而他肯如此关照我,则更是令我感激的。据他说,省文史馆最近才派了一位馆长(我没问是谁),馆员定额九十,而现只有十来位。馆员的资格:年过六十,退休的或没有工作的,有声望的。患于没有真真干工作的。因而馆长交给在职的馆员向馆推荐人。于是他就先问问我的意见,然后推荐我。当然我也给自己留了一条后路——如果文管会不能解决时再麻烦他。他也答应了。

从唐先生回到家,又来了两批客。客走了后,去医院探望亲家母,结果没找到人,于是又回了家。下午六点半,又同老五两口去看了一场香港电影《红蝙蝠公寓》,这一天就这样样度过了。

今天上午上班。午后去参加书法研究会召集的推选去京参加全国书法协会的代表。会一直开到六点过才有结果。推出候选人六名,我得了七票,成为第四名候选者,将来在全体会员会上再从这六名中选出四名。这六名是:方济众(西安美协副主席)、刘自读(书法篆刻协会副会长)、钟明善[1](书法篆刻协会理事、终南印社理事)、我、尹玉荣(书法篆刻协会常务理事,女书法家)、薛铸(书法篆刻协会理事)。这里面的斗争也相当复杂,有一位在发言时,竟然把我和他之间的关系作为会内不团结的例子提了出来。其实,这位完全是自己心里有鬼(美协准备将我补为书会副主席时,他表示反对。其实我还真感谢他的反对,不过此人的品性不端已有口皆碑)。对此,我在会上毫无表示。因为"一说便俗",不说为妙。何况是非自有公论。你说是不？——这就昨今二日的具体活动。阁下闻之,"其惊心动魄乎？"

衣服早已按阁下的盼咐穿着了,放心。征用房子未见再提。

落实字画看来情况很乐观。前天一位库房(藏字画所在)的同志向我说："陈老,你该发财了！"(因为他正在参与落实字画的整理工作)。发财恐太夸大了,但多少能搞些人民币的。至于搞清楚,连我现在已经不太清楚了,何况孩子！当然要呆在这办。也盼你放心。

菜还是带来,你真犟！

学校让你编体育史研究生用的语文课讲义,我想阁下已经给研究生讲过了这一类的课,必然有教案,编起来当不会有多大的困难。过去阁下选的文章,是否都能结合一点体育,我不清楚。不过,体育史,特别古代体育史中必然牵扯到一些古典文学作品里与体育有关的方面,借此发挥,自非难事。我以为：阁下的社交活动不妨减少些,腾出些精力搞搞这类的工作,对身心当有所裨益,不知阁下以为然否？我给人家讲课写讲义时,总觉得搞不下去,但一开了头,便也就写开了。以阁下的富有教学经验,且是真才实学(开口成文,朗朗成诵),怕什么？干吧！干吧！

玲老师的病大有好转,可喜之至,望代致意,并问诸亲友好,此祝近佳！

泽秦
四月十三日夜十时十分(1981年 西安)

---

[1]钟明善,现任中国书法家协会顾问、西安交通大学教授、于右任书法学会会长、西安终南印社顾问、西安交通大学艺术馆馆长。

一〇七

雄姊：

十八日午后信接得。

今天又忙了几乎一日。早八时便去参加书会的会，直到午后三时许报了选票就回来，回来即接到阁下的信。

本打算选举揭晓后再回，但因突然决定明天下午三时五十分搭火车去兰州，于是就告假先离开会场。

明天去兰州，也经过一番波折，原先不同意，后又同意（星期六下午），今天又决定明日动身，真把我搞得忙了手脚。想不到阁下也那样忙碌，大约此即所谓"同命鸳鸯"吧？一笑！

去兰州得到这月底或五月一、二号回来，局里只准一周的假。打算返程去天水的麦积山玩玩。如果去北京有份，据说五月四日要报到，那就要提早一些时日归来。到了兰州，当然得向阁下随时汇报情况，请勿念。

再有一件重大的事，即在上星期六下午，这里的人事科，给我送来了《西安地区干部体格检查表》和《录用闲散专业技术人员登记表》各一份，让我抓紧填写并连同《申请》一件交给他们。又说由于录用闲散专业技术人员有个杠杠，即年逾五十者不录，对我是破例的，可以说对我特别提拔了。这些表格（要正面相片、体检等等手续）要待我从兰州回来方能缴上，拖了这些时间总算有了眉目。这是可喜的一面。不过，这又将会给我们之间带来许多问题，也真令我感到烦恼。人家人事科前天便对我说：为什么不录用年过五十的，是因为怕录用了年纪超过退休的，工作不久便请求退休（而且已有前例）。弦外之音是要洗耳细听的。我之所以说会因此给我们带来问题，也正由于此。

再：昨天六娘突然到家来了，是为了传达老大带的话。这位老太太说我阔了就忘了穷本家。其实,刚刚相反,不知谁阔了就忘了本。再,昨天除午后去看望亲家母一段时间外,来客不断,连前面的胡嫂子也感到我会受不了。但我还是应付自如,阁下闻之当为一慰!此去兰州,除了写字之外,恐应酬不会轻松,因为兰州书法上的朋友,都是彼此在不得意的时缔交的,而且对我的印象也比较好,因而估计这七八天的生活必然是紧张的。不过,这连陈之中都能支撑下来,我是不会有什么问题。当然,我自己要尽量注意身体的,请放心。

亲家母的病是缺钾,病状是精神不振、食欲不振,大便多,好在已经快出院了,勿念。她深深以未见到你为歉,我也替你问了好,寿昌忙于接待从美国回来的同学和准备报告稿子,星期六和星期日上午俱未去医院,其忙可见。阁下能分到一套,不知是新建还是带地板的二楼?我以为只要能有后者也便够我们的,是不?不必苛求(这想又是一种懦弱的表现吧?)。

编教材一事,我以为阁下不妨试一下。当然要费一番脑筋的。

我对写东西也感到苦恼,认为干些体力活要比干脑力活省心。不过,近来从整理到有稿子这项工作体会得出,在被迫动脑筋之后,觉得和擦带锈的铁器一样,磨磨还是多少能发些光的。人的思路只要肯除荒草,是可以慢慢走通的。开头总是难的,望勿未干活先泄气。当然,阁下如果图安逸,推掉也未始不好,千万不要勉强。今天会上,美协的负责人向我提出,让我给画家们讲讲有关书法上的问题。注意:给画家们讲,要比一般群众不同的多。我回答他们:让我考虑考虑决定。你看是不是可以试一试?这次去兰州,恐怕也得献献丑,如实推脱不了,就以兰州所谈的作为初稿,加以补充,你以为如何?好了,等到兰州后再写信给你。此祝健康!

代问亲友好!

泽秦

四月二十一日(1981 年 西安)

一〇八

雄姊：

来兰州后曾寄一信，当已收到？

从二十一日到此整天忙于应酬，正事却办得不多。说讲课，直到前天才决定下来，在明天上午搞，两个课题放在一个上午讲可以说是"走走过场"罢了。明天下午展览要预展，"五一"正式开幕。书法篆刻交流的时间截至目前仍未定点，但我们决定至迟在五月三日即离此。原来去麦积山的计划已打消，因为中途下车，再上车便没有卧铺，太不划算，而且据说那里正在修建，上去也颇不便。再者，这里因为推选出席全国书法家协会代表而搞得派性甚烈，两方面都是朋友，我夹在里面也不太好受，故以早离是非之地为妙。

兰州这里地方物资供应以有买巧克力糖一点来衡量，似比西安稍佳。可是气压低，一喝酒便感到气杜，而且污染得厉害，加上我的"狗鼻子"，特别觉得不好过。

这里的朋友多系患难之交，在我倒楣时结识下的，故情感甚深。可惜他们之间发生了隔阂，连招待我也都各自分了摊。因此，该应酬一次的，就变做两次办，增加了许多不必要的麻烦。可是，也只好两方面抹光墙了。昨天两处便一共写了三十八条字，你看够受不？不过，我的"摇摆舞"写字法是和打太极拳一般，对身体不特无害而且有益，务请阁下勿以为念。

从前天起，我们又换了房间，有澡盆，我也洗过两次了。这对我这个连脚都不经常洗的，确是一个特大的变化，对阁下也是一个特大的新闻吧！一笑！

因为今早把讲稿写完，故给阁下写这封信，以慰两地的寂寞。

祝健康！代问亲友好。

秦上

四月二十八日上午（1981 年 兰州）

一〇九

雄姊：

前天寄去一信,想已收到?

昨天总算过了关。从九点开始,十二点不到结束,讲了两个课题(一、谈谈藏书印对鉴定善本书籍的作用;二、浅谈如何鉴定书画。),其粗浅可见。据说反应还不差,天晓得!当然这也难怪我。下午又去参加开幕式,因为"五一"在即,首长都忙,只文联的主任到场。作为一个民间展出,也就够意思了。原定的书法篆刻座谈会,由于五一、五二放假,通知不及,已决定取消,因而昨天已托人买车票,估计最迟能在三日离此返西安。

这次来兰州的情况甚佳,应酬几乎每天都有。今天下午,文联的陈主任邀我和嘉仪[1]去他家坐坐(当然会便酌招待),可能是离兰州的最后一次应酬了。昨天准备去白塔山逛逛,山在黄河的对面,须过光绪时修建的铁桥,这座桥在解放前的地理教科书上看到过,能目觌自是佳话。

到这里后,差不多每晚都得熬到十一点以后睡觉,但精神仍能支撑下来。我得到一个应酬的窍门,就是同别人谈话时,尽量多听别人讲,自己少讲,而且不时点头以表示领会,满可以养养精神;每当此时,却又不禁想起所谓"首长""大员"的气派。他们也常常这样想和我是一样的有所心得吧?一笑!

好久未见到阁下的信,心里老是挂欠着,所谓离情别况想便是这般滋味。

好了,客来了,就写到这,祝健康!

秦上

五月一日晨(1981年 兰州)

[1] 傅嘉仪(1944—2001),字谦石。生前系西安中国书法艺术博物馆馆长、终南印社社长、陕西省书法家协会副主席、西泠印社社员、陕西省文史研究馆馆员,享受国务院特殊津贴。著有《金石文字类编》《秦汉瓦当》《篆字印汇》《中国瓦当艺术》等。

一一〇

雄姊：

我已于昨天下午返家，你廿一日下午写的信已接得。

钱，我这里不需要。这次去兰州，虽用了二十多元（买方糖、巧克力、写字用的毡和书），但讲了三个多小时的课，却得到报酬三十元（图书馆和博物馆各十五元），已入多于出，故不必再扰阁下了。

同傅嘉仪出去，看来似乎他在照应我，其实还不如说我照应他，这位小伙子够荒唐的，处处要我替他操心。不过，总的说来，对我这个老头还是尊重的。

回来后，有两类事得忙着去办：一、接待安康来的叔叔（这星期六回去）。二、办录用手续（去市级医院检查身体，填各种表格等等）。大约得到下星期里方能安定一些。

从来信上的反映，阁下也够忙的了。当然，这些活动都是不可避免的，但愿阁下能节劳为是。

今天去上班，得到一封信，是钟立言[1]寄来的。他是出差到成都后，才知道我的近况的，还祝贺我们，原信附上，阅后即留在你那里，不必寄回，我想大约是从五弟处得到的消息，他的信糊里糊涂地寄到"西安、西门文史馆"，居然也能收到，真是件奇事！

重一去世的消息想你也有同恸，看到他春节在我老乡家送我的口杯，我真想哭一通。明天准备同安康来的叔叔去看看老二，这周内一定要去重一家看看。自然要难过一场，但不能不去。

《镜花缘》日内寄去，不知有何用场？

从兰州回来后，感到疲倦，昨天很早便睡了，因为精神实在撑不下来，所以也没写信给你；今天便好多了。

小孙孙发烧,德绪一行三人今天晚饭后回到家里。孩子据说已经从床上掉在地上四次了,真令人操心。现在的青年就是这般不经心,奈何!

十一点半了,就写这些。希望明天能接到阁下的信,阿弥陀佛! 祝健康!

秦上

五月五日夜(1981 年 西安)

[1]钟立言:钟体道之子,陈少默、卢君雄少年时代在北京南月牙胡同师从卢子鹤读书时的同学。

———

雄姊:

十八日夜信已得。"人不舒服,心颇烦乱",令人悬念。

阁下心情之恶,推其因,敝人肯定是要担当很大的责任的。

人为百兽之灵,然而人也都是万物之中最蠢的。但是,人而不"作茧自缚",又何以为人?

这里的工作大致已经结束。前些天,我向科领导反映,要在下月初去你那,又说你有病,他已同意。准备在下月领到工资后即启程。如果能在六月六以前到达,便最理想不过啦!——这些消息,想能使阁下的烦恼少减乎?

这个月的开支嫌大,买了四本于右任的《前后出师表》(每本 2.60),和香港出版的书四本,共用去将近二十元。泽慧的婆婆死了,又送了礼份十元。因此,希望你那能节约一些,好为敝人去你那时花费。字画的落实仍无消息,又不便开口去问,奈何!

西安近来的气候很热,室内(咱家)已热到三十二、三度,室外便可知了。好在今天(这时)落了雨。今晚能好好地睡个觉了。今年西安的蚊子很多,屋内没有蚊香,就难以入梦,成都怎样?阁下爱开纱窗,其实纱窗能透气,何必要敞开招引蚊蝇?

今早,钟明善带来位名演员李瑞芳,求我写字。这位演员以演新剧《梁秋燕》享名,偷闲诌了首七绝,录呈如次:

瑞草群芳春似前,歌衫舞扇记当年。

曼声一曲梁秋燕,喜见池开并蒂莲。

这出戏以婚姻自主为主题,故末句云云。

阁下以为如何?对我的这种闲情逸致,想不会没有抵触情绪吧?

月底就快到了,希望阁下接到我这封信后即来电报(最好在月底之前寄到),以便请假。相会之期匪遥,阁下的心情当能少慰?

匆此,谨祝健康!

秦上

六月二十日夜十一时半(1981年 西安)

最近给一位朋友[1]的诗集作了篇"序",附上底稿,请斧正(这位老兄是德绪的表叔)

诗以言志。千乘之国,摄乎大国之间,加之以师旅,因之以饥馑,由也为之,比及三年,可使有勇,且知方也,此子路之志也;方六七十,如五六十,求也为之,比及三年,可使足民,此冉有之志也;宗庙之事,如会同,端章甫,愿为小相焉,此公西华之志也;暮春者,春服既成冠者五六人,童子六七人,浴乎沂,风乎舞雩,咏而归,此曾点之志也。由也,求也,赤也,点也,皆可言其志,夫子或与或不与,志有大、有小也。若四子者以诗言其志,则夫子之与或不与,亦必以其诗所言之志有大、有小也。

吾侪之以诗言志者众矣。窃以为莫若吾高子所言之为大。何则?百行以孝先,大矣!吾高子之诗多类《蓼莪》[2]之篇。吾少失恃,每读吾高子之诗,未尝不陨涕,可谓孝思不匮,永锡尔类也矣。吾高子所言之志岂不大也欤!

吾以是为吾高子《白屋诗草》序,知吾高子者当不吾诃也。

辛酉端午。陈少默。

[1]高立民,作者朋友,西安人。

[2]出自《诗经·小雅》,此诗表达了子女追慕双亲抚养之德的情思。后以"蓼莪"指对亡亲的悼念。

一一二

雄姊:

前寄一信当已邀览及?

馨儿在二十六日下午五十五分生了个女孩,刚才我去医院看了,大小均安,望勿以为念。

奶未下来,孩子据馨馨说长得不漂亮,像她爹。我没看到,但据相传:孩子小时丑,长大了就会变得漂亮。老二的蔼蔼在月子里,就生得丑,可是现在却相当漂亮。古人说:"小时了了,大未必佳",是有道理的。

馨馨在下星期一出院,回师大,住个时期再回夏家十字。我想在我去成都前是会回来的。

这里的工作已经结束了一件,下周进书库把编入《善本乙编》的书再复查一下,将底稿清一遍,便没有事了。

我准备在一月十五日以前回去,只是遗憾的不能为阁下做寿,等七十做也不为迟。

大约是受了邪风,右臂尖的肌肉发麻又疼,疼得像牙疼一般,隐隐约约地很不好受,以致夜里睡不安生。准备贴上"风湿膏"试试。今日去看馨馨,骑车生了些热,回来感觉到患处不似昨日那样疼了。咱家的被子宽度不够,难免钻风,病因当即由于此也。

西安近来所谓"出血热"病相当猖獗,正达厂里已经死了两位,南郊尤为重点区。好在吃了板蓝根一类的药可以预治,我已让长佑和正达他们去买了。这种病初起的症候很像感冒,但一按感冒用阿司匹灵一类的西药去治,便没法挽救了。今天(写信的时候)傍晚下了雨,如果今夜里能好好下场雪,对制止这种病是有好处的。

今天去南郊西安医学院老院去看馨馨时,见到那里的房屋也多在加固,办法和贵院一样,想是为了给明年三月十七日的几大行星列成一线做准备。看来,所谓"地震"是有根源的,现在不知贵院的房子加固工程进行得怎样?我想咱那当已经完工了?

最近又有粮涨价的谣传,今日西安的粮站已经买不上成袋的面粉了。又据说,可能有质量较差、颜色较黑的面粉上市,真叫人摸不着头绪,只好听天由命吧!

下周拟将发还的字画领回。今午已有人上门来问有无字画出售了,风声何其快也!来找的是西安古旧书店的一位老相识,因为广东古旧书店派人来此地专门收买字画碑帖,故而由他来找我。沽之哉!沽之哉!我待价者也。只是不知道发还些什么,目前对我们那个单位是不能抱过分乐观的。如果是些不值一顾的,把我掌握消息的东西不给,我准备借此也发发所谓"脾气"。阁下闻之,当为此懦夫额庆也,一笑!

昨天上午,阎秉初请我吃了一顿羊肉泡馍,是私营的,味道要比国营的好得多,只是价钱贵一些,大约一顿饭得花费六七角,可是方便之至。有此,大可调剂一下我的生活,故请阁下放心。

好了,快看电视了,就此搁笔。灯下写信,伴着窗外的雨声,室内的水壶响,确也别具一番风味,希望阁下闻之,不要见妒才好。此祝近佳!

秦上
十一月廿八日(1981年 西安)

回来后,社会活动负担重了起来,中国书法家协会陕西分会已经成立,我被缺席(我有意识地回避)推选常务理事和副主席(一共八位,龙多何以治水？人浮于事的现象真是随地皆然！)

一一三

雄姊：

廿五日夜信今晨接到。

豆腐乳没捎上,就不必再寄了,亲家处另买些东西去应酬。老二有一盒豆瓣酱与豆豉也便可以了。

字画星期二去领。今晨还未起床,阎秉初便来了,说广东古旧书店收购字画碑帖的价比各地文物商店高得多。我已将不够的何子贞(绍基)屏条交他去卖。据说对联只要有下款,也可以单卖。字帖要汉代的,像你那的《石门颂》《石门铭》就每本能卖到二三百元。所以希望你能把它们好好保存下来,将来价钱还能高,因为这两个石刻已从原地(褒城)移到汉中保存,大有损坏,未移前的拓本是相当难得的。再,你那的汉阳某某碑,很有可能是翻刻,待我回去时再找参考研究一下。

其他已见廿八日信,不赘,祝健康！

秦上

十一月廿九日上午(1981年 西安)

一一四

雄姊：

前寄一信当已收到？

这一星期日，原准备去老二处，结果来客络绎不绝，未能去。星期三又想去，而德绪同两个孩子回来了，又未去成。只好等这一星期日（六号）去了。

今天总算把文物落实了。件数不少（就一件一个算，有百十件余），但比较好的却还得不多。如成扇一项，我原有四五十柄，现只还了五个。扇面也不下三四十个，只还了一个，而且霉烂了。有的曾经由文管会展览过的就有好几件比较好的没有落实。总之，对我还算给面子，想叫我捐的有七件，这些我也都拿回家来，缓一步再看捐不捐。这些东西想处理一部分，正好有广东古旧书店来此地收购，已由阎秉初约他们明后日到家来看看这些东西。通过秉初，把一副于右任的对联卖出，价四百元，大出乎我意料之外。看来，秉初真会卖东西，叫我真不敢向人家张这样大的嘴（这最好保密，当然让廖老师知道是可以的）。

西安昨今两日，室外气温低至零下六度，成都怎样？房屋的洞填了未？甚念。

祝健康愉快！

秦上言
十二月三日夜（1981年 西安）

一一五

雄姊：

一日信今天午后接到。今午曾寄上一信，想当先此邀览矣。

豆瓣酱今日下午由陈老师派他女儿小平送来，当是由廖老师的表姐处转来的。对亲家和老二两处，只好另做安排，千万不要从成都寄了来，真是"豆腐盘成肉价钱"，太不合算了。前次捎来的蔬菜，便是一个很好的教训。

关于书画鉴定一事，我早就回避了。现在阎秉初又把文管会告到省上和市上，昨天管库房的王汉珍还在我面前述说了一番苦，我只能额可而已。其实，让他们（阎还联合一些人告的状）告告也好，文管会有一伙人确实别有用心。譬如宋亲家的一部明版《昭明文选》，我曾经亲眼看到，还有人估了六十元（其实六百元也不算贵）的奖金价。现因亲家一再索回，便对外说寻找不见了，真做得太欠高明，党的政策就坏在这些人的手里，党的信用毁在这些人的手里，奈何！奈何！

我的工作在这月内一定结束，估计在下月十日左右便能到成都去。字画能再卖一些自然好，如卖不及，有了三四百元，想也是够春节用度了。文管会要我的七件字画，准备应酬一下（不表示一下意思也似未当，是不？），当能再筹得一些钱。

橘子西安有卖的，好的、大的，要七八角一斤，真有些不忍心去买。前些天，西安买面粉要排很长的队，而且买不上，据说是谣言要涨价，从前天起又松了。鸡蛋一元买五六个，想成都也够贵的？

回去时，想买十包腊羊肉带去送亲友，阁下以为如何？要什么，望示知，必照办。

就先写这些，余容续及。此祝近佳！代问亲友好！

秦上

十二月四日晚六时四十五分（1981年 西安）

一一六

雄姊：

　　四日信今天午后接到,正好,我在昨天才把信寄出,可是有些新情况要向阁下汇报。昨天,老太太说馨馨坐月满七天,要去看看,就骑车到师大。大小人都很好。孩子长得相当俊,奶有些不够吃。她婆叫我给娃起名字,我给起了个"珂"字,比较好写。字典上说："石次玉也,亦谓之白玛瑙,古人用为马饰,如言'鸣珂'之类,谓显贵者之车马也……"记得岳飞的后人岳珂,即用此字,当无不妥。你给馨馨的信,恰好正达今日回家来,即让他带了去;二十元候汇到便捎去。

　　字画卖了一批,但市文物局伸手干涉。不过这椿买卖是由西安市古旧书店从中经手的,并非"走私"之比,想问题不大。只是我的地位不同,以嘱其尽量保密。如能成交,收入可买两架你那样的彩色电视机。今早又将文管局要捐的四件字画送去,估计可得奖金四五百元,那么总数可达仲尼弟子之数,维持三年的生活当不成问题矣!对方给价优越,何绍基的残屏幅三条,得《诗》篇之数,人家能卖多少,可想而知了。

　　今天在科里,田局长谈到干预这批字画时,正好市文物商店的经理同傅嘉仪来问我要字,我便不客气地提到市文物商店是"黑店",死坑卖方,当然卖方要另寻生路。阁下闻之,能不为我这懦夫的行动感到惊诧?在谈这个问题后,傅嘉仪又向田局长反映些情况,提了些意见,扯到我的问题时,说："陈老因为不给他落实政策,陈老这次去成都便不再回来了"。田局长当即说,他为这个问题也着急,准备亲自找省人事局催催。又说市上要搞《文物志》《省市地方志》,他也准备推荐我。似此,阁下的这一套确灵!可是,终南印社的同仁要请我讲一次有关书法和篆刻的课题,并举办茶话会表示欢送,有的书友准备请我吃饭以示惜别……看来,这个卢陈氏我是当定了。阁下听了,当浮三大白也!

为了怕火车上挤,能提前去即提前去。从今天起我把工作带回家里搞,我想在下月十日以前,是会回到你那的。

原准备明天去老二处,可是明日书协又要开常务理事会,我先坚决不想去参加,而且已向刘自椟老兄说过了。刚才李成海[1]又捎自椟的话来,说省委(统战)宣传部文艺处的负责同志想见我,并派车来接,不去似乎不好,只好去去,借此表示不能担任工作的原故,亦未不可。反正,我一离开西安,一切麻烦也便自然而然的豁免了。

生活很好,勿念。腰部已好,但贴膏药后的反应仍未消除,当依照王医生的话办。

长佑在这一星期五、六到天津出差,得十多天便回西安。好了就写这些,此祝近佳!

秦上

十二月七日(1981 年 西安)

[1] 李成海,字容川,中国书法家协会国际交流委员会会员、陕西省文史研究馆馆员、陕西望贤书学会会长,陕西书学院专业书法家。

一一七

雄姊:

别后一路平安,于星期五下午四时四十分正点到达西安。虽然下着雨,有李成海、赵熊和常世伟[1]三个小伙子来接,一些困难也没遇见,请放心。因为下雨,时间又晚了,故未去党校。次日冒雨骑车去时,李老师已乘飞机回成都了。借符老师的衣服,拟在刘自椟他们去成都开会时携回(可能在五月初。)

与卢君雄书

昨天去老二那,又去德绪那,回来感到累,拖到今天才写信,想阁下又会发威的?

泽汉身体很好,老二媳妇去临潼春游,长俪[2]在家,把扇子交给她,她叫我向阁下道谢。

泽湘[3]已在清明节前回陕西,住在长安县青海高干院他女长宏的婆婆的娘家,只两口回来,孩子都未回,泽湘是把工作调回长安县,现就在高干院搞会计工作,媳妇已经退休,原准备见面,老二去找他们,他们进城了,故没有会着。

德绪和孩子都好,象天[4]也够捣蛋的,长佑俩口包韭菜饺子,我替他们管了一阵娃,把我累得够呛,看来身体不行了!长佑出国又遇到一些障碍,因为英文只考了95分(总分160),差10分不及格,在七月还得补考。就目前的情势发展,中美之间矛盾尖锐化,可能出不成了(据说这次罗马尼亚的首脑来我国便是为了中苏的靠拢)。

馨馨在星期六回家了一趟,说天一暖便带娃回家来住。

老太太的身体看来大不如前,心眼还是照旧多,我把花生糖、豆给她,说是阁下送的,她便对我说:这是君雄的,你的呢?我说:难道我俩也分家?她的就是我的,我的也是她的。她便没话了。似此多心,怎能跟人合拢得来!

关于我的吃饭问题,已自己生了火。有时也到外边去吃。天气再热一些时,到外边吃不卫生,只好在家里吃。好在老五要回来,菜,西安也供应得不错,只要有钱,在黑市里可以买到,务请不要因此而让阁下睡前服安眠药。

关于工作问题。昨天在古旧书店遇到韩保全(同傅嘉仪、钟明善在一起),他说日内要到家里来同我谈谈,这是一个方面。又在我回家的那天,胡五叔专门来家找我,向老太太问我几时回来,并由李子俊转唤,告诉我:如有人来找我去工作,叫我不要推诿,但迄今搞不清是哪个单位,什么工作,这是一个方面。再,老五传黄永年的话,师大需要人,我如有意,他可以推荐,这又是一个方面。似此,工作的机会似乎不少,可是又似乎都是画中的锅盔。问题的症结,我看是我们二位的谁都舍不得离开个人的窝!这个问题不解决,纵有工作也是搞不下去,除了当"老太爷"!

好了,就先汇报这里,因为约好九点左右,罗炯和她的闺女要来家同去碑林参观呢!

祝愉快健康！

秦上
四月十九日(1982年 西安)

再：钟明善傍晚来说,我的问题省委宣传部文艺处的负责同志想出面给国防工办(仪校的领导单位)提出,要我写个申诉一类的文件,盼将存你处的材料挂号寄来。

胡五叔今日下午专门来找我,把我的简历要去,说政协准备成立书画鉴定组,他推荐阎秉初和我,明日就在会上提出。又及。

[1]常世伟,西安人,书法家。
[2]陈泽湘,陈少默胞弟。
[3]陈长俪,陈少默侄女。
[4]陈象天,陈少默孙。

一一八

雄姊：

六日函早得,因备课未即复为罪。

课已交差,但讲稿仍待续成。原定是十二日早上讲,我记成次日,人家来催,结果匆匆在下午讲了,因而讲稿未写完,人家又要刻印发给听课的,看来,仍得忙一二日。

昨夜,田局长来了,谈到他在工业学院又碰壁,让我给省委第一书记写东西,言下文管会不便再插手(因无专门的人事干部为此事奔走)。这椿事可以说到此告一段落(阁下听了不必激动,坏事也有好的一面,且听下回分解)。

政协日前又发一个通知[1]，现附上，也就不再赘述。

这一星期三的晚上，傅嘉仪来家，送我一幅他画的梅花，而且裱好了。画没有功底，但敢画，有才气。昨夜睡得欠好，辗转间（不是为了"求之不得"，勿误会），成了一绝，今早复敲推了一下，钞奉一览：

屠门狗肉换羊头，孰是孰非难再求。

一惯人情薄似水，梅花胜酒可浇愁。

壬戌立冬后谦石老弟以所作梅花见赠，真气横流无前，然老境颓唐，近况坎坷，何以堪之。因缀二十八字以寄吾感。少默

阁下阅之，以为若何？

情况发展到这般，我看只好老死妆台了。此前所云坏事有好的一面也。昨晚我请田局长最后帮我个忙：把下欠的款子早发给我，如能再多落实一些字画便感激不尽了。他也答应了。但是，政协方面决难以对付，人家的盛情似难却，况且得罪了似也不好。我想再看看情况的发展再说，阁下以为如何？

钱得到之后，很有可能在一月初便去用作"家属"了。

皮背心不必寄，驼毛棉袄再加上一件毛背心，满可以过冬了。套裤稍宽，同院都说像道袍，已请常世伟的母亲改了，合身了。不过，料子太显眼，自己先感到扎人眼，准备另缝件布的。套裤在成都的那件，裤管窄，穿上不舒服，而且有些英国绅士派头。总之，阁下总想将敌人打扮得年轻些，其奈鬓发皆白何！

好了，就先写些这，余容续及，不一。此祝健康！

秦上

十一月十五日早（1982年 西安）

[1]陕西省政协文史资料委员会聘请陈少默为近代史组组员。

一一九

雄姊：

昨将信寄出，复得阁下十一日的信。

我的感冒早已过去，勿念。

今日午后去参加日本净土宗访华代表团的书法交流。会上展览有隆莲法师给他们写的字，非常凝秀，很有书卷味。回头咱们也可请她写一幅，如何？

老二媳妇今日下午来家，我没见到。她给云嫂和阁下水绣围裙一件，她说已给阁下有信，当已收到？长俪有喜兆，近日闹反应，不能出门。老二的病也好了，我准备这周内去看看，并将带来的豆瓣酱和豆腐乳送给四姨。

我现在身体很好，营养也不错。活了这大的年纪，足比寄托幼儿班之比，务请释念，幸甚！幸甚！

我的吃法，以前天说，有清炖羊肉、红烧羊肉、炒大青辣子、凉拌红萝卜丝加香油，侍姬虽无，而食前方尺，比上不足比下却大有余了，是不？当然，有时也吃吃所谓"快餐面"（有时还卧个"果"），望阁下不要过于操心。至于"久别"，我想至多再个把月就要"重逢"，何急之有！

"自我作茧"，又何独阁下？"何该"，大家都有份。"既往不咎""黾勉补过"可乎？但也可见感情用事的后果，於戏！

落实政策，用山东人的一字了之。其字为"鸟"！让我去抓紧？仍是一个"鸟"！让人家考验了这些年，也该是考验他们的时候了！？

什么"官职"也不接受，是对的。可是，也要有自知之明。假如我有位父兄在彼岛任显职，如果自己能有尖端技能，如果我有个外国重要关系……那就一切都早落实了，其奈自己都乌有何！那么，只能从此冤了下去。被冤的人岂少矣哉！再则，从一开始，我便相信党的政策，所以未去彼校死缠。这大约仍是

"清高"的后遗症,那么只有把党相信到底了!

我已托阎秉初去向师大问问,学校是否收字画(其实,省文物商店也可以,不过,价码低些),如要,即把不必要的、好坏一概抛出,俾得"孔方"以度晚年。阁下对此举,必是双手赞同的!

"求援""不会客气"的话出自"家属"之口,当不尽"不伦不类"。嫁妇从妇,古之常训也。出自敝人的"妇夫"之口,正见我的"贤""良"。从我的角度,似乎并非不应该。阁下云云,仍碍于自古到解放前的伦常腐论,又何其"自卑"。"不广"也!一笑!

皮背心大可不寄,已经寄来也就算了。电视机早已送回,但节目好的太少。老太太害的仍是一贯的病,勿念。此祝健康!

your 秦
(1982 年 11 月 16 日 西安)

一二〇

雄姊:

皮背心寄到,但目前尚无穿的必要,驼毛袄子已经够暖的了。

给文物训练班的讲稿今天完成了,总算了一桩事,共写了四十九页这样的稿纸,约过万字,可能只给讲课费(今晚送来),可是答应送我新发现出土的汉瓦当拓本,却也合算。

书债仍未还清,积累了十多张,有两天的时间必能偿清。给人家答应的一册《离骚》尚未动手。人贵有自知之明,以敝人之俗,实不敢去写。可是,人家催得很紧,趁天未大冷,是要缴卷的。

阁下的近况如何?心情如何?均念念。

相晤之期匪遥，想夜能安枕了？现在只等尾欠的字画价到手，就能"候鸟"西飞。其他的字画已托秉初问师大的意思，能出手也出脱那些不心爱的，惟至今尚没回音。这类东西以我在世出脱为上，留给后人，不仅是是非，而且会三文不值一文的，被糟蹋的。

上信寄的诗想看到。我近来的心情也可见于那四七二十八个字之中。不过，能出诸吟咏，当不会积郁成癌，务请阁下放心。经过敲推，又改正如次：

狗屠久事挂羊头，孰是孰非莫再求。

已惯人情薄似水，梅花坐对自无愁。

因为是题傅嘉仪的梅花，故末句及之。

杨春霖[1]老师从苏州回来，昨来家云，得机会再向陈元方[2]书记催问一下。杨说，上次和陈见面时，陈说可以在政协或文史馆安置，政协不敢承当，文史馆或有少许的希望。但大人先生的话一贯难兑现，只好姑妄听之而已。

近来与廖老师诸公可有竹林之游[3]否？这里夜间也时有小会，不过不管多少番，一律庄十，旁五，自摸加倍，背了也得二至三元。知注并闻。好了，就先写这些。此祝健康！并问诸亲友好！阁下的寿辰是十一月几日，盼示。

秦上

十一月十九日午后（1982年 西安）

[1]杨春霖，西北大学教授、语言学家。

[2]陈元方，陕西乾县人，时任陕西省委副书记兼西安市委第一书记。晚年致力于地方志的研究与编纂，担任陕西省地方志编纂委员会主任。

[3]竹林之游，指打麻将。

一二一

雄姊：

二十日信，今日收到。

敝人的饮食起居俱承关注，实感谢不尽。然而"爱之能无劳乎"？

营养我是注意到的。总之，无非是家常的粗茶淡饭而已。每星期打个"牙祭"，正是中人以上的享受了，过分，是作孽的。

给嘉仪画上题的诗，第三句是否已改作"已惯人情薄似水"？这是有为而发的。针对画的梅花，末句也改为"罗浮入梦可无愁"。我的诗句喜用"梦"字，想可与张三影媲美了！？

"男子汉大丈夫"的气概在敝人身上是丝毫没有的，老爷子不是早在四十多年前便说我"没出息"吗？如果追查一下动机，恐怕自卑感要大于所谓"大男子主义"吧？

包裹一般不会丢，何况又挂了号。其实丢了也没多关系，也怪不上阁下。三人一行竟遗落了东西，也真岂有此理。穷光蛋是不会这般粗心的。

大约穿布的惯了，觉得满身光闪闪的，便不自然起来。我平生只穿了一天的西服，还是借人家的，穿大褂的时间不下三十多年，从来没穿过料子做的衣服，勤俭也矣哉！

钟二哥真是荒唐透顶！无聊透顶！这类的稿子早在上海的小报上或能刊出，目前决无出路，阁下大可放心，任其胡撞好了。他的住址我也不知道，也不必找。如到咱家，倒不妨提出严重抗议为是。至于因此阁下和敝人成了传奇上的主角，又未始不是段佳话！？

…………

水仙花不好养，要有阳光，常换水，以目前蜀地多雾的天气，恐不会养得太好的。这种花要一连三颗或五、七颗共一根的才为上品。阁下所谓的"两颗"想是一根一"颗",并非上品,西安有,但一颗六七角,太贵了。水不能加得太多,多了就只长叶子,太难看,盘盆这里有一个,去时带了去。

"牢骚太盛防肠断",老头子早有明训。我的诗是有些露骨,不外传是对的。阁下的发言经常犯五七年的老毛病,不可不慎。风云多变幻的时节,尤不可不慎。最好在开会时能嚼个口香糖之类的东西把金口占住为妙。

好了,就写这些,回信时请将阁下的寿诞之期见告,以便早做准备。此祝健康!

秦上

十一月廿四日（1982 年 西安）

一二二

雄姊:

棉袄和套袢收到,真解决不小的问题,阁下的灵活性值得钦佩!

今天开始清理二、三级字画,一整天(上下午不到四个小时)清理出九十八件,进度还可以。有许多好字画看,眼福不浅。内中也有一些似曾相识的,不禁勾起我的沧桑之感!过去我卖出的,又见了面,犹如街上碰着下堂妾,不是味道。如能照今日的进度搞下去,到月底大约可以清理出十之七八,我一走,也可心安理得一些了!

我大约不在这月的三十,便是这(下)月的一、二日,可以首途去蓉。在二十一、二号便托人去买车票,小雁塔有位同事的姐姐在车站售票处专管售票,想不会有什么问题。

前天陕西人民美术出版社寄来八四年挂历一份,内有我的字,昨天又汇来稿费二十五元，壮我行色不小。出售字画拟委托秉初全权处理，他也卖一批，已经和文物商店的负责同志接了头，周内即将待售的字画先交到他那里，估个价，再叫文物商店拿去。德绪提议给孙子留一些，大约留几件比较好，或爸爸写的，于给爸爸写的，便满可以做个纪念了。我写的当然也给他们都分一些，老大、老二已经有了，老三、老五似乎不感兴趣，也就免了。

我的感冒已经好了，勿念。好了，就写这些，想不久就会奉到圣谕，可以再续。此祝健康愉快！

秦上

十一月十四日夜（1983 年 西安）

今日何嫂子递寄物单时，说"到底有老伴好，把你冻了！"可见自有公论；李哥也说"应该叩谢圣恩。"皇恩浩荡，泽及冻馁，小臣白当肝脑涂地，报答圣麻！又及。

一二三

雄姊：

十七日信奉得。"白日陈老声盈耳，夜来含饴喜弄孙"竟令阁下为之欣羡，真是罪过。若更知道陈老连街巷写选民榜的差使也摊到头上，不晓又会做何感想？

新申诉尚未写出，因为在解放前与人合作搞生意的时期还有待摸清。今天，这里国防工办的一位退到二线的顾问屈驾来访，愿出一臂之力，也要写一份申诉给西安工业学院的上司科委国防工办，是否解决问题，仍是未知数。不过，人家愿意帮忙，当然不能不主动一下。至于能不能在一两月中见分晓，倒是毫无把握的。

　　钱的问题已经解决,昨天领到四月份的"咨询费一百元"。四月已过了多半,仍领到全数,心里真不是滋味。可是,一想到把我耽误了这些年月,也就坦然了。但是从上年十一月到三月的,却万万不能领,一领便失掉独往独来的自由,太不值得,是不?准备出裰一些字画,为来年的开支作储备,已通过秉初同省文物商店接了头,只因近来较忙,尚未检出。

　　所谓忙,有如下的几件事:明日去兴平某国防厂区为这个厂的文艺研究会成立捧场,是书协派的。回来后,即到那位国防工办的顾问家里去看字画,并写字。星期日要去参加国防工办主办的书画篆刻研究会的教学座谈会,下周内这个研究会还给我派了两次的专题讲座,题目相当大——《书法创作的基本法则》。的确是个伤脑筋的题目,既要作,又得创,谈何容易!总得准备一下,才不致有损陈老的声誉吧?以后还有什么活动,现在尚不知道。加上"门庭若市",真够受的!阁下闻之,甭说别的,至少"活该"二字是免不了出自玉口金言的。

　　衬衫装有两件,一件翻领的,依我这把年纪,穿上一准会大招"物议"的。

　　……阁下连任[1],逢年过节,作为区政协委员的家属能有招待电影看,毕竟是件好事,毋以官小而不为可也。前天,胡五叔专门来找我,让我写个履历,准备推荐我去省文史馆,如果"官运亨通",少不得要迎官太太来陪老爷的,阁下应有思想准备才好!否则,阁下可以早晚烧几炷香,或到文殊院去求求佛,别让乌纱戴在我的头为妙。

　　蜂王浆已吃完,但新的尚未买。"将在外,君命有所不受"——但一定要恪遵开谕,不要生气(好在纵然生气,我也瞧不着。万幸万幸!)就写这些,祝健康愉快!

秦上
四月二十日(1984 年 西安)

[1]卢君雄先生连任成都市金牛区政协委员。

附：

申　诉

申诉人陈泽秦,现年七十岁,原籍陕西省安康县,住本市东夏家十字十七号。

本人:一九三六年秋至一九三七年夏肄业于北京燕京大学新闻系,抗战爆发,转学内地,一九四〇年夏毕业于原国立西北大学国文系。一九四一年五月至一九四三年二月,在陕西省银行总行工作。一九四三年至解放,经营商业。解放后,先后在西北军政委员会文化部文物处当干部,西安建筑工程学院及西安仪器制造学校当教师。现在清退"文革"中抄家文物办公室工作,并担任中国书法家协会陕西分会副主席等社会群众活动组织职务。

申诉问题:一九五八年交心运动后,本人被原工作单位西安仪器制造学校(今西安工业学院)报经西安市文保处批准,戴上地主分子帽子,复于一九六〇年由该校和市公安局文保处按表现不规,送劳动教养两年半。解教后,原工作单位未给予任何安排,一直失业至今。

申诉理由:我的冤案已经二十六年了,我确实不是地主分子,理由是:

第一,一九四一年我参加陕西省银行工作后,我父亲陈柏生因我系长子,兄弟众多,命我和他分居,自立生活。我从没有参加家里的地租剥削。我家在安康、郿县、杭州三地俱有土地,都由我父亲亲自经营管理。他是解放后在杭州病故的,土改时,他在杭州和郿县等地被划为地主分子。

第二,我和一家人的生活来源:

我在七岁时便离开陕西,在上海、天津等地住家。在北京上学,从未在原籍住过。抗战开始,即由北京转学内地。一九四〇年夏大学毕业后,由城固来西安。一九四一年五月参加原陕西省银行总行工作,当办事员。一九四三年二月,因病停薪留职,这一段时间的生活来源,是靠工资收入。

一九四三年二月离职在家养病至解放这一段时间的生活来源,是靠经营商业及买卖字画文物。

(1)一九四三年春至一九四七年冬,买卖黄金储蓄、美金储蓄、棉纱等(证明人:秦韵生,现在市工商联财务室工作)。

(2)一九四七年秋,与朋友合资,筹备开设西安市业余摄影供应有限公司,任该公司理事,一九四八年夏该公司开业,一九四九年歇业(证明人:俞少逸,原该公司经理,现在西安电影制片厂编审室工作)。

(3)一九四七年下半年,与朋友合伙投资筹备开设艺林文物商店,该店于一九四八年夏正式营业,解放后于一九五〇年初歇业,我是该店的店员兼文书(证明人:阎秉初,原该店经理,现系西安市古旧书店退休职工;李长庆,现在陕西省文物商店工作)。

(4)房租收入:东大街原西大奥金店(今五一店西三间)街房一处,西一路(今市工商联大楼所在)街房十间(证明人:牛汉亭,原西大奥金店经理,原住骡马市戴家巷内)。

一九五〇年五月,我即参加革命工作。

关于我的问题,我认为:只要在西安和去郿县、安康调查一下,就完全可以搞清楚的。对于上述情况不详尽的部分,以及证明人的证明有需要补充的地方,请用信通知,或打电话到我现在工作的单位小雁塔保管所北库(1549)找我,都可以。

邓小平同志在为召开十一届三中全会做准备的中央工作会上的讲话中,讲到处理历史遗留问题、落实政策工作时指出:"我们的原则是有错必纠,凡是过去搞错的东西,统统应该改正。"现在我们西安市也正在积极落实知识分子政策,因此,我恳切请求复查我的问题,秉公处理,予以落实,不胜感祷之至。

谨呈 xxx
申诉人 陈泽秦

一二四

雄姊：

廿九日信接得，隆莲的诗和字都很不错，的确不愧为"女状元。"已请人去裱。

去韩城是书协派，陕西各地我去的不多，借此逛逛也好。明天又要去青海参加该省书协的成立大典，也是省书协派的，大约又得一个星期才能回来。目前，省书协能派出的副主席一级的只有敝人一位，借此逛逛，未始不好，我的身体完全可以承担此项任务，请勿以为念。体院要的字，现附上，在阁下的名字侧，盖上名印便可交卷，盖印的位置照我的样子即成。落实的事在本月内可望得到结果，已经又在证人处了解，并索取了书面的东西，想必快解决了。查抄的财物只赔给人民币六十一元一角，令人生气，已另作申诉。文物商店拿去的字画也向古旧书店交涉，三路并进，故较忙。阁下来信不再提及返蓉，使人莫名其妙。匆此，候到西宁后再续。此祝健康！

秦上

九月二日（1984 年 西安）

一二五

雄姊：九月十八日信奉得。茹小石[1]去成都带上一信，想已邀垂及？

我从青海归后，便未去小雁塔上班，专等待落实有答复，不论好坏，即返成都,决心如此当获谅解?

老两口拌嘴,有时怪有趣。可是,不敢经常。我看我们的拌嘴,到此大可告一段落好不?

落实问题,学校已向证人要去书面证明,想在近期能有消息。至于去追问,似可不必,一追问,便显得"俗"了。阁下从斗争中得到的经验,真宝贵之至,敝人自当努力学习。

至于说什么阁下"心胸太欠开阔""多疑""沾滞"等等,只是个人的感觉,并无反党的思想,希望不要把我再打成"右派","知无不言,言无不尽"嘛!

老五两口和孩子都好,德绪母子上周未曾回家,象天捣得凶,现在独生子女,俱娇惯得够受。

云嫂和林大姑还常上你那不?我的牌瘾大犯。慧儿已上班,还是小组的头头。她的领导华耘同志对她说,她在南充上学时,和您家的子侄同学,此人年约五十许,可能同季野[2]同学?慧儿是调到《团结报》工作,专搞第三版,让她寄来试刊号,看看如何。这个孩子爱搞文字上的东西,真让人操心。又秦龙在明年三月要出国去搞联合画展,大概是去日本。

全国书协的第二次全国书展上,敝人的作品入了选。这里的人民出版社拟印行篆、隶、草、真、行五体的《蜕盦印存序》(鲁迅先生之作),我担任行书,区区也可以算作对阁下的国庆节献礼吧?一笑!

该我去做咖喱羊肉了,就此搁笔,祝好!

秦上

九月廿一日,晚饭前(1984 年 西安)

附上照片一张,是在青海湖滨照的,"英姿"该多"飒爽"!

[1]茹小石,西安中国书法艺术博物馆副研究馆员。

[2]季野,原名卢重文,笔名季野,1930 年生,四川南充人,卢君雄外甥。生前系重庆出版社副编审,市政府文史研究馆馆员。

一二六

雄姊：

廿六日及附函均得。

让我背《晨风》[1]，真抱歉，早已还给老师了。会读书的，要看如何应用，背是"书簏子"的看家本领，何足道哉！？不过，总须翻翻《十三经注疏》，不知新，焉能不温故，是不？

小茹要自己安排，看来只好由他。嘉仪准备出国，所以未同行。看来他是不去成都了。

长慧两次来信，俱提到让咱们去北京逛逛，其实这是椿双方均蒙经济损失的事，似无必要。附上最近她来的信，请一阅。这个孩子因为活动调工作，手头拮据。我的意思，阁下可否给她兑五十元去，以兹体恤？这笔钱可在储金会先设法，待我回成都后即还，如何？

落实的事已请曼丘[2]去催问，曼丘才从深圳回来。刘自棣最近忙于搞出版自己的作品，又获得陕西文联的"开拓奖"（奖金约是半千之数）。但是，大招物议，未免不明智。

我准备等到下半月，没有消息，即返成都。

竹林之游，无我不欢，真是对不起大家！阁下又何必令一座悱然？

西安下了几乎十天的中、小雨。昨天刚看见日头，今天又阴了，又下了一阵子小雨，可谓"秋风秋雨愁煞人"了！成都似乎也阴天多，更添两地愁绪，奈何！毛衣自青海归来便穿上了，蜂王浆照吃不误，放心。

就写这些，祝近佳！孩子们问候您。

秦上

九月廿九日（1984年 西安）

[1]《晨风》,即《诗经·秦风》:鴥彼晨风,郁彼北林。未见君子,忧心钦钦。如何如何?忘我实多!山有苞栎,隰有六驳。未见君子,忧心靡乐。如何如何?忘我实多!山有苞棣,隰有树檖。未见君子,忧心如醉。如何如何?忘我实多!

[2]曼丘,四川眉山人。生前曾任西北局军工局局长、陕西国防科技工业办公室副主任、顾问等职,全国神剑文学艺术学会副主席。

一二七

雄姊:

昨呈一电,当邀垂察,然而破费了人民币九角,实在心疼!托庇,一路无恙,长馥、长馨、余全到站接搭电车回了家。久羁危楼,又履坦途,心情虽伤别离而黯淡,耳目却又是一番景象,阁下闻之,能无慨乎?

迄今还未看到长佑。昨天下午我去拍身份证相片,又到秉初处坐了一会。他回家来,我们却未见到面。他很忙,可能这星期三,他和德绪一道回来。我一下车,老三便劝我不要当着德绪的面谈长佑工作的事。据说这件事是由宋亲家倡议起来的,德绪闹着要出国"伴读",也是他老先生出的主意,可谓"好事而不更事"。老三说她兄弟有主见,让我点到即可。看来,儿子的耳朵比他老子硬。

长佑给阁下献上双缸带洒干的洗衣机一具,静候阁下接收。

西安的肉价比成都低一些,菜贵得多。一斤新蒜台(薹),成都三角五,这里要七八角。因之,火车上带菜的不少。但希望阁下万勿效颦,只要有钱,这里买得到的。物价从车上的饭菜价可以看出,确实令人吃惊。去年去时顶好的饭价一元伍,现在是顶坏的价;好的价高到三元(鱼片、红烧鱼带米饭)。我在绵阳买了一个油煎饼便撑到西安,比广柑水还便宜五分。阁下闻之,亦应为之欣喜也!

目前"陈老"驾返长安的消息尚未传出,已经时有人来探询,山阴道上未来的盛况自在意料之中,一冷一热,精神上的感冒是难免的。人就是这样奇怪!

先此汇报,容续不尽,独处诸希珍重,珍重!

秦上

四月十五日(1985年 西安)

德绪刚才来说,长佑在下月二十日从西安去北京,五日飞机去英,但他们想去四川逛逛,行止定后再告阁下。他们如去四川,我的意见阁下就到暑假再来西安,如何?又及。

一二八

雄姊:

两呈尺札,迟迟未得复,正徘徊间,奉到廿二日示,欣忭何似。然来示悱恻满纸,不忍卒读。人非草木,情何以堪,晨风之叹,自反凉薄,罪何如之。贤达似阁下,想不至过责吧。

这里的情况,并不如阁下所想象的那样热闹。这里不过比在成都稍微人多一些而已。但是,住久些也会感到香巢的静谧可爱的。

佑儿两口到阁下那,当又给您添了好多麻烦?此时想已去乐山和峨眉玩去了?他们行前,我原拟遵示拍电报去,被他们阻止了,说行李少,路也好找,加之,当日下午方知道车次,深恐拍了也接不到,违命之处,谅有为幸。

任老稿子,情难推脱,老人倔强如此,只可稍事润色,照抄原作,以了公案,如何?

佑儿去成都,阁下便不必亟于来此,佛学院,德育处,研究生,王岚四下讲课也就不需要搁置了。

目下,字画价不太好,筹去北京花费似有困难(当然,忍痛变价也可以凑够,终究有些舍不得,一杯热柑汁都舍不得,何况心爱的东西!),只能看光景再决定是否北游。实在不行,只好眷然归西,老死伴妆台矣。阁下闻之,意下奚似?身份证尚未发下,房屋有普查通知,当系为退公私合营私房不够标准的第一阶段,须留此看看结果,或在暑假即能返蓉。果能如此,也可为阁下省却许多麻烦。

这次"践"(原字如此)别,为何惹得您"忍着一肚子的气愤合着酒咽下去"?内情如何,能见谕否?气最能伤人,更甚于惜别,其慎之。

蜂王浆照吃不误,勿念。痔不时犯,但无大碍,亦望释念。这里的情况长佑当已禀告,不赘。此祝康乐无恙!

秦上

四月廿六日(1985年 西安)

一二九

雄姊:

今天清晨四时长佑两口回来了,由正达和常世伟去接,害得我一夜没睡好觉。为什么搭这次车,真莫名其妙!当又是"教条主义"的为害?这回又让阁下破费不少。

算上这封信,已是来西安后的第四封了。第二封被馨馨稽发,叫阁下又发了火,竟以断绝联系提出"哀的莫敦",太冤枉敝人。自然阁下的"主观"也有不小的作用。

德绪居然上了金顶,我真想不到,乘筋力还未全衰,我一定还要去一次乐山和峨眉。未知阁下有此雄心壮志否?

重温的信接到。大雁塔在我离开之后,已经移交民委宗教部门管理,须拐个湾去了解一下,然后再答复重温。请阁下见告知他,先别着急。

落实问题拟在周内进行,给新院长写了幅字(应刘自棫之请,新院长有书画爱好),约个时间去当面谈谈。这回是新院长主动提出,前途似较前乐观一些。沈老今日专门来看我,提出向市文史馆推荐我的事。我对他的关怀表示感谢,我请他对此事听其自然,千万不必去催。省文史馆方面,决不能一辱再辱,即便再叫我去,我也决不再作冯妇。阁下想不至以狐狸怕葡萄酸见笑。

回西安后,才想起成都的好,尤其看了《孤心血泪》[1]之后,感触很深。一俟这里摒挡就绪,马上再去当卢门陈氏,如何?

蜂王浆照吃,勿念。身体也好,更乞释注。

把象天管了好多天,建立了感情,今天接走,反而觉得寂寞。这个孩子面傻心灵,颇类祖,只是现在说话有点结巴,话多得很。长佑说他的娃话多得像四川人。阁下一听说成都好,便眉开眼笑,一听说西安好,便火冒三丈。不知对说贵省人的话多,又做何感想?长佑两口说廖抄手真好吃,廖老师听见当很高兴。廖老师的姐和姐夫到成都,不知同阁下曾作竹林之游否?星期六和星期日不妨请云嫂、大姑也来玩玩,以遣岑寂,万勿因敝人的向隅而一座不欢。在这也偶然打打牌,战果不佳。这里的行情:不论多少番俱是0.10,明杠0.10,暗杠0.20,庄家加倍(杠不加番),比咱们的大一些。前面的何妈,何妈的女婿,余嫂母子,我和正达翁婿,都是"乎"。但从不熬夜,请放心。

好了,该睡了,昨夜整个折腾了一夜。祝好。代问诸位老师和亲友好。

秦上

五月六日(1985年 西安)

---

[1]《孤星血泪》:根据英国作家狄更斯小说《远大前程》改编的电影。该片叙述了一个青年幻想破灭的故事。金钱使孤儿皮普从一个穷学徒变成阔少爷,也使他染上了上流社会的恶习,而背离了他原有的劳动人民的纯朴天性。没有了金钱,皮普两手空空地回到家乡,则恢复了自己的人性。

一三〇

雄姊：

前寄第四封信，想已收得？

这些天，我感冒了，是热伤风，当是恪守尊谕，不轻于脱衣的结果？已经吃药，望勿以为念。

长佑回来后，对阁下的近况，有了了解，但愿睡得好，吃得好，不要有无谓的伤感。

这里越呆越不是滋味。昨天办身份证，户籍警对馨馨说：想不到你爸那样有名气，却是"无业"。听了令人啼笑皆非，真想老死在体院的三层楼。但是，在成都报户口，说"无业"，也真不是滋味。当初，何必顾面子。阁下嘴上说不图名利，遇到这种场合，也不免想绷些面子。事已如此，该怎么办？在西安尚有同情我的(这位户籍警是其中的一位)，在贵地便难说了！

字画尚未卖掉，北京之行恐难实现。张平[1]同志前天来看我，还劝我去上班。可是，一再当"冯妇"也不好意思。

先写这些，祝好！代问诸亲友好！再代长佑向张老的儿子表示一下谢意。因为人家送他到车站。德绪仍不想去交大，长佑也没办法，我也不便插嘴。这些事俱令人头疼。又及。

泽秦上

五月十日(1985年 西安)

[1]张平，时任西安市文物局副局长。

— 三 —

雄姊：

十一日信，前天接得。从赐示上得知阁下竟这样的忙，心中实在不安，务希节劳，千万不可事事勉强好胜，为要，为要。

嫂子、大姑还是"仍旧贯"为好，借此阁下可以散散心，换换脑筋。当然，一人向隅，四众不欢，但也是无可奈何！"心中有佛"，"佛"是无所不在的，能存此想，万念俱实。此敝人近日悟入，阁下不妨一参。

阁下在廖老师家"寄食"，甚是，可以省去许多麻烦，也可提高提高廖老师的伙食水平。

落实的申诉，上星期六在一个会上，交由刘自棱转去，想日内当有消息。昨夜，晋师傅[1]来言，市文史资料编辑室负责同志有延我去担当一些工作，因我不能常驻西安，我已推卸了。希望能在文史馆捞个头衔，以使身份证上有个"职业"。据晋师傅说，市文史馆馆员入选的条件为"老、无业、文、穷"，这对敝人是有利的。然而在大家的心目中，悉为陈半城[2]的后裔，于"穷"这一条件尚不合要求；天知道陈半城的后裔虽尚不至穷到无立足之地，可是已是这月愁下月的伙食钱了。哀哉！看来，有穷命而无穷相，其为贵乎？

字画尚未售出，价格过低，不忍出手。上星期日长佑看到我整理待售的字画，有不赞同的表现。我说为了生活不得不卖。结果，第二天，奉献给敝人五十元，可谓"孝思不匮"矣！据象理说，她大姑因为没有分到老太太的遗物，气得把碗都摔了。似此，就是我现在所有的生活资料同那些字画也是够给未来造成许多纠纷了，不能不早有安排。星星担心有人分她的电视机。似此，寡人一旦不尝新，恐怕也会尸虫流出户外的。悲哉！

从上述种种的情况看来，敝人如不找个职业（如能问题落实，又当别论），只靠阁下荫庇,终非长久之计。各人有各人的打算,阁下当不会更以"自私"见罪?

北京之行,如字画得合适的价售出,尚似可实现;如不好售出,敝人之意仍以取消为是,万不可打自己的脸充胖子,而且还带累孩子们受损失。据长佑说,老大的住处太乱太潮湿,三姑决不能下榻;老二的当然好,然而太小,又会影响秦龙的工作。难道我们去了还得住旅馆?

阁下已经退休,敝人之意,从下学期起,校内的课不妨一概推却;对王岚可以优待,因为时间可以由阁下定,比较自由。尼众佛学院的课,视力而为。暑假,阁下不妨到西安家里住住,暑假结束再定行止。不知尊意以为何如?

感冒已愈,但还有一些咳嗽,望勿以为念。迟复了一日,恕之。此祝健康、愉快!代问众亲友好!孩子们问候阁下。

秦上

五月十五日(1985年 西安)

[1]晋震梵,时任西安市政协文史委编辑。

[2]陈半城,传说陈少默的父亲陈树藩担任陕西省督军兼省长时,西安古城一半房产都是陈督军的家产,因而民间有此戏称。

一三二

雄姊:

十二日夜信奉得。

感冒已经大好,仍有些咳嗽,希释念。薄被早已缝了一条,可是目前西安的气候因雨(昨今二日均中雨)而下降,仍须盖厚被。这些地方敝人是会安排的,绝不"教条"。敝人的心情的确很不平静,但可并不气恼。对"身份证"的看法,你我的观点正同,然敝人之耻,实敝省敝市之耻,然而对这些王八蛋又有什么办法！好在市上还比较重视。昨日晚饭后，晋师傅又特地前来见告，他为我的事又找了市文史馆资料编辑室负责同志，陈述了敝人不能常驻西安的困难之后，人家表示，可以有想干则干，不想干则不干的自由。又说一俟文史馆方面招纳开始，便先考虑到敝人，口气是相当诚恳的。我想等待下一步的发展，如何？

落实的事，这次似比前些次乐观一些。申诉是上星期六日托自棪转的。这件事是新院长亲自向自棪提说，并言要同自棪一道来看来。当然，敝人绝不敢这样对待领导，约好同自棪去看他，可是尚未订妥时间。至如阁下所嘱："不能再等别人来'三顾'"一节，才非诸葛，何况也未有玄德，奈何！

市文物管理委员会方面，已是泥菩萨过河的情况，焉能顾及到敝人。好在旧情未断，昨天还特地发还了我几种书。这些书大都残缺，而且多非"似曾相识"，仅有一种上钤盖我的印。据经手人说，这样搞是为了提高落实的比例数字，阿弥陀佛！在下便沾了光。文物局因为和园林局合并，工作搞得一块糟，落实办公室借调来的工作人员，连去年的年终奖金都"悬"着，已经怨声载道，那能顾到我的问题。

昨早尚未起床，胡五爷[1]来了说要送给任白戈[2]一幅他作的诗，叫我润色，叫我写。还说今日中午送字去时，在他家用午饭，有许多话要说给我。他和任早在解放前打过交道。解放后，他去成都时，任招待过他。此次任专门送了他两瓶泸州老窖。他让我在任坐飞机、蜀道不再难上做文章。于是，我又诌了二十八字如下："喜见君从天上降，谁云蜀道至今难。泸州佳酿烦亲贶，似此高情耐岁寒。"阁下以为这样"秘书"，目前尚能"三顾"得之否？一笑！至于他要向我说些什么，且待回来后再奉告。

给长佑的话一定带到，这些话也是我要说的。雨仍在下，时间已经十点多了，该去胡老家了，就此搁笔。祝健康。

秦上

五月十八日午前（1985年 西安）

代问众亲友好！竹嬉[3]仍望参加，但切勿动火。

[1]胡五爷:胡景通。

[2]任白戈(1906—1986),四川南充人。1926年入党。早年在上海从事党的地下工作和左翼文化活动。新中国成立后曾任西南文联主任、四川省副省长、中共重庆市委第一书记、西南局书记处书记、四川省政协主席、中顾委委员。

[3]竹嬉:打麻将。

一三二

雄姊:

五月廿五日信才收到,款尚未到。在我上呈的第九封信内,提到我现在有钱(字画卖了),还准备给阁下汇一百元去(因价款尚未收到,故迟迟未汇),反承见惠,只好愧领。

关于去见新院长一节,经与自棪商量,拟看看进展的情况再定。这因为学校一些旧人,对新院长抱有反感,声言看"你能呆多长",而我的问题势必经过党委讨论。过去我对那些老家伙从不理睬,现在却去看新领导,难免引起不必要的纠纷,所以暂缓此举。这样办是不无有见地的。至于阁下指示:"拿不动来打一仗",目前也无必要。重温的碰壁,便是一个很好的例子。我的冤屈比起刘宾雁揭露的还差得远,何必哑哑!知识分子的尾巴总以不要翘得高为要。不仅我如此,阁下也得时刻提高警惕,焉知有生之年不会再来一次"文化大革命"?我们家里过去在春节时,常写一副对联:"一勤天下无难事,百忍堂中有太和";很惭愧,敝人虽没有做到上联所云,下联倒是勉能一二的。

关于文史馆的事,昨天我刚起床,省文史馆的刘庆贤同志(过去文物处的同事,曾见过阁下。刘自老对他的这位五百年前是一家的人,反感甚深)特地来和我谈他们馆内的情况。我谢绝了他的推荐,表示不愿再去碰钉子。他说,如果聘书递给你,你是否也要退回去?我只好请他不必勉强,听其自然。省上已让我填了表，却竟因为某一金壬反对便搁下了，对敝人确又是一个"屈辱"。因此，我决意也让这些老爷们看看，也有人不受嗟来之食。您以为如何？再则，昨日晋师傅来言，市文史馆方面已有人大力推荐我，事有十之八九的希望，或者借此可以一洗"无业"之玷。假如能在文史馆混得一官半职，落实政策当然就不必摆在第一位了。文史馆馆员是终身制，和退休的工资差不多。当然，如果能落实，这一官半职，敝人也会弃之如履的。这样干，虽类似脚踩两只船，然而，骑着驴找马，又何尝不可？您说呢？

西安前些天热了一阵，阁下在电视上当已看到。这几日又阴雨连绵，突然又冷起来，在咱们的室内，温度才十九度，看电视仍须穿上带袖的毛衣，仍须盖厚一些的棉被。似此，贵地的气候尚不及敝处了。对这些，敝人自会摄护，务乞勿以为虑。

下月八号领到工资后，千万不要寄来"救济金"，千万！千万！决非客气；也许在月初领到价款后仍给阁下汇丰一百元。

德绪今日返城办在车站领电视的手续，说她已将档案交给交大，表壳厂也给她做了鉴定。可是到交大后的工作为何，尚未定下来。这样对象理、象天有好处，但她仍念念不忘出国伴读。如长佑这次到英伦，收入有增，可能她和孩子一道出国，果真那样，也只好任之。

正达昨夜没回来，今早打电话给长馨说正达病了，今日下午馨儿回师大去看他。不知是什么病，令人悬念。

就写这些。祝好！代问蓉地诸亲友好！

秦上言

五月廿七日（1985年 西安）

一三四

雄姊：

旦早才寄上第十一封信（烦帅培业[1]向黄师傅[2]问成都裱画的绫子是否好买到），下午便奉得卅一日夜信，备悉一是。

关于"早做安排"，对阁下"无业者"来说，当然无所谓，而敝人却不得不早做安排。因为目前已有了迹象，但是，如阁下的"分成六份"，也不妥善，必须立遗嘱来做安排。只要敝人一息尚存，是万万不能这样办的，岂不知"权"不可失乎？

老大倡议，让弟妹们每月给我补贴十元，我已回信，现在尚不至潦倒如此。

至于阁下所谓我满纸的"决非客气""反承先惠""愧领""救济金"云云，其中并没有什么"曲折隐晦"的意思，戏谑而已，阁下何必多心。如再多心，下官便不敢再开玩笑了。夫妇间如彼此在语言上抠，是"要不得"的！我的生性如此，今后必当引起警惕才是。

德绪已在交大报到，等工作派定再搬家。存在城里的洗衣机、冰箱、五斗柜上星期已运长安，想是为了搬去交大的方便。现在大卡车不能进城，从长安县去交大却可以。舒碧筠的话我是记得的，德绪也不会把自己应负的责任委诸别人的，至少是舍不得自己的象天的。

黄师傅处裱的是正达三爸的字，请先付款，待我回去时再交原主。

重温卖佛像的事，因为大雁塔等寺院已归宗教单位接管，没有联系，待见到傅嘉仪时，问问他有无门路再说，如何？

阁下说话何其"晦气"，想穿什么，勿客气。我想，还是汇款由阁下酌办，如何？实在要我"孝敬"，也请作具体一些的"指示"，以便遵办。

正达是因为流氓调戏他的妹子，和流氓打架，以一敌三，受了些伤，现已痊愈,也在夏家十字住,勿念。我的身体也好,并乞释注。匆上,即颂时绥!

秦上

六月三日下午(1985年 西安)

[1]帅培业,教授、文史专家、四川省马术协会副主席,曾任成都市政协民族宗教委员会副主任、市民族宗教事务局巡视员。在体育、宗教、茶、美食文化研究方面造诣深厚,著有《中国马术运动史》《成都寺观与教堂》等著作。

[2]黄茨葳,成都著名书画装裱师。

一三五

雄姊:

昨寄上复卅一日夜信,计邀垂鉴。

昨日接到陕西国画院的通知,嘱去领取什么稿费,经托人去领,即领到陕西省与日本京都市合办书画展的稿费币九十元,正好够一件衣料钱(大衣恐不够,冬衣想或足用?),今早汇上。待字画价收到,当再续汇前定之数,务乞哂纳。对我这样连一杯热柑汁俱舍不得喝的"葛南台"[1],这个数目已经是好几夜不能睡觉的"strike"[2]了,善哉!善哉!

再:昨日早上宫葆诚[3]专门来找我,说西北大学拟聘请一位开"书法"课的老师并兼负鉴定书画和版本的"专家",他向现任校长林牧(据说是安康人)推荐了我。这个工作对我来说,如果花些力气,是可以胜任的。但是,我不能经常在西安,怎样能应承,只好婉谢了。我向宫老推荐了程克刚[4],宫老没有表示,想必我这块材料还是块价真货实的料吧!?昔者贾君射雉,细君引茵,秦人也可以借此以娇其妻妾乎?谈及"妾",又该捋虎须矣。一笑!敝人是从来爱开玩笑,亦乞有以宥之。

西安近日阴雨连绵,在室内要穿带袖的毛衣,成都奚似?冠心病须注意。微躯玩健,勿念。匆上,即请时安!

秦上

六月五日下午雨窗(1985年 西安)

六一儿童节,谨代表阁下给象理、象天、珂珂每人五元,请在账上记上一笔,又及。

[1]即"葛朗台",法国巴尔扎克小说《欧也妮·葛朗台》中吝啬鬼代表。
[2]英语,袭击、打击之意。
[3]官葆诚(1906—1995),山西神池人。工诗词,擅书法篆刻,间作国画。生前曾任陕西省书法家协会副主席、终南印社顾问、陕西省文史研究馆名誉馆员。
[4]程毅(1916—1993),字彝孙,号克刚,西安市人。生前系中国书法家协会会员、陕西省书法家协会理事、陕西省文史研究馆馆员。

一三六

雄姊:

六月廿日、廿二日信,陆续奉到。因候王森才[1]的话,稽复为罪。森材没见来,让常世伟打电话去,又未在。这绫子就买下寄来好了,因为森材给我裱了好些画,一文未收,正好借此酬谢一下。

阁下需用的款项,前天费了好多周折,已经弄到一千之数,是把陈独秀的字卖掉。原索二千,等用钱只好减半。卖后觉得身后长物,能处理掉未始不妙,如让孩子们去处理,恐怕连十之一俱卖不到。我对面说文物商店是"十字坡",是决不冤枉他们的。

落实的事仍无消息。但无论进步如何,阁下务请不必给这里的统战部写东西,以免另生枝节。市文史馆也没消息,侧闻今年省上的开支要削减,像这样,市上不会再添一批吃闲饭的。纵弄到,市上的待遇封顶不过四五十元,谓之救济可也,谓之"礼贤下士",则当给燕昭王揩屁股了,一笑!

昨日去小雁塔看望陈之中,又去文物商局递了一份补充申诉,或许还能落实一些字画,给私房落实办也递了申诉,请其按照中央政策落实错改咱们过厅(余、李二家现住)的两间房屋。当初不言明够改造的杠杠,糊里糊涂地就把仅仅不到五十平米的房屋收归国有。现在才知道不够一百五十平方米的不能收。要改正是中央的英明措施——取信于民嘛!然而似乎地方又各有一套。

由于有上述的两事,敝人须在这里坐看事态的进展,故在贵院放假前不能归去,阁下是否在放假后移至东来,以慰相思?这样,秋后如有兴趣,可以由此去北京,如何?

五台未去,又是方胜[2]荒唐,地方上没有正式邀请,不便贸然前去。

任老倔强,故生命力也倔强。《周诗新诠》[3]给我的压力不小。我向来心里不存事,为它却时时耿耿有怀,减算不少,奈何!

某厂子弟学校的那位青年,我已给写了幅寄去,又得到回信,看来够捣蛋的。想来见我,我已谢绝。不偷汉子,不怕说闲话。自问不是财迷,又何必深究?一究便俗矣。

…………

端午,有人送油糕和绿豆糕,但老五两口都回师大,老夫的境况大类三闾大夫之将怀石:终未逐波汨罗者,其婵娟犹我待乎?一笑!——又是"瞎闹",勿罪。匆复,即颂夏安!

秦上

六月廿八日上午(1985年 西安)

昨天去文物局,在抄家字帖中借到一部影印的《西岳华山庙碑》,准备双钩下来(原想去复印,但双钩一遍,要得益的多),以此遣暑,何其雅也!近来隶书大有进境,自觉可以攀翁附何[4]了,阁下以为何似? 又及。

[1]王森才,时在西安市供电局工作,业余装裱字画。

[2]方胜,字敬吉,山西五台人,1941生于四川成都。现为中国书法家协会会员,陕西省美术家协会会员,终南印社顾问。

[3]《周诗新诠》,历史学家任乃强先生遗著,任乃强生前希望陈少默帮忙整理此书。

[4]翁:翁同龢。何:何绍基。二人都是晚清书法大家。

一三七

雄姊:

十九日信昨天收到,今天是敝人"爬墙"之日,馨儿为之请了一天假,午饭面,晚饭饺子,真"绵绵其长""万寿无疆",怎敢当,"长命百岁"似还可以。谢谢您的祝福。谈到敝人的"聪明",真令我惭愧万分,"遇到交心亦可怜",聪明人哪能办那样的蠢事!作为老姊,是应该随时随地将就老小弟的,能知乎此,日子必然过得很愉快。当然,作为老弟,也不应"恃宠而骄",是不?

西安这些天热得够呛,连咱们的屋内也感到闷热,他处更可想见了。天气热,闲事更多,因为要字的人多,几乎天天俱要动笔。现在人的胃口更大了,动不动便要我写四条隶书,过去以打红格作挡箭牌,目前也不灵了。你要打,人家就打,无法推却。不过,事物总是两面性,近年的隶书写得大有长进,跻诸名家之列,当无愧色矣(牛吹得邪乎!)!今天给云嫂也写了,回去可以交差了。

《金瓶梅》是否收到?这类的书市面不易买到,难免有人吞没。再,目前的邮局也很不负责,西安邮局的局长因不及时抢救大雨中的邮件,闻已被撤职。再有人说,他曾接到一封误投的信,他拟交给邮递员,而回答竟是:"不是你的,就把它丢了。"当是件真人真事,能不使人寒心!

符音的花布料时在念中。我看还是给十元让她自己找心喜的为上。我最怕进百货公司,更怕挑花布,阁下是晓得的,如何？祝好！

秦上

六月六日午后[1]（1985年 西安）

[1]这里的"六月六日"是阴历。

一三八

雄姊：

前寄一信,想邀垂及。

我们一行明日由紫阳去安康。书画展[1]定在卅日在安康开幕,二日结束,三日即首途返西安,仍乘火车,四日抵家,想早已惹得阁下动无名了!?

到紫阳那天上午落雨,到达后即转晴,一连晴了六天,今日又下了雨,遂转成雪。这里是山区,落雪是寻常事,安康就不会有,更别提西安了。

这里招待得很好,可是我每顿只吃七八成,以免让您操心。衣服带的也够,勿念。

整日写字,也写得腻了,到安康后仍要忙几天。阁下必然以为是"自找的""活该"！是不？

好了,就写这些,祝您好！

秦上言

十月廿八日下午（1986年 安康紫阳）

[1]指"西安秦苑书法学会"组织的"长安当代著名老书画家作品联展"巡回展。

雄娉：您好！

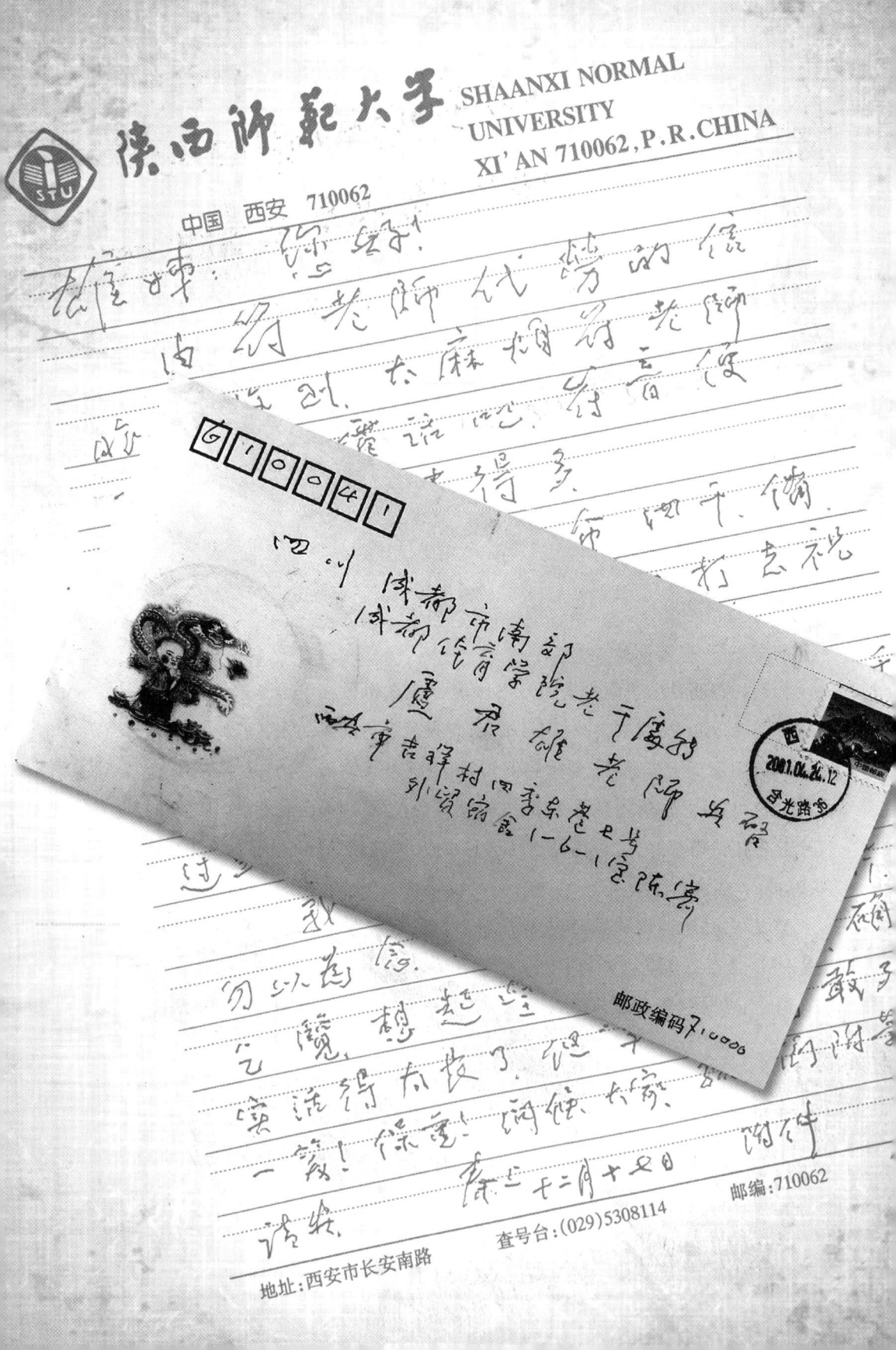

好老师代劳的信

收到。太麻烦苟老师

要跟他说声言谢

...得多 ... 千倍

...祝

...

勿以为怪，

已经越这

演说得太长了，健...

一签！保重！问你太...

春节十二月十七日 谢...

一三九

雄姊：

您好，昨上一信，想邀芳鉴。今早去学校，恰巧严晓声同志正给老三没打通电话。工资在七月二日由高教局批示学院，一切照前定级别补发[1]。因为学院要办财政上的手续，作付工资预算，已定在这月的十五日（学校发工资的日期）发付。据严同志估计：正工资一一五元，加上其他（工龄、地区差价等等）每月总数在一百七十元上下，满可以过得去了！

"样人"的出生是环境造成的，但愿从此"权力"稍能下放，以便在下脱去这张"画皮"才好。

到西安后，想做些"梦"，却做不到，也是怪事，想是思想一经解放，反而"至人无梦"了！？

西安近几天热到三十七度上下，但咱们的屋内还是凉快的，里外约差三至四度，发了工资，准备买一台电扇，享受享受。

回来到现在还未感冒，放心。就写这些，余待续陈不尽。祝好！

秦上

七月八日（1987年 西安）

---

[1] 1985年12月，陈少默的历史问题得到平反，恢复公职。

一四〇

雄姊：

这是第三道奏本了，想前呈二件已邀垂鉴。

星期三冒暑去学院领工资，因为是专案，未结算出。今早严晓声同志冒雨送至，现将原结算单寄上请看。

拟买个五屉柜之类的家具，备阁下来时用。大家的意见再买个电视，也是需要的，买个24吋的也够用了。

再，前借秉初的半千，也想还给，当然他不会收，但我们不能不表示一下，是不？余款留待阁下支配，不敢擅动分文，这也是阁下交代过的，焉敢不遵！

前天，学院有人来透露：学院有将我和刘自椟提升为副教授的消息，想是由于我二人在书法界的地位才这样？可是，今日严晓声同志没提此事，只能姑妄听之。总之，已经很可以了，"知足常乐"嘛，我总是这样的"没出息"，先舅[1]有知，又会翘胡子的。西安连日阴雨，气温陡降，可以穿毛背心，好在摄护有方，截至现在，尚未感冒，当有以释远系。

没有人抬杠，斗气，不胜寂寞。打牌，两位嫂夫人已经垮台，何嫂子声言，我牌打得好，不敢同我打。余嫂一次输掉八元，也"锻炼"了。我四连冠，也确实令人望而生畏，挟扫荡三蜀之余威以临三辅，可谓今麻坛之骠姚矣！

格纸已请长青去打，打了便给麻坛新秀还愿。孔凡章[2]来信，为中央文史馆的领导吴空要字，并附来近作。此君的七律甚工稳，看来不愧为中央文史馆的馆员。我已回了信，格纸来便写了寄去。

就写这些，祝好！

秦上

七月十八日（1987年 西安）

附件：

关于给陈泽秦同志补发工资的说明(代收据)

1. 补发时间：1985年12月—1987年8月共21个月。

2. 工资级别定为高教8级(西安地区为111.5元)并参加套改，套改后工资为138元(西安地区)。

3. 陈泽秦同志参加工作时间为1950年5月，工龄38年。

4. 工资及各项费用计算：

(1) 工资补发额(138+19)×21=157×21=3297元

(2) 煤补贴6×11=66元

(3) 肉食补贴2.1×21=44.1(肆拾肆元壹角)

(4) 洗理费4×21=84元

以上共计3491.1元。

(5) 陈泽秦同志现工资为加各种补贴共为157+6+4+2.1=169.1元

付款人：严晓声

1987年7月18日

[1] 先舅：卢子鹤。

[2] 孔凡章(1914—1999)，字礼南，四川成都人。曾任四川省体委围棋主教练，将女儿孔祥明培养成一代围棋国手。擅诗词，1982年迁居北京。1987年受聘为中央文史研究馆馆员，任馆中诗词组组长。晚年有诗词《回舟集》行世。

— 四 —

雄姊：

您好！旷老师带来的信、辣酱同画收得，我去老杨处打牌没见到他。可能他在会后还来找我的。

　　对胡五叔不能责贤求备,要理解他也有他的难处,对我已经够照顾得了。省文史馆我不是不能去,回来后,刘自棪对我说,一位馆长(掌人事权的)就曾叫他拉我去。我之不去自有我的道理:做人首先要有"气节"。过去填了表,而因为某一个人的反对就不再提,未免太小看陈泽老了,"好狗不吃回头食",此其一也;省文史馆在接纳人上,失之过滥,有一些人简直卑鄙龌龊,跟这些家伙在一起,非我愿也,此其二;省文史馆的活动比较频繁,什么"学习",什么"诗、书、画会"……何必给自己找麻烦,此其三也;在市文史馆已经填了表,而且人家也已经内定有我(不说还好),现在又投奔省上,人家会对我的"三月无君,责惶惶如也"也有看法,此其四也。再则,我想在开学后向学院请求退休,从此安安静静地伴随着阁下,岂不妙乎?

　　矛盾随时有、随处有,不然,不知毛主席《矛盾论》的精辟和伟大。建国至今,大家都在矛盾中生活。因而我们的生活才能这样欣欣向荣。我们俩也有矛盾嘛,吵一次,情感深一次,该多好!

　　好了,就写这些。祝好!

　　　　　　　　　　　　　　　　　　　　　　　　秦上

　　　　　　　　　　　　　　　　　　　　八月廿二日(1987年 西安)

一四二

雄姊:

　　廿五日信收到,发信号有错,可见昏聩!反正有个号,总比没有好。

　　牌在打,好像一上牌桌便"眼观八方耳听四路",一收场,连精、气、神都没有了,岂非咄咄怪事!

…………

象理在廿八日回来了。孩子暑假过得还好,可是,一开学便得受罪。据孩子说,她妈给托管的老师每月伙食五十元,但经常吃水泡饭,菜也非常简单。我听到很不好过,然而她妈就竟自这样忍心地办了,也只好暗自痛心而已。

我在十五日以后,已定下十节的讲课时间,到二十三四号即可结束,尽量争取"十一"前回去。

今天在老年大学的开学典礼上,遇见自棪,仍劝我去省文史馆,又说省文史馆已征得工业学院的同意。市文史馆因市上搞"双节",没有经费,已经暂缓成立。在这种情况下,我去省文史馆,市上也不会有什么看法。我已答应自棪去省上。至于是否能实现,目前尚不敢肯定,因为或许仍有人反对,也未可知。我还是老看法:"有此不多,无此不少"。原想申请退休,但有人说,学院既无此意,又何必多此一举,学院又没有叫去正式上班,只要把派的大课讲了便得,也是一个办法。我对此也正在犹豫。

象理将梁老[1]写的扇子带回来了,上款只写"君雄世侄"一人,老先生想是把在下忘了。此事如出在我这一方,又会牵扯到什么"人格"上了?(开玩笑,决非生气)

就写这些,祝好!代问全体亲友好。

秦上

九月一日(1987年 西安)

---

[1]梁漱溟(1893—1988),原籍广西桂林,生於北京,现代著名思想家、哲学家、教育家,现代新儒家的早期代表人物之一。著有《中国文化要义》《东西文化及其哲学》《唯识述义》《中国人》《读书与做人》与《人心与人生》等。

一四三

雄姊：

前日寄上一信,想邀垂及？新牙当已适应？

老大信上提到杭州坟庄上地的事,我不清楚。土地已土改,谈不上落实,似乎庄上的楼房尚可牵扯一下。卢吟菊跑到杭州,想是什么"新婚"蜜月旅游,能和当地民革的主席搭上关系,真不简单。

这些天我开始备课。写了几十年的字,今天才知道写字的笔法有好多。古人云:教学相长,真是千真万确。好在有资料,到处抄些,想也能度过此关了。大家把我捧得多高,只要不跌得太重,也就阿弥陀佛了。对象大多是离、退休的干部,这次去讲课,有些像翁师傅[1]的上书房行走。天颜咫尺,凛然谨畏,大有孟子见牵牛而过堂下的感觉。笔法课已写下初稿,边讲边示范,比较麻烦。至于讲书法的起源、衍变和艺术价值,在两节课要讲许多内容,也颇费心机,高教八级真有点诚惶诚恐,但愿上帝保佑。

连日打牌不顺手,昨夜我们翁婿赤字即远七元有余。上星期在刘、杨公处也是这样的赤字,已决意挂免战牌数天。阁下心不在焉,想也是同此命运？

今天成海介绍人来将屋内的两个书柜油漆一下,以壮观瞻。就写这些,祝健康长寿！代问众亲友好！

秦上

九月五日上午(1987年 西安)

[1]翁师傅:翁同龢,晚清政治家,光绪皇帝师傅,历任刑部、工部、户部尚书、军机大臣兼总理各国事务衙门大臣。

一四四

雄姊：

　　给馨儿的信，我也看到，就在这几天，我已寄了两封信（"戾"、"律"），为何未收到，甚念！

　　我在这一切都好，人是瘦了些，倒非由于吃的比较差，而是应酬忙，有时一个屋子招待不下，还得请到堂屋去坐，这种情况在成都是除了周末难以遇到的，而且有些客的屁股沉，老坐的"人困嘴乏"仍不走，总不能下逐客令吧!？加之还须备课，便是猪八戒也得跌膘！再有七天便上台了，几个班合堂，真够受！

　　省文史馆的表昨天去学校交给刘自椟，自椟住的单元远比咱们住的好，一厅三室，小是略嫌小些，他们的东西多了一些，显得拥塞。刘夫人迁入新居，她的绣房比过去雅致许多，还挂着宫老写的横批，上写"红楼小屋"四字，我开玩笑说，"红楼二字雅则雅矣，可是近似'游西湖'（此戏又叫'红梅阁'）"。她还邀我给她写一副隶书对联呢！就啰嗦这些，祝好！

　　　　　　　　　　　　　　　　　　　　　　　秦上

　　　　　　　　　　　　　　　　　　九月八日（1987年 西安）

一四五

雄姊：

从宝鸡回来后曾寄一信，当已邀垂及。

市政协委员的消息已在上月廿八日电台播出，昨天接到正式通知。四月十三日起即将参加会议，共八天，还须在会议所在旅馆住宿，真让我头疼。当政协委员，有"三手"的说法，即：见人握"手"，听首长和别人发言拍"手"，表决举"手"，虽不免谑而虐，倒也是一些实情，具体情况待会后再汇报，勿念。

这一周过的如何？在上周，经正达联系，同何、余二嫂、正达俩口打了两次麻将，敝人也破了财，大概也由于没有阁下在吧！在一块时别扭，离开了又想念，人生来真是怪物！

从宝鸡带来的字债和这里的应酬，加起来数目不小。要在前些年一鼓作气便可了结，现在写上三两件就感到疲倦，岁月何其不饶人如斯！

药遵命照吃不误，但只吃蜂王浆一种。据报上说，维生素吃得杂，不但无益，而且有害。维生素 E 倒可以常吃。近来，胃口较在成都好，饭后也不必服多酶片，当因为运动比在成都多之故？星期六同宫老去政协看胡五叔，去时是坐揩油的汽车，回程从钟楼走到家，虽感到累，可是，胃口却开了，"生存在于运动"是不无道理的。

文史馆的字件已大致完成，等一些画画的馆员发表后，书同画才能定下来参展的件数，定下后，敝人便可以息肩了，想在五月初归去是不成问题的，"言而有信"嘛！就写这些，余容续呈不尽。祝好！

秦上

四月二日（1989年 西安）

一四六

雄姊：

您好！四月七日及附件均收到。

阁下"近来心频烦乱"，以致"一切都不想干"，实令人悬念之至。究竟为了什么？既然对我"应告知的事不少"，又为什么不说？至于说什么"不想打扰我的兴致"，更叫我不解。如果说敝人的兴致由于当了什么"委员"，倒不无合适一些；但敝人也就同某某某一般的"器小易盈"了。您瞧瞧敝人是不是块当"官"的料！看来，对敝人而言，真是"不虞之誉"，而阁下则不免有"求全之毁"了。

老年大学听我回来，马上给我派了八节课，而且一连四个早晨。我只去了两天，因为每班三十多位学员，每人要求写一件字，真把我搞得够呛。去了两次，我就托病不去。这当然会得到阁下的嘉奖的？至于"更不可过'热'"，那就要看这次去开会的表演了。也许会"热"得脑血管破裂的。好容易当上了"官"，而且这个"官"要比阁下荣任的"官"稍大一级，不"热"一"热"，又怎能对得起党和政府的宠信！？"沐猴而冠"，何况浅露如敝人乎！

自行车，回来后只骑过两三回，大多是在路宽、车稀、人比较少的地方。汽车也坐过两三回，一次去看张越[1]的病，一次去看宫老，再就是去宝鸡。今后是不是还有机会坐，殊难以预知。政协委员要混到主席、副主席，或常委的份上，才有资格有车可坐。孔夫子说"自吾从大夫之后，不可徒行也"（原文大致这样，请勿挑剔），圣人尚要摆摆架子，舍人当更难苛责。敝人再"热"，此生恐难"热"到"不可徒行"。然而，在您的眼光里，敝人的形象如能像那位人力车夫在鲁迅先生眼内那样伟大，又幸何如之！

明日下午去会报到，要开到二十一号才结束。下月三、四号领到工资，即托人买车票,约在十号以前,便能见面了。就写这些,顺祝康乐!

秦上

四月十一日午后(1989年 西安)

[1] 张越(1919—2002),陕西旬邑人,1937年参加革命。新中国成立后,历任西北军政委员会公安部副处长、西宁市委副书记、西宁市政协主席、陕西省人民检察院副检察长,曾任中国书法家协会理事、陕西省书法家协会副主席等职。

一四七

雄姊:

二十一日信今早接得,知阁下心情稍愉为慰。住会六天,一切都好,尤其洗了三次澡,积垢减少,颇值一禀。没牙照吃不误,大约是平时硬吞活咽练就的功夫,胃毫无麻烦。有一位高官梦见羊群似山,想我也是命中注定,有禄可享吧!务望勿以为念。

耀邦同志的突然去世,在各地掀起轩然大波,西安、长沙的情况已见新闻联播。据说学生并无过激举动,都是一帮地痞流氓乘机打、砸、抢、烧。当局已采取措施,社会秩序大致稳定,然人心浮动可虑,奈何!

接到阁下信的同时,又得到季野的信,我已作复。原信俟返去后呈阅,便不另寄了。他大约在下月十日左右去广州、上海、北京等地约稿。近来他负责编辑的书,有三部获奖,因而心情舒畅,拟在退休之前再搏斗一番,像这样的干部,在眼下却是凤毛麟(角)了。又说梁先生[1]的儿子从遗物中检得康济兄的手稿,他拟寄阁下处汇总,见信后望回他一信,俾得落实;我准备回信,可是此事却未敢擅专。

凡章先生的信,俟返蓉后再作复。此君对咱们格外垂青,礼应互有往来。

这里有人赠西北大学已故教授张持斋的诗集,送他一本,也算投桃报李了。张集系前师大和西大的校长郭琦同志送我的。郭系乐山人,也就是那位让我题汉瓦当拓片的,送给孔先生,也比较合适。

成都火车站不卖站台票,加之我的行李不多,阁下不必躬迓为是。在西安需要买何物,早为示知,以便购进及时为盼。

就写这些,祝愉快健康!

秦上

四月廿六日 (1989 年 西安)

[1]梁先生:梁漱溟。

一四八

雄姊:

您好!

来示奉得,知已在廖老师家搭上伙食,并有王、顾二位陪着,甚慰。最好,晚上打到十时左右即停为是,牌打多了,会睡不好(特别是手气欠佳之后),望节劳。

昨天,馆方来人见告:这月二十六日让我同鱼馆长一道去山西太原,会期大约三、四天,我原打算直接回成都,可是一八五次(从成都开的,也即是我回来坐的这一列车)抵达成都的时间太早(未天明以前),而且卧铺也不好买到,因而仍以回西安再买为要。这样,我回去的时期,可能要拖到九月十五日左右了。好在,十一月初在重庆还有个会,也让我参加。届时,我在重庆同馆方会合,会后再折回成都。于是,我们回西安的日期便得拖到十一月半了。看来,缺长补短,大家俱不吃亏,想阁下不会生气吧!

帅培业要的字,在这里写好带了回去给他,想不致误事?刘行知两口的字也写好了,一同稍了去。

有个怪事:昨天得到王翰章的电话(给咱们买车票并曾两口陪咱们去汤峪的那位老同事),他不但晓得我回来,还知道我要去太原,情报真灵!他告诉我,屈武(现民革的负责人之一,于右任的女婿,同南云的父亲在承德中学[1]同学)要和我见面。这位先生在学校带头闹学潮,让老爷子[2]亲自打了顿屁股板子,因而被于右任招为东床,后去苏联留学。解放前,曾当过迪化市的市长,我们之间一直没有来往。不知这阵风是怎么吹起来的?我问老王,消息从何而来,他却保密,真让我莫名其妙!阁下只姑妄听之可也。

西安晴后,又热了起来,但毕竟有了早晚。老五给我缝了条薄棉被,盖在上面,下面仍铺着草凉席,另是一种享受!

就先汇报这些,代问廖老师和诸位同志好、符音好,祝好!

秦上言

八月十九日(1990年西安)

老三、老四问候阁下。

[1]承德中学:1916年由陈树藩在西安创建的私立学校。
[2]老爷子:陈少默父亲陈树藩。

一四九

雄姊：

您旅途安泰！

飞机的洋荤开得如何？小飞机在气流中恍若坐电梯"腾云驾雾"的感觉，能经得起不？念念。

得此信，想已回到成都了？诚毓姐妹在那住了几日？她们太客气，把去程火车票价（钱），趁我不在，塞在我的枕下，临上车才告知，想退已来不及，未免过于见外。

阁下走后，敝人起床提前一个小时，成了"独联体"，不能不勤奋一些（有成毓为证）。老五已经去桂亭单位上班，担任印刷厂（尚待成立，离家甚近，在西门内）的出纳，发给印鉴，和银行也已取得联系，会计是聘任的一位退休的老人，每日只上半天班。目前，新址只有一个青年临时工看门，室无立脚之地，故暂在城外原单位上班，距家远了些。

您走后，我忙了还字债，今早就写了四个屏、两个单条（还来了五批客），只要不加拨，再有三、五日便可了字债一清了。

我的咳嗽已好，勿念。明日起，恢复喝蜂王浆，每早晚各一次，如何？

交涉新居，必须沉得住气，动辄"骂人"要不得！字债清后，即抄老爷子[1]的诗，放心。先写这些寄上，表示"心在曹营。"祝好！

秦上

五月五日午后（1992年 西安）

[1] 老爷子：卢君雄父亲、陈少默岳父卢廷栋（1879—1963），字子鹤，四川蓬溪人。辛亥

革命后长期跟随张澜,曾任川北宣慰使秘书长,讨袁军军政务秘书长、嘉陵道尹公署秘书长、代理嘉陵道尹。1918年张澜被逐,卢亦随之流亡上海、天津、北京等地教书。1932年返川,被刘湘聘为顾问。1936年至1949年在成都办慈善事业,曾任慈惠堂监事长,并创立东方文教院,任教授。新中国成立后,历任川北各界人民代表会议协商会副主席、川北行署委员、四川省人民委员会委员、第一届政协副主席。是全国第一、二届人大代表。1926年,卢子鹤隐居北京期间,陈少默曾在门下读书学习前后达五年,一同受教的还有卢君雄、钟体道之子钟立言、陈少默二弟陈泽汉等。

一五〇

雄姊:

分别一转眼二十天了,未见阁下以一字见示,想必忙？或又生在下的气了？其实在您未到成都前,我已经给您上了一本,是没有收到吧？

阁下走后,大有"凤去楼空"之感;在时叮嘴,走了又寂寞,人生就是这样矛盾。

这些天来,一直赶着还字债。可是边还边添,真是"阎王债"!

正达的二伯、二婶从成都来这里,上星期六到咱家来拜望,正达的三爸、四爸也一道来了。我已约定在这个星期日(二十四日)中午请他们吃一顿饭,地点是咱们去过的那个烹饪大师办的餐馆。当天晚上我将同刘老、嘉仪、成海一行去汉中逛逛,无非又是一个笔会,约逗留四、五日回来。回来后有可能再去从前劳教过的故地——唐玉华宫去一趟。下月起,便得致力于阁下交的"重任"了。近来已经开始给人写了几件行书,逐渐得心应手,当不致有负您的嘱托？

季野有信来,又是长篇大论。他对阁下的教诲,似乎感到有些委屈。阁下指摘别人,往往老是那一套,也的确未免唠叨。然而,如果缺乏这种"唠叨",人生也就未免无味了。古人每每在上了年纪之后,将得到长辈的苛责,认为是件难得可贵的事。惜乎古风的淳朴,于今已经吃不开了,悲夫!

房屋进行得如何? 万不可动真气。在下粗安,亦请勿以为念,祝好!

大冈谨上

五月十九日(1992年 西安)

一五一

雄姊:

午前才寄上一信,下午便接到五月十二日来信,总算先走了一步,其庶乎少挨些"批"?

阁下生承仙苗,故能"御风而行",凡夫那能有那般感受。诚毓姊妹的确懂事,你走后,她俩在这也是遇事和老五抢着做,又格外客气,竟把车票钱藏在我的枕下,临上车才告知我。季野和他的连襟都有福气,有这样贤能的好媳妇。

阁下一走,老五两口又忙,我在这样的形势下,不得不"勤快"些,时势造英雄么! 用冷水洗茶具后,又用开水烫一下,或许卫生一点,懒人有懒办法,何足怪! 夜里电视节目如不好,又没录像看,九点过,便能上床,未始不是"苏维埃"解体后的一个新形势。当然,有保护伞也有它的好处。阁下走后,这里的伙食虽然简单一些,但营养总可以。蜂王浆尚未起吃,从明早照指示办,衣服晓得加,阁下勿念。

分房问题能解决,可见阁下之得人心,不过风云多变,现在的事不可不向坏处多想些,过分乐观也不妙。要分,一、二层不能要,至少以第四层为度,当然三层最好,要看运气了。因为西安到处开花搞房屋改造,其实是当局借办好事之名,聚敛发财是实。东夏家十字一带居民也惴惴不安……

《瞿塘》诗今天写了两份,魏庚虎[1]碰巧来家,选了一幅请他去裱。老爷子的诗是一项重活,但保证在回成都时向阁下献礼。昨天上午还字债,两个钟头内写了十二条隶字(每张十四字,题款不算)、三副对联(隶书)、行书三条(每幅六、七十字,一式三份),都是胡五爷找的麻烦(求者均是高官之退休者),真成了"快手陈"(扒手之谓欤?)。多时不写行书,似乎生疏些。

二十四日去汉中,已定局,日子是刘主席定的,他若不去,便太不是意思了。就写这些,祝好!

秦上

五月十九日午后(1992年 西安)

[1]魏庚虎:宝鸡扶风人,以书画装裱、刻字、制古琴以及创建"长安魏窑",烧制陕西名人文化瓷享誉古城西安。

一五二

雄姊:

您好。日前接到尊谕后,即复一禀,想已邀垂鉴。

汉中之行因宝成路滑坡受阻,已后延,闻传说铁路须在下月初修复。市政协会已定在十九日举行,时间紧迫,我恐不能去(或待会后如不能去太原,我想独自去汉中,再从那到广元,经剑阁,至绵阳回成都去,到时再决定),以后如何俟续呈。

昨天得到象理寄来一个明信片,内容简单,除问您、我、三姑、小姑一家外,只提到她已离家两个多月,除上学外,就在离德绪和她的住所约三、四十米处一家养老院工作(从她给纪韵的明信片看到的英文是:圣凯塞琳看护之家)。成年的女孩离家自立,在国外是天经地义之举,但我是难以接受的(阁下恐也同此)。又说,象天暑假后上中学,长佑仍一个月回一次家,未提德绪的情况。明信片大一些,不便寄上,待回去后再呈阅。

诚毓专有信给我,表示谢意(是季野写的信封)。看来,他两口对礼数是毫不含糊的,在今天当属罕见的了!

西安入夏后少雨(现在正在落雨),气温在国内是少数气温高达三十度以上的其中之一。不过,早晚的温差仍比他处为大,还可以受得。敝人一切都好,只是感到孤独,特别是星期三、六、七这三天。没人抬杠,怪难受!先写这些,祝好!

秦上
五月廿八日早(1992年 西安)

一五三

雄姊:

您好。六月十四日来信,昨天下午从市政协开会回家才接到。

这次会议直拖到十四日方收到通知,也在报上发表了。我是以无党派爱国人士的身份出席的,并作为第二十二组(成员均是市参事室、市文史馆的参事同馆员)的召集人之一,所以比上次忙了。我不善于发言同总结意见,讨论、总结都由另一位年青的同志(参事室主任)主持,我只管生活上的事,会议一共进行了八天(十九日到二十五日),除了"三手"外,还加个"洗"。这里的温泉水极好,八天洗了四回澡,对敝人确是创纪录的(惜乎没个杨玉环陪着)。会址虽距泽湘住所不踰二百米,也去了一次而已。因为和馆里的同仁吃住在一起,所以过得很愉快,也结识了参事室同其他组里的新朋友,也见宋寿昌亲家和杨春霖教授(他们都问候阁下)。

玉华宫因雨、汉中因人事的安排,我都没去成。现在有件很重要的事,要请您批示。前次信内我曾提到去太原的事,此事陕西省老年书画家协会的办公室主任杨力雄(去北京时您曾见过)在我去政协报到时,对我说,已将我作为一个"主力"列入代表团名单,而且惠老(去北京时团长)同李森贵(副团长)都表示非我去不可。同时,坦白地交代,敝人心里也非常愿意去,特此恳求您能允予放行(如您不准,盼拍电报给我,以便请假,怎样?)。当然,为了恪守您同敝人的君子协定,可以在成都呆够敝人在西安逗留的时间,如何?您如不恩准,敝人的面子也不好看,是不?求您啦!!!

  因为在会上又欠好多字债,加上宝成路上又坍了方,无论如何是难以按时回成都去"狗爬墙"了,索性等明年过八十荣庆吧!

  培业的、李老的、旷主任、唐有益的字债保证完成。有些累了,明日再续禀。祝好!

秦上

七月一日(1992年 西安)

一五四

雄姊:

  星期六接到九日信,昨日接到七日的信,也和我寄去的信一般特别,航邮之难测也如斯!老五到北京出差,见到老大、老二,老二有来陕意,却尚未敲定,待我去北京后再看她如何打算好了。去太原已定在廿一日(已把身份证拿去买车票——软卧),估计在并[1]住四五日,月底前去北京,逗留五六日便回西安,月半前即返蓉。到北京一定去看看锦文[2]。不过你仍要写信安慰安慰她才对。张洁[3]结婚后不在家住,故而我去北京要住在老大处;老二那挤得很,当然也是要常去的。今后敝人的行踪,必当随时禀报。

新房要过了夏住才不致受潮,秋后能搬进最好。总之,希望阁下得沉住气,动辄"我要拍桌子骂人"要不得!

廖老师的病不打牌就心里不痛快,而且现在的价码也可能涨了,二、四毛打来已经不够刺激了?我也是不对头不打。陈铭[4]退了休,每礼拜六晚上,他约了赵熊、成海来家玩。上礼拜六晚上来了,李、赵没来,没玩成,他很扫兴。其实,李、赵现在也是感到二、四毛不够刺激了。好在打不打,我是无所谓的。我有个原则:不打大牌,不同不熟的人打,和阁下真是一对(过瘾!)!林大姑的记忆真好,我回去一定得补上这个人情,有老大寄的钱,足够在成都吃一顿了(加个甲鱼,也不过再贴上一百)。家聪已回,在家凑一局,想无问题?

西安已经下了三整天的雨,不穿上毛背心,受不了。这样的天气,正好写字、看书(我看的书《沧浪诗话》《京剧谈往录》……)。字债是驴打滚的,还了又欠,现已写到851号了。

老爷子的诗,在这没法安下心写,到了成都,来的人要少得多,可以写得称心些,写的过程也是学的过程。老爷子的排律,真上可追及老杜[5],我是绝对学不到的。要老爷子简历的是一位现任西安市(或陕西省)诗词学会副会长的刘迈同志,他要征集有关写西安城南诸名胜古迹的诗,我把老爷子那首排律介绍给他,要发表,故索简历交他。我的诗不知他从哪里搜到,也要发表,真惭愧(绝非客气)!

我的身体很好,勿以为念。出去时定要带上必备的药,放心。阁下也望善自保重,得空也去绍文、家聪家散散心。就写这些,容续及。祝好!

秦上

七月十五日午前雨窗(1992年 西安)

---

[1]并:并州,山西太原的别称。

[2]邓锦文,作者青少年时的朋友。

[3]张洁:陈少默外孙。

[4]陈铭(1932—2011),山西临猗人,长期定居西安人,书画家。

[5]老杜:杜甫。

一五五

雄姊：

抵西安后即寄上一信，想已接到？

昨天拆迁终于贴上"告示"。理由是"改造危旧房屋"和"拓宽道路"，群众的情绪很糟，还没上咱院子来。我对此给老大、老二打了电话，给老四也去了信。我和老三、老五的对策，"要求一次性安置，拒绝过渡"。至于事态如何发展，只有同他们碰了头后才见分晓。如不能过了冬就扫地出门，那就比"四人帮"恼火了！为了万一的准备，想向学校找个存放东西的地方（见过张希旻，他说学院已经分给一位同命运的教职工一间房子，并先向学院领导为我探探口气，日内当有答复），似此，我只好留在这办这件事了。至于阁下，我以为不如呆在成都，免生闲气，怎样？如愿做"同命鸟"，我也没意见。不过，确实没有这个必要。壬申年，我们的"房运"何其欠佳也如此！

……我的身体还好，应酬忙了起来，生气十足，生意也上了门（有人掏钱要字）。我想开个玩笑，在报上登个广告为买房屋卖字，如何？

我不在，阁下最好能午前看书，午后打牌，千万不要为我操心。

余容续陈，祝好！

秦上

十月十四日（1992 年 西安）

一五六

雄姊：

　　寄上两函，当邀察及。昨得重恭信，知你的腿疾加重，望能去医院看看，万勿耽误。我不能陪侍，你的心情是可以理解。西安是我的窝窝，不能不管；虽有中天、正达俩出头，但最后总须我出面，是推脱不了的。有过去"扫地出门"的经验，决不会生什么气。可是，住了半世纪的窝窝，一旦离开，而且是这样的离开，"挥泪别宫娥"的感觉是难免的，也是人之常情。

　　原想和学校想想办法，前些天在一次书画展上遇着刘主席（自棫老），谈起此事，他说如果要，非向学院的领导耍死狗不可。行将就火之年，仍须要什么死狗，未免太可怜了吧!？

　　萧乾[1]八日来到西安，馆领导没安排"晋谒"，萧老当然也不能"召见"，我也不便不自重地去"求"见，枉费季野一番安排，真过意不去。

　　就先写这些，余容续陈不尽。祝好！

秦上
十月二十日晨（1992年 西安）

---

[1] 萧乾（1910—1999），北京八旗蒙古人。先后就读于北京辅仁大学、燕京大学、英国剑桥大学，中国现代记者、文学家、翻译家。历任中国作家协会理事、顾问，全国政协委员、中央文史馆馆长等。

一五七

雄姊：

　　您好！别后，于七日上午正点安抵西安，是老五俩到站来接的。

　　到家一直至现在都落雨，下的套间顶棚俱漏了，如有"太阳神"同行，当不致如此！？

　　昨日起，生意又来了。有人要十一副对联，而且十副要行书，因为家里存的对联纸不多，天晴后就上街去买，买到便得忙一阵子，何其苦乐不均也！

　　阁下未驾临长安，引起孩子们同一些知己的猜疑。孩子们更是惶恐难安，他们商量到天气再冷些时，由老三去成都接驾。至于敝人的情况，其他不提，只就每晚不到十点就上了床，一个人看电视，没有人在旁边打瞌睡，怪不是滋味！老伴，老伴，缺了也真孤独、寂寞！

　　由于落雨，西安已经冷了起来，加上院内的梧桐还没落叶，屋里阴沉沉的，不开灯，屋中在中午，也似日近黄昏，何其惨淡，倒不如有位抬杠的。唉，人生就是如此！

　　电报想已接到？就先汇报这些，祝好！代问大家好！

秦上言

十月十三日午前（1993年 西安）

一五八

雄姊：

　　您好！

　　昨天有人请去看《霸王别姬》，回家已经快用晚饭了（看了一场电影，还混了一顿饭）。老三告知，绍文[1]来了电话，知电报收到，没见信您不放心。发电报后两三天，曾寄上一信，现想已递到？我这，一切都好，望勿惦念。今后，每周一定"竹报平安"，否则，"天厌之"，如何？

　　去汉中已定在这月三十日，会期七天，下月七、八号便回来，同行的有王勇的父亲和一些文物界的人。安康如无特别情况，不去了。在汉中有张希旻的爱人照料，望勿以为虑。

　　回来后，生意还不算坏，十日之内已进了四千余元，不久，存款可达"六"数。现在价已涨到隶屏一幅一千元到一千二百元，买主还不少。给隆莲和林老师的字尚未写（这些报道，望勿外传）。

　　总之，物质文明西安要比成都好，而精神文明远较成都差。"物之不能两全也如此！"（九点半就上了床，孤寂可知矣，一笑！）

　　绍文电话上说，"御驾"曾去南桥巡幸，活动活动是对头的，我近日也常常上街去遛遛，路途虽不远，却感到比前些日子灵捷多了。

　　匆上，顺询近绥！

秦手上
十月二十日（1993 年 西安）

　　问大家好。

[1]绍文：卢君雄外甥（陈重恭）媳妇。

一五九

雄姊:

您好!十、九日两信,同时收到。

过分的谦和,有胜于矫情,使人难堪。至于说我将你视同身上的赘瘤,更让我万分痛心。以敝人之心黑,想还不至于黑到那般情景,毋怪您常念叨:"悔不听老爷子的话"!想到铁匠营的三姐,何等柔情温驯。鬼门关、鲊瓮、"板刀面",何足畏!缅怀过去,已成梦幻,还是应当现实些。伟大的毛主席教导我们:"牢骚太盛防断肠,风物长宜放眼量",如何?

这次您未曾一道"于归",引起两地的猜疑和不安,确在意中。检讨一下,我们都有不对,都太负气了。究其根源:雌的阳刚,雄的又不甘雌伏。大家都迁就一些,可能和平共处得很好,是不?

再有一句话,是我早想向我的三姐说的,你应该把舒碧筠的孩子当作自己的孩子,不应该当作侄辈或外甥辈。您是他们的妈,不是他们的姑。

再则,我们正式的家应该是西安,而不是成都,孙尚香[1]还得跟着刘备回荆州,卢君雄又何尝不可!?(一笑)

"有其祖,必有其孙",虽是笑话,在血缘上看,也确有一些如此。但愿他不要像他爷为好。不过,有时"官逼民反",不得不尔。所以祝愿他不碰上像他奶一样的老婆才好!阿弥陀佛。

我大约在下月六、七日回到西安,月半以后让长馥去接驾,那时可以身上多穿一些衣服,以便减轻行李,如何?

隆莲和林老师的字,叫长馥带去。前天中央台新闻,北京佛协开会,江主席参加,荧屏上露了一下隆莲,现想已回到成都了。

前天给人写对子,用放翁的诗句:"今日朝廷须汲黯",让我想到:朝廷不仅须这样的人物,家庭也须之,因为他能讲实话。希望我这封信不要成为右派言论,您是上了报的名人,当能不会给我这个老小子戴上帽子才好?

匆匆,即颂近绥!

秦上言

十月廿五日(1993年 西安)

再:两地的孩子都懂事,而我们呢?应该向他们学习!

[1]孙尚香:三国时孙权之妹,刘备之妻。

一六〇

亲爱的三姐:

您好,十五日信刚才收到。

西安从昨天的"雨夹雪",到今日的雪,下得气候突变,挨着火炉坐看书,另是一番享受。阁下如在,这个位置只能由你享受了!感冒已大减,只是咳嗽仍未见好,但望放心是不会搞成肺炎的。前天又跟翰章、嘉仪同博物馆的三位馆长去茂陵逛了多半日。茂陵已经变得比咱们和王森材去时整齐了,塚上的亭子修好了,名曰"览胜",坡仍很陡,可是我上去了。大概身边没有你,我的胆子也就大了。罗大姐病危,令人惋惜,如果去世,可烦廖老师代咱们送些礼,邓二姐好了,可喜。这位大姐有些像碧筠,只不是高度近视。重恭要的字和给林宇文两口写的,俱由魏庚虎去裱,大约再有五六日才能好(冷天裱字画得在墙上多贴些天,以免日久变形),等裱好便给老三买车票(老五因单位财务上要换新账表,不能去),恐怕要拖到月底才能上。老三没去过,不妨多玩玩,您的脚会走了,也可以一道在力所能及的地方去玩玩。如去都江堰或乐山,可以烦家聪一道去,峨眉山冬天人少,不要去。

....

重恭又想跳槽？忘了自己的年纪。银行部门可不容易进去。松散惯的人不能踏踏实实地坐班,怎生得了！不妨劝劝。

章士钊[1]给老爷子写的扇面可否带来？

老大最近犯了古董迷,来信借三千元(已经汇去),老二俩要盖房子,地点在昌平县什么"画家村"。要说的还不少,待见面后再聊。

祝好！问候大家。

秦上

十一月八日午后五时半(1993 年 西安)

孩子们问候。

[1]章士钊:曾任中华民国北洋政府段祺瑞政府司法总长兼教育总长,中华民国国民政府国民参政会参政员,中华人民共和国全国人大常委会委员,全国政协常委,中央文史研究馆馆长。

一六一

亲爱的三姐：

您好,不要再生气了。

古人有言："父子之间不责善",两口子之间又何尝不是,您的话"别扯了"。

原本让老三、老五去成都接你,昨天得到重恭的电话(我去文史馆开会,老三接的),要给他写一副四扇屏,还要裱好,这件事非得十几天办不好,因为天气冷了,裱件须在墙上多绷写日子,否则要变形,所以至快要在这月底才能去成都,好在迟几天,衣服可以多在身上穿些,免得行李重。

麻花糖一定带去。

至于所谓"妈"的态度,我的意思:阁下对孩子过于体贴、爱护,怕连累她们,怕麻烦她们,别无他意,万不可误会。

老三在成都多待几天,无所谓,老五有工作,顶多六、七日,或者让她捎些东西先回来,也未尝不可,届时再看情况吧!

再:短时期内你不回成都,可不可以把大电视机给予家聪,回成都后再买个新的,如何?

从汉中回来后,西安气候突变,有些感冒,但已大减,勿念。

匆匆,即询冬好。

秦言
十一月十二日午前(1993年 西安)

代问诸亲友好,孩子们问候您。

余妈掏了私房钱(三千)给儿子贩鱼作本钱,多年积蓄殆尽,所以心情欠佳。又及。

一六二

亲爱的三姐:

您好。

廿三日信收到,重恭的电话也接得,兰州之行遵谕取消,望勿念。咳嗽也亦痊可,这次的感冒的确拖得长了一些。

家聪的信早上复了,为什么没接到?是寄到九眼桥的,可能地址有问题?应该寄到新居才妥,内容没有什么。

给老大的钱,岂能要她还,我也不会啬到那步地位(虽然我以"啬"名盦)。

枸杞在这已无存货,倒有些花旗参。

来时望将卧室书架上(挨着收录机)的书中的《经籍籑诂》二本同《世说新语》二本捎回备用。余容面叙不罄。

祝你好!代问大家好!

秦言
十一月廿九日(1993年 西安)

一六三

雄姊:

您好。

我于二日乘汽车去安康,七日回到家,一切都好,详情面陈不赘。

由于天热,河南之行已辞却,很辜负何超[1]的一片好意。

大约在月中旬去成都,路线尚未定。安康到成都有一趟车(武昌—成都),极想搭上看看沿途的风光,但尚未定(安康可以买到软卧,虽难买,却有可靠的后门,机会难得,很想试试)。

重温来电话,说想要一副隶屏(给公司挂),内容可有?写起不费劲,找内容却不易。我一切都好,勿念,问大家好。祝好!

秦上
六月八日(1995年 西安)

[1]何超:河南周口市扶沟县人,书画收藏家,2003年编有《何超藏画集——长安二老》由河南美术出版社出版,收录陈少默书法作品14件。

一六四

雄姊：

　　刚封好信，便接得九日来信，只好另写。这一两天忙于还在铜川欠的字债（人家招待吃甲鱼、比目鱼、野鸡、野猪肉，有的让任意在陈列室选取瓷器……），因而上、下午都得动笔。昨天星期六，午饭后，同老五两口、淳淳[1]打了八圈。夜里，赵熊、成海和此次招待旅游的郭老板又打了不到八圈，真是应接不暇。客也来的不少，而且大多是"沉尻子"，够我应酬的，真该休整休整了。

　　我郑重宣布：敝人将在冬月初回去，给您老人家做寿，该有以慰远人矣！原想来个突袭，引起阁下的惊悦，看到阁下的绵绵思念，只好先告知阁下了。

　　此次去铜川，原以为去当年劳教的地方，却被领到新开的旅游点，地在原处的山阴，好在还能远远望到。人非草木，想到她[2]的奔波——步行几十里到这里来看我，不瞒您，我是大有感触的。想阁下当有以谅之。

　　您的健康大有起色，但万万不可大意。前列腺肥大乃男性老年的多发症，能不动手术最好，有的动了手术还得插管子……添些家具舒服舒服，很好，特别在看电视时，坐得要保险些才好。把成都作为根据地，很好。这次回去一定要常出去活动，特别要常去文化宫古玩市场逛逛。这次在汉中买到一个瓷笔筒，经专家鉴定，是明代的（我只花了260元），希望能在成都也能淘些有价值的。

　　太啰嗦，容续陈。祝好。

秦上
十一月十二日（1995年 西安）

[1]张淳，陈少默外孙。
[2]李绣文女士。

一六五

雄姊：

九日信收到，写的长，字更好，恐又熬了夜？不觉已是离别半个月了，念念。这几日的事，汇报如次：

一、见到了潘受[1]，他是来参加扫黄帝陵的，通过省政协联系的，人极当客气，南人北相，和您同岁，鼠年，不便问月份，给我戴了些高帽子，敝人更觉得自己了不起。刘自椟也去了，还一道去交大用字混了一顿饭。

二、馨儿去旅游，由单位出资，去了重庆、丰都、大三峡、小三峡、武昌、岳阳楼，坐火车回来，一路个人只用了一百多元，够节约！

三、笔耕所入还可以，数目先保密。

四、借到一本书，用两天的功夫看完，书名同内容也暂为保密。

五、西安阴了好久，气温下降，夜间开了电热褥。今日转晴，升了温，但仍坐着就穿羽绒衣，所谓"春捂"是矣。药照旧吃，加入微量阿司匹灵二小粒，刘大夫说对心脏有益。

六、昨日见到珂珂，又涨了一大截，惯得不得了。

七、别人要字，送了四盒对虾，经正达动手，味道还可以，可惜阁下不能分享，殊歉！

八、牌打了两三场，进项尚可，最大二、四块，手背可不得了。

九、拆迁尚无消息，馨馨两口的房屋再有个把月可以住进去，他们如迁新居，我只好先同老三一块过了。小董的菜炒的比过去进步了，只是懒病如旧，算盘子一拨一动！

十、这里的电视不好，一个台每夜放映《宰相刘罗锅》三集。我正补课，可是,庸俗得可以。外国片不多,更难看到体育片。因而不到十一点便睡了。在成都有人管,有好节目看不完,这里自由了,却没有可看的,何其不幸也!

成都的情况如何?书要少看,看电视时,要坐好椅子,千万不要跌跤。手气如何?该碰就碰,不须客气。千万不可坐跨兜三轮自行车上街,不安全之至!

好了,先汇报这些,祝好。代问诸亲友好。

再:去交大时,由长佑的老师陈明德校长接待,他介绍我是他得意门生的爸爸,够给面子。古人有"蜂腰"之说,我上有好爸爸,下有好儿子,其"蜂腰"乎!

何超从河南来电话,说他的病情有变化,已去北京治疗,电话里的声音大不如从前,月底要来西安,但愿菩萨保佑。这人的毛病是爱夸自己有钱,对我二老还热诚。

再祝好!孩子们问候。

秦上

四月十五日(1996年 西安)

[1]潘受(1911—1999),新加坡著名书法家。新加坡国立博物馆于1984及1991年(庆祝80岁大寿)两次为他举行书法展览。他的书法广受各界喜爱与尊崇,除东南亚各地外,在山东曲阜孔庙、西安碑林、武汉黄鹤楼等地都可看到他的墨宝。

一六六

雄姊:

前周寄上汇报,想邀垂察?昨日接得重恭及家聪电话,籍知尊况,不胜焦虑。符音闹脾气,是朋友的孩子,无可奈何,似应尽力调解。如实在受不了,也只好采回避的办法,阁下只好"异地为良"才是上策,务乞善为处理,切切。西安的房屋因为有开发西大街的消息(已在报上发表),恐在劫难逃。但在半年之内尚能苟延残喘。好在老五的公房在两三月后可以住进，有个退路，可以安心。小董现在做饭的本领较前进步，而老三的调遣安排似比老五有条理，当不至尽让阁下吃斋减肥。一切只看您何去何从了。当然，如果符音能少有进步，一动不如一静，未必不妥（西安过夏比成都恼火）。

我的身体尚好，只是眼睛略不如从前，书看久了，就有些模糊，想是老年白内障加深了。再则应酬忙，生意忙，反觉得成都的生活安宁清闲得多，刘禅"乐不思蜀"太没良心了！

老大两口下月份从北京到豫、湘西张家界开会，会后再到安康，然后来西安，再回北京。长慧现在已不玩骨董，而专意写作，而且写作现代化到用电脑，并写了三十多万字（不知什么内容，可能关于历史——特别是她爷爷的历史），多见其不知量也。

全国已开始"严打"，对家是强盗、黑帮、路霸……以致嫖、赌，南昌一地就动员了军警万人。看来，局面可能安定一个时期，成都当不例外？

家里的围城之戏是否照旧？赵熊、成海、陈铭俱想念阁下，这里打的"二四块"，上星期五，在下便收了一百元有余，也祝阁下手气好。

拉杂汇报如上，统希慈鉴（比"斧正"客气得多，是不？）。祝好，代问众亲友好。孩子们问候您。

秦上

四月廿九日午后（1996年 西安）

再：长佑上周有信来，他的新工作同从前的待遇差不多，好在不加班，可以轻松些。新工作地点距德绪住处，只有两小时的火车行程。象天学习有进步，象理有了对象，是香港人（如果回归，就是中华人民共和国的公民，自可喜！）。他一家男女老小，都爱玩骨董，拟将所收拍成照片寄给我看，能有空钱买骨董，想不会囊中羞涩!？又及。

阁下写信有困难，来信只报平安可也！

一六七

雄姊：

您好！别后，路上一直落雨，到了杨凌才见干地。这大概象征了彼此的心情!？正达到站来接，出站雇不上"的士"，走了一段路才雇上。多亏有正达，否则就吃不消。可见出门绝不能带行李超过自己荷负力。

三十日珂珂才回来，今天一会便回去。三十和一号夜里都打了牌，三十赢了二十，昨天输了三十，要在成都，恐怕一个月也没有这么大的出入。

今天午前，胡五叔派车来接去吃了顿便饭，也是小保姆做的，手艺和咱家的小董差不多——但不要低估了今天的小董，经过正达的教导，现在小董做的鱼虾，俱还可以。当然，想吃鱼香茄子，仍得等待太座您掌瓢了。

刚到家，老大、老二就来电话，要我去北京，去不去，正在考虑中。因为我的兴趣不大，目前对什么俱提不起劲，恐怕是个不祥之兆。

西安的电视节目不佳，因而比在成都睡得早，好在仍是一上床便入梦，请勿以为念。

知道我回到西安，客来得慢慢多了，要字的也多了（包括给润笔和干铲的）。陈铭刚来电话，知道您未来，觉得非常歉然，这也是您常念叨的"微芒"见真情吧！

家聪找到了工作，恐怕打牌的手难以凑齐了!？

好了，说到此暂息，祝您老好，代问诸亲友好。

秦上
十月二日午后（1996年 西安）

一六八

雄姊：

您好！赐示在返来后收得,知尊况佳胜为慰。

此次北京之行,大不如意。去了不久,在厕所扭了左胁之下的腰部,不但转侧疼,起坐之际,稍不留神,就痛得支撑不住。所幸有文诚的同事请来按摩了一次(因怕我年纪大,不敢过于使劲),便不再疼了。又用"坎离散"热敷,敷了一个多礼拜,能行动了。想回西安,老大、老二担心,不放行。怕拖累她们,只好叫正达来接,结果在二十五日上车,次日下午回到西安。上车之后,感到有些喉咙发干,便感冒了,幸治疗及时,现已大减(仍有点咳嗽),望勿以为念。

刚到北京三五天,即得西安的电话,说要拆迁,有人来了解情况,看了房屋。我心里着急,可因腰疼,不能马上回来。回来后,才知拆迁要到过年后进行(尚未搞清是阳历年还是阴历年)。这事决定让中天[1]、正达出面办交涉,但定点仍须由我管。加上,如果需要走后门,少不了我去活动,因而我只能等到签了合同之后才能逃离苦海。阁下对西安的印象欠佳,可是,今冬如不再来西安,今后便再无在此受罪的机会了。所以,我很希望阁下能再同此一次"甘苦"了。不知尊意如何？当然,也不能强人所苦。

锦文[2]处曾打了一次电话,没人接,以后腰疼就未再联系。想去天津看看,也告吹。

北京在十一月初就有了暖气,我之感冒,也由于无福享受所致。

北京的变化特大,从老大住处去新开的北京火车西站,乘汽车,在堵车不大的情况下,竟要用四十多分钟,车站之大号称亚洲第一,自站台到车站门口,上上下下足有两三华里的行程,对行动不便的老人很不方便。中央首长、大干部可以坐车出入,老百姓便惨了,老弱病残就更惨了。至于生活之贵更别提了。老二乡下的住处,布置得相当不错,夏日去避暑,再好莫有了。蘅蘅谈对象没成,情绪不好,老二后悔将孩子惯坏了,让老五引以为戒。

回来后,接到老四的信,问候您。老大给阁下买了一套棉质内衣内裤,还带一副她装了匣子的玉石手镯。老大已由玩玉器转到写小说,我看了片段,未便加以评论。

阁下如想来西安,决定后望告知,好做安排。先写这些,余容续及。祝好!代问诸亲友好。

秦上
十一月八日(1996 年 西安)

[1]张中天,陈少默三女婿。
[2]邓锦文,卢君雄青少年时代朋友。

一六九

雄姊:

您好!廿六日信今日由老三送到,知近况安康为慰。少写信,是为减少寄来又寄回的麻烦,当能见谅。

阳历六月六日,学校工会送来蛋糕一个,这月十七日,省文史馆也准备送一个,好在礼不怕多收,管它什么阴历阳历!想起去年无人分切蛋糕,未免歉然而已!敝人的生活一如往常,麻将搓得少了,因为手气太坏,一场便输五六百,生意再好,也承受不起。赵熊也输到怕上桌子的地步,书协的老郭也戒了……据正达说,在成都有"输不出钱"的感觉,真"天上"、"人间"!字也常写,但动不动掉字,刚才写了两条,两条都掉了字,真老了(僭越乞恕)!季野前些日来了封信,用"违教"二字开篇,未免老气横秋。府上多怪物,见怪也便不怪了;替一位朋友和他的儿子要字,同时寄了一篇纪念萧乾的文章,还说成毓约您去重庆您未去。

九月天气已经快冷了,阁下何不南雁北飞?这里有好多阁下不满的气,但暖气仍是讨人喜欢的,其有意乎?

老四前些日打电话报平安,八九月间要调到美国去工作三年,象理的工作情况不错,暑假后还想另找一个待遇较目前好的工作,象天暑假考大学,不准备回来。北京老大、老二的情况也好,只是秦蘅的病又犯了。好了,就先汇报这些,祝好,代问成都众亲友好!

泽秦谨上
七月三日(1999年 西安)

王嫂问候您,并希望您能回来过冬。又及。

一七〇

雄姊:

来信附件已收到。

昨日我的"狗爬墙",过得还可以,花篮同花收到四起,蛋糕也收到三块,省文史馆馆长杨才玉上午就来了。午间的饭也有鱼、有虾、有烤鸭……遗憾的是:老寿星却是"单吊"!

对于我的"四大罪状"我只有认罪,希望得到您的宽恕。一切一切,追察其根本源,似乎俱由于我们的结合晚了四五十年,如果当年不在江北碰壁,我们的历史会是另一页的,其谁尤?只好怨天了!

阁下给我的信,我并未使它们受到什么遗失。但阁下能把好几十年前的信仍然存着,令我万分惭愧,这也是男人的通病!我的薄幸是有历史根源的。我对自己所爱的女人,从来是以神圣待之的。当然,在我同那位东北姑娘闹翻后,就变了。你我之间,仅仅是"斗耗子"的轻轻一嘬,便叫我"白帝城高水浮天"走了一趟,我是多么的傻!

阁下自然"问心无愧":这由于您在不下二三十位追求者,只嫁给不才,对不?

昨天我想给您拍个电报,谨写八个字"白首偕老,同登寿域",没拍电报,今用信寄上,望勿以"啬皮"见罪。

现汇上两千元,是交廖老师处的第二次伙食费,但希望由您出名,以免再引起廖老师的误会。

西安近日相当热,我住的房,靠近西面的凉台,一到午后,不能开向西的门。好在一过晚上九十点钟便凉快些。总之,一切尚好,希勿以为念(有些给自己脸上贴金?)。

代问候诸亲友,孩子们也问候您,祝好!

秦上

六月初七[1](1999年 西安)

[1]这里的日期是阴历。

— 七 —

雄姊:

八月一日信,昨由长馥转到,好在信封上把邮政编号(71002)写了,否则只有陕西省而未写"西安市",这封信就怕收不到了。

过去的是是非非,不用提了,总是我的不对,诸乞见谅。

阁下的活动看来安排的很有规律,这在西安是难办到的,甚为阁下庆幸。

敝人这里便差得太远了，没有会开(有些会如批判李登辉、李洪志……也未通知我去参加)，就更难得下楼去。加上前些日西安多少天未下雨，热得开了空调都不好受，只好睡觉度日，连字也怕写了，幸好立秋日得到一场透雨，气温少降人也感到轻松了许多。一句话，贱体粗安，诸希释念。

小不点暑假又回成都了？想比从前又长了知识、长了个？小孩学写字最好从写影格入手，谈不上"临"、"摹"，关键在"运笔"、"运腕"，这就不必"班门弄斧"了。《颜家庙》《颜勤礼》《元次山》俱可以学，唯独《多宝塔》不可学。阁下是内行，兼之家学渊源，在下就不必叨叨了。

昨天长馥来言，一位大夫朋友让她转告我："牌要少打"，有人迷于此道而脑溢血，嘴内不时讲什么"中发白""缺一门""对子胡"，劝我少打。我也以此劝告阁下："不多打可也"！

北京得去一趟，因为老大、老二一再邀促，而国庆节有限制去那的消息，因而一俟天气好转便要去，何时去，现尚未定。

再：阁下一直说敝人是名人，真令我承受不起。能写一笔字算什么"名人"，王宝钏把彩球抛给薛平贵，其目的总不会希望他一辈子当叫花子吧!？也许王三姐与卢三姐的区别即在于斯也欤!？一笑！

关于"母老虎"，确是开玩笑，何必介意！"坏女人"绝对没说过，敢发誓。

就啰嗦这些，祝好。孩子们问候您和在蓉的亲友。

秦上

八月一日午后(1999年 西安吉祥村)

一七二

雄姊：

您好！德绪回来，汇报了您在成都生活惬意的情况，让我又高兴又惭愧。

至于惭愧什么,您会晓得,便不必赘言了。您离开后,无杠可抬,未免缺些什么。人就是这样奇怪,夫复何言!

您的告诫,自当懔尊不渝;好在一到规定的时间,老五早就在牌桌前虎视眈眈了,父职女继,理所当然嘛,一笑!

这月二十三日,我同市文史馆一行三十多人去安康"采风",周四回西安,有人照拂,望勿挂念。

拆迁无分死活,在劫难逃!西安老宅据传要保护下来,只好听其发展,成都早晚我是要去的,咱们俩总不致分手吧!

爸妈的坟花费些是应该的,政府不再管也是应该的。"客一走,茶就凉。"副主席死的"一河滩",政府也真管不了那许多了!钱还等到办奥运去用的。

重恭这次出力不少,望您对他不再另眼看待。家聪忠厚,可予优遇,对您的用处不少(德绪也有和我同样的看法,当不至我有偏爱于她的错觉?)。

再则:窃以为您应该雇位保姆以求"自立门户",以免拖累符老师和廖老师。象天说:成都的厕所尿骚味太重,可以买些清洁剂让家聪冲洗冲洗,光靠符音,是不行的。因而亟须另找一位帮她的,哪怕是"钟点工"也可以。这些婆婆妈妈的话,希望听后勿添您生气。问大家好,祝好!

秦上
四月二十一日雨窗(2001 年 西安)

七三

雄姊:

转眼间,分别将一个月了,近况奚似,念念。

此次安康之行,才晓得自己确是老之已至了,回来累得够受,骨头像散了架,今后恐难再抖擞"老精神"了!

昨日翻了一本杂著,上面又看到梁漱老的一首诗,附录共赏。书上提道:梁老不作诗,传世的四首均为伪作(这恐怕是儿辈怕得罪权贵使然?)。录所见诗如次:"假如马列生今世,也要揪出满街走"(此是后两句)。前六句:"九儒十丐古今有,而今又名臭老九。古之老九犹叫人,今之老九不如狗。专政全凭知识无,反动皆因文化有!"就诗论,不如陈院长所传的那首"淡抹浓妆务入时"好,阁下以为如何?

成都府上安装了电话,所以未打,因为您的耳朵聋,不如写信,想能谅解。

老爷子和老妈的迁葬当已办妥?念慈[1]同长佑俱问候您,中天进了医院(前列腺肥大),老三辞了工作看护他。我同孩子们都好,勿念。问候您廖老师一家。

匆上,并询近安!

秦上

五月四日上午(2001年 西安)

[1]刘念慈,陈少默外甥,现居重庆。

一七四

雄姊:

您好。昨日家聪来电话说:我给您的信已收到,两老的新墓也已修好,您也去看过了,我也就放心了。

您安的电话打不出来,不知道是何缘故?其实,您的耳朵不灵,安也是多余的。

这里一切都好,拆迁的事,因中天病又犯了,老三不能管,将由老大来管,不久她便来西安。

再:刘自棱七日去世了,一会火化,我要去吊唁。最后一面,生死永别,悲哉! 匆上,孩子们问候,也问候在蓉亲友,祝好!

秦上言

五月十一日早(2001年 西安)

一七五

雄姊:

赐示奉到,谨聆一是,要比在电话上瞎聊好得多;让葵林作书记,未免大材小用,谢谢他。

我近来比往日好得多,血压执稳 70/140,可算比较好,勿念。

能坐在轮椅上打牌,真不错,尿频在报上看到广告,有味"三金片",专治这一类的病,不妨试试。西洋参亦能提神,含片种类不少,可以试试。

三二年在贺年片上写的滥调[1],未免肉木,老师还笑,真难理解。当时如能转个湾子,今日的一切,想另有一番光景? 佛家讲个"缘"字,是莫可捉摸的。问我有何感触,自然很多。目前,一位坐轮椅,一位多多少少大不如过去的灵活,如有来世,那就再看缘分了。我现在后悔的,当时何不向嘉陵江踊一跃,上可比美屈老[2],下可与尾声同科,岂不烈乎(开个玩笑,万勿较真,切切!)!

近日来,头脑较前清楚,只是往往把熟人的姓名记不起,自是老态。有些人死于"脑死亡",也好。死后何须把骨灰埋在花下,岂不闻乎"风流花下死,做鬼也风流",似大可不必落这个结果。

快吃晚饭了,祝好,问大家好。

秦上

十月十一日(2002年 西安)

[1]1932年,卢君雄随父母离京返蜀,住在重庆江北贫儿院侧黄源深楼房。是年元旦,陈少默从北京寄给卢君雄印有美国好莱坞电影明星黛莉丽引首回盼照片的贺年卡,并在贺年卡背面写了一首"聊记相思之苦"的自由体新诗:回盼什么？旧事似梦不堪提。但愿呵——伊人的秋波,剪断几许愁思。回盼什么？鸿爪仍留尚可寻。但愿呵——伊人的秋波,重缔两地相思。

[2]屈老:屈原。

一七六

雄姊：

给您拜个早年。

象理上月从上海来西安办事,呆了两天便回去了,没得空向您问候,甚歉。她留下孩子的照片,让我寄上。孩子姓钟,名廷锴,还有号,叫嘉裕(不大好听,类"甲鱼")。

我近来一切还好,只是耳朵背了,血压也不稳定,但一切无碍,望勿以为念。长慧、长敏现在均在西安交涉夏家十字老宅拆迁的事,我不参与,免生闲气。符、廖二位有贺年片给我,我已经回了,还加上符音,想已看到。就写这些,保重,并问在蓉亲友好,

秦上

（约2002年10月 西安）

附照片二张。

一七七

雄姊：

首先，敬祝三声：万寿无疆！

万分抱歉，不能亲自去为您做九十大寿。

由正达带上：人民币肆千，其中，三千是我敬献的，一千是四位女儿敬献的，美钞二百是儿子恭呈的。

再：人民币是给符音的，望代转付。

其他情况由正达转呈，不赘。

祝好！并问诸友好。

秦上

十二月二十八日（2002 年 西安）

一七八

雄姊：

您好！电话里，听不清，也讲不清，只好写信了，也可能看不清？

一、我的近况，自病后，未下过楼，却也在屋内走步，但至多五六百步，便腰不舒服。饭量还可以，可以吃一碗饭，或一个半的馒头，或八至十个饺子。近来多吃蔬菜，对大便有利。觉睡得可以，只是嫌多了些（可以睡一个对时）。字有时想动动笔,对外说"封了笔"。牌有时打,至多四至六圈,老五便催我下台了。

二、馆里(市上、省上)都不去开会了,一切社交俱辞掉了。电视却常看,特别对NBA篮球赛和外国、国内武打片有兴趣,也常看京剧的老戏。

三、交际,少得多了,大都在电话上联系。

四、书,不能看得久,一久便眼花。总之,老了!老了!恐怕"来日不多了"。人终究要死的,现在只好"坐以待(毙)和(币)了",彼此!彼此!

五、关于"我过生日"的事,目前国内正闹"非典",想贵地也正在闹。在西安,学校不放假,进单位,须保证没病,一有咳嗽、发烧,就得隔离,禁止乱窜。想成都体院也不例外……现在尚不知何时渡过此难,所以谈不上过生日了,就免了罢!

六、关于符家的事,说起来让人伤心,三十多年的交情,就此了结,心里真难过,不谈也罢!现在累及庆林两口,事非得已,只能向他两口道谢道谢。

七、您也不必为这些事操心,该怎样过便怎样过,只要我一息尚存,是不会再犯老病的(不能再罪上加罪的)。

八、对葵林两口要善待。

九、老四[1]也可以让他来成都住了。

先写这些,容续及。

泽秦手上

(2003年5月9日 西安)

孩子们附笔问安。因"非典",现在老大、老三均只打电话来,而人不能来了。又及。

---

[1]老四:卢君雄的外甥卢重明,时在贵阳市。

一七九

三姐：

您好！

我的病已大愈，本拟回去（免得您操心同孩子们奔波），大夫说肺炎易再犯，以进一步治疗为宜，嘱再住几天，便再住三五日（大约到下星期三四到期）。

综上，一切都好，务望勿以为念。

据说，您瘦了些，不材（才）也瘦了，这当是"夫妻本是同命鸟"吧！余容孩子们面陈。祝好！

秦上

（2004年 西安）

二　与陈长敏书

○○一

敏儿：

来信收到，知安栈京寓，为慰！

你走时，我们看见其他车厢里，人也不算挤，想是高潮过了。一切都很顺利，一定是个好兆头！

儿太多怨善感，对于身体会有害处，今后遇事须往宽处想才好。

这次去北影的担子确实不轻，可是，事在人为，况且有蘅蘅[1]她爷爷[2]和秦龙协助，加上自己的勤奋、虚心，是会把事办好的。目前第一项要务是搜集资料。我认为：古代服装经过清代几百年的统治，大致已是湮没了。现在要去找，只有以下的途径：

（1）去博物馆或故宫看明代人的画像。明代的几位肖像大师（如曾鲸等）的作品是可以参考的。过去出版的《故宫周刊》上就有陆续登载有至朱元璋以次的皇帝和皇后的像。又如《南薰殿名贤画像》，也可以参考。（2）解放后的古装影片，如《李时珍》《刘三姐》《红楼梦》，也可以作为样本。这些影片中的服装虽然未必正确，但已在观众的心目中（公式化）了，依样葫芦，未始不可。不过，像《李自成》这样人物既多，种类又复杂，也实在费劲，但只要在主要的人物身上不出大毛病，便很可以了。古代的服制分划得十分严格，特别在官的品级上表现得尤为突出。但毕竟此方面的专家不多，能挑剔出毛病的总是极少数，只需大致不差即可。有问题可以查一查《明史·舆服志》。看来,文的比较好搞,而武的就困难一些。故宫陈列有古代的甲胄,不过,搬到影片中来,好像也不省劲?譬如:卢象升殉国时,甲胄之外还须表现出他正在父丧之中,什么"麻服""网巾",到底是个啥样,便难办了。再如:杨嗣昌和孙传庭俱是"督师"的位分,但具体一些,杨是首辅,孙是巡抚,位分上很有差别,如何区分,须慎重从事,不然就闹出笑话。好在有些人物,原书有加以描绘的,那便省了些事。(3)港澳影片上的古装也可以参考,但必须注意夸张过实的地方。

总之,只要肯钻,肯问,完全可以解决的。应该有信心,不要太不自信,一定会搞好的。

刻下以搜集资料为第一要务,但其用处仍须正式的剧本方能定下来,是不?假如将来能弄到一本"电影剧本"看看,便再好没有了。

不只服装,有些道具也确实难以想象。好在蘅蘅她爷在这方面的经验很丰富,一定是胸有成竹的。

你走后,家里顿时冷落了许多。老五每星期二、四、六去学英文,华伯教得很负责,但过于求进度,巩固得不够。到现在只图多记生词而忽略对国际音标的掌握,这是会走冤枉路的。中天已从宝鸡回了家,老四两口和孩子大约在年卅才回来。年事都大致准备好了。今年西安的蔬菜供应不如往年,每户十斤菜,一斤鱼(总价币二元)。咱们供应的是芹菜,黑黑的藕和两条带鱼。好在老五在厂里买到了藕,买上了红萝卜,加上在卫星(指商店)买到了"茄汁鱼"。如果把肉买来一红烧,再能弄到几斤羊肉,便可以说"年事齐备"了。馒头、包子都已蒸好了,只剩下花卷和麻菜还有待于明天去搞了。总之,一切照常,可以勿念,并特告你大姐勿念。不多写了。此祝你们和孩子春节愉快!并问全家好!

父字

二月三日夜(1977年 西安)

[1]秦蘅,陈长敏之女。

[2]秦威(1911—1994),河北成安县人,著名电影美术家,新中国成立后一直在北京电影制片厂工作,曾任中国电影家协会理事,电影美术学会会长。

三　与任乃强书

○○一

任老:您好!

接到您的信已经好些天了,由于需要考虑。挨到现在才回信,请原谅。

关于您提到的事,我认为:目前首要的问题是我的就业,这个问题如果得不到解决,其他的就难以得到解决,尤其是像您提到那件事更难以得到解决。在经济上不能独立自主,而贸然进行这件事,必然后患无穷。假若日后有"早知今日,何必当初"的悔咎似不如现在慎重将事为是;与其搞得将来彼此啼笑皆非,倒不如这样在精神上彼此慰藉为妥。

成都是我向往已久的地方,您更是我时时刻刻渴望趋谒请益的师长。可是,如果去的目的不止此,而且还由于雄姊她搏节而来的支援,在目前,我是难以亦复不忍接受的。当然,您的热心和她的诚意,我是万分感谢的、没齿难忘的。

最后,恳切希望您能谅解我的处境,并不介意我的愚憨,至祷至幸!敬祝健康!

泽秦谨上
五月廿四日(1978年 西安)

附录 1

与陈少默书

少默同志：

前奉四月十日手示，提出迟疑三点，窃谓皆不足为理由，惟"保持目前状况，在精神上彼此能得到慰藉"一点，某妹亦持说，使我更难进言，然窃观往来函札，与某妹言谈，性致绵厚，略无间隙。事物发展，必然前进不滞，不能竟为初愿所限。今人平均寿命，多在八十左右，惟其"望之年，来日无多"，更宜为当来的十余年着想，争取分阴寸阴，解决问题。

"四人帮"粉碎后，过去被压人物，皆得复苏机会。今夏以后，滞抑人才俱必有所安排。安排既定，旅游即会受到限制，私心窃愿足下在六七内驾游成都一次。如其双方旧谊益深，或将瓜熟蒂落，自然出于结婚。若竟皆坚持精神慰藉限度，经面订后，亲友当不致饶舌。高明以为何如？

某妹曾再三言：愿汇寄旅费，欢迎驾游成都。足下诚有意者，愿明向某妹言之，足证其出于诚意。如需结婚，亦可由我与某妹友好负责准备一切，不劳向慧、敏两家筹措，可以成礼。婚后，同在成都就业不难，同回某地亦不难。纵使两地分居，仍不失"精神慰藉"之好。

窃谓结婚一事，有庸俗的看法，有圣洁的看法。平允之论当为情感浃洽，意志统一，灵魂融合成为一体。无此条件者不可勉强，备此条件者不可格拒。高明又以为何如乎？

期期之口，絮絮之烦能否有当，敬祈察夺。

藉祝近福！

任乃强
5 月 21 日再拜(1978 年)

四　与陈长馨、马正达书

○○一

馨儿：

十八日信昨收到，知家中一切都好，甚慰。

这里的天气，十日九雨，却也是另具风味。昨日因你三姑[1]去青城山开会，要三天才回来，我和重温及他的孩子也到青城山去逛了一天。地距成都七十多公里，要坐汽车两点钟头才到。风景比临潼好，"青城天下幽"，是有名的。我们爬到上清宫，已是海拔一千六百余米了。爬得满身汗，但能爬上去，足见我的心脏还可以。如果蜜月旅行能到这些地方游游，也顶不错的。

成都的温度低，但还用不上毛衣，实在不行，就在这里买上一件。

这里的条件好，加上三姑的精心接待，大有乐不思秦之意。不过，清规戒律也不少，总感到不如西安的自由自在，人的思想竟如何怪，奈何！

帘子这里也没有大的，拟打听一下，能不能定做。

钱拟请示一下，是否需要汇来？估计不需要，因为三姑补发工资一百九十元，想是够用了？如有需要，再写信给你。可先将用你的五十元和家用扣去。

象理母女回家未？德绪的情况怎样？三姐的肠胃炎好了未？你哥的文章完成否？均念念。

再，你李伯的亲家母昨天送来鸟笼一具，糖果两包；如重温去西安时行李不多，想让他带了去，顺便再捎些吃的给你们。届时当打电报给你们，好去车站接。

家里的事情多,要善于安排。像煮稀饭、热热馍一类极轻的事,不妨动员老夫人干干,借此消化消化,当比搓着手前后院转还养生些。

门户要紧严,你一人在家,放钥匙的地点可以换个地方,比较安全。当然,要换,也要告诉你哥一家,以免回家进不了门。

好了,就先写这些,有空望常来信,此祝你们好!代问全院好!

父字

八月廿三日上午(1980年 成都)

再:美协要字,如刘伯伯来家,可在大书柜的下层找出字卷,请他选两幅没上款的交差;他若不去,等我回去后再办。父字。

[1]因为父辈渊源关系,陈少默子女一直将继母卢君雄称呼为三姑。

〇〇二

正达、星星:

我于二十二日午后安抵兰州,住在友谊饭店102号。兰州这里对我们招待得相当好,应酬较忙。

展览定于五月一日开幕。我们约在二、三日离此。返程可能去麦积山。归家当在下月四、五号了。

甘肃文联邀我做学术报告(在下星期一)和书法表演,据云参加的人不少,倒对我是个考验。

好了,就写这些。一切都好,望勿念。此祝你们好!

父字

四月二十五日早(1981年 兰州)

〇〇三

长馨、正达同阅：

三月五日信收到，知道你们和孩子都好，三姑和我俱很高兴。

我们没在西安，家里过春节的情况是可以想象得到的，信中说道："算是了个娘家"，真让我们不好过。

马秀英自杀了，而且死得那么惨，又不为了个啥，真令人想不到。不过，大小总是有原因的，会有个时候揭晓的。婆为此事，想很伤心吧？

粮票，带来的还没动用，因为三姑和我吃的都少。近来，我的胃经常感到不舒服，稍一吃得不对，或吃的稍多，就不舒服，觉得胃里闷胀，因而吃的更少。所以粮票便不必寄了，可以留下，等有用时再向你们要好了。

正达想学字，是个好事。不过，不要学颜的《多宝塔》，应该学《麻姑仙坛记》或《颜勤礼碑》，这两种家里都有，可以在书架书柜和你们床头架的纸箱内去找找，不过千万不要搞脏了。

赵熊上了《西安晚报》，是件好事，也是件不好的事。赵熊的为人很谦虚，自然不会因此而飘飘然，但终南印社在某些嫉妒她的人的眼里，总是个受不断千方百计地中伤的对象；是会给赵熊带来什么麻烦的。对这件事，傅嘉仪一定会有见解的。

公司里是否催星星回去上班？珂珂想更淘气了，我真想念她呵！

你哥的出国恐怕会在上半年以内实现，因此我决定在这月底或下月初回西安去看看（为解决我的问题，也得回去看看，杨春霖教授来信说，何书记已有批示，但语焉未详），三姑原想也一路去，我的意思以为：老二暑假要回来探亲，想就便来成都逛逛，你三姑就不必多此一举，而且我们计划暑假后去北京，与其来回这样折腾,不如她呆在成都等着,可以省些钱下来。这些地方,你三姑的"三小姐"派头依然未除,一点也不会做打算。目前,希望你们得空便回夏家十字,将屋里打扫一下,不要弄成《夜半歌声》的鬼样子。再,有空时,也可以去看看你哥和胖婆他们。

好了,就写这些。也盼你们常来信。老二来信说,我到成都后给西安没写过信,未免太冤枉我了。其实,倒是你们不经常给我写信呢。

此祝你们和孩子好,并问珂珂奶奶好和姑姑好!

父、三姑同字

三月十日（1983年 成都）

○○四

馨儿、正达,你们和孩子好!

从峨眉回来后,得到十二日信,备悉一切。

我是同杨一达[1]叔叔一同去乐山和峨眉玩的,杨一达叔叔一行四人,到成都来考察、学习银行业务。他们要去乐山看大佛,峨眉登金顶,我未去过,就此搭了伴。在乐山逛了半日,峨眉两天,昨日下午才一道回成都。玩倒是好玩,就是疲乏得很,毕竟岁月不饶人。我和杨叔叔才爬到海拔一千多米的地方就折退下来,其他三位因为山上积雪路险,也仅到了两千七八百米的洗象池就没再上去了。他们对我和杨叔叔说,幸亏我们没上去,真是上去了,恐怕体力便支持不住,连山也下不来了。我总算到了峨眉,登上神秘大佛的顶上（还同杨叔叔、许叔叔三人合拍了一张以大佛为背景的彩色照片）,也称心如意了!

今早得到局里张平同志的一封信,谈到我的落实问题,说局里组织部门虽得到赵一平和局长的批示,仍不愿插手。看来,现在的希望只能寄托在劳动教养委员会了。现在刘伯伯仍没有信来,我当写信给刘伯伯问问情况,如有情况我即返回西安去。确切的时间自然不能定下来。有消息我即打电报给你们。

你二娘想凭借死人做自己向上爬的台阶,其聪明可与汤冰玉比美。但是,聪明人常被聪明误。可叹!

兰州来信的是张丹屏爷爷的二儿子,他想在退休后回西安住,托我替他找两间房子,我准备回信,让他打消这个念头。在西安找房子,谈何容易!

成都最近的天气也偏于干燥,白天的温度高达二十二三度,不过,晚间不时有细雨,要比西安潮湿得高。好在我们住的三楼,要好得多。

休息改在星期天,好得很。一家人分两天度假,太不方便。珂珂怎样?春天到了,天气乍暖乍寒,要注意饮食和穿衣服。余妈很小心,对孩子也有耐心,会把孩子管好的,代我和三姑问候她和余"师傅"。

李伯和李妈情况如何,也盼代我们问好!

三姑让你们代她向婆婆问好。这次我去峨眉,还在清音阁住了一夜,这里在抗战时似乎你爷和她也曾在这住过一些时候?

三姐一家的情况如何?从没给我们来过信。当然她们也确实忙,也难怪她们的。

就写这些。祝你们和孩子好!

父、三姑同字
三月二十日(1983 年 成都)

---

[1]杨一达:西安人,篆刻家。

○○五

长馨、正达同阅：

　　来信收到。

　　我的病况是这样的：在腊月廿八日夜里突然胃疼，也呕吐，经过治疗就好了，但嗣后一遇到吃得不好，便不舒服。在这月十四日夜里又犯了。这次犯的厉害，打止疼针都不灵。次日便来省医院，一直住到现在。入院时因为隐血仅是两个加号，原不够住院的条件，喜有后门，得到照顾，入院后禁食了一个多星期，打吊针维持，胃早就不疼了。现在只等钡餐之后，便可以出院了。总之，情况很好，望不要惦记。

　　医院离体院只是四分钱的汽车费，走捷路只用二十多分钟便能到，不算远，三姑来医院，借此活动一下也好。此外，还有廖国玉老师、旷老师和一些热心的老师学生帮助，代跑路，因此，你们可以放心，不必到成都来。

　　我本想在这月底回西安去看看，正好病了，加上你哥出国尚无消息，就此在成都养养病也好，现在就不必着急了。

　　来信想是正达写的？正达的字写得相当不错，已经一打眼就知道是学颜字的，进步不小，应该嘉奖。

　　珂珂的情况如何？我真想念她。

　　好了，就写这些，此祝你们和孩子好！

父、三姑同字
三月三十日（1983年 成都）

○○六

馨儿、正达,你们和孩子好。

出院后曾寄一信,想已收到。昨日得到你哥的信,说已得到通知,十二日去北京集训,月底回西安,呆一个月后即出国。为此,三姑和我拟在这个月的月底前回西安去,住些日子。希望接到信后,抽空把家里收拾收拾。

一、买个双人床,放在你哥他们的屋子里,把你哥他们的床移到后面厦房去,其他的家具就不必移动。

二、把院子的梧桐树枝伐些,以免影响光线。

三、屋里的顶篷纸该补的补一下,墙也打扫打扫。

再:我想起这月该交房地税了,你先给垫上,回来就还(买双人床的钱也望你先垫上)。这些事望你们抓紧些办,如人力不够,余全或常世伟帮个忙,我回去后酬劳他们。

好了,就写这些。行期定了,就打电报给你们。

又,刘念慈回西安了,不知见到否?

此祝你们和孩子好!

父、三姑同字
四月九日(1983年 成都)

与陈长馨、马正达书

〇〇七

馨儿、正达,你们和珂珂好!

我在廿六日上午十时四十二分平安到了成都,你三姑和廖老师以及小伙子们到站来接,路上因有胡水彦同志和康与民同志的招呼,中铺换了下铺,连票也没补,真是一路平安。加上省文史馆去重庆回访的集体中,熟人不少,也不寂寞。望勿念。

走后,一切都要你们自理,望正达少看电影,多给馨馨帮帮忙才好。

"马卡"虽有余妈照管,但不要过于娇惯,否则孩子的脾气越惯越大,大了就不好办了。

屋里的清洁望不时打扫,不要弄得成为"夜半歌声"的景况。吃的东西不论白天晚上,都要盖好,以免让老鼠咬。烤东西也应担心一点火。

书柜内的吃的,给象天分一半。你大姐和二姐的信,嫂子看后给我寄来,好叫三姑看。

希望有空常来信。落实如有消息,即打电报来。就写这些。此祝你们和孩子好!

父字
十一月廿八日(1983年 成都)

三姑问候你们和娃,也问全院好!

〇〇八

馨儿、正达,你们和孩子好!

廿四日信收到。修缮房屋的事办得很好,对民工的招待要好一些(如香烟、茶水等),活也就会好一些。

馨儿元月十七号考试后,大约要到农历年过后才上班,因而有些自由的时间,满可以来成都住些天,看看玩玩,这个机会恐怕今后不易找到。所以我们希望你不要错过。当然,娃能由她奶带最好。如果她奶怕麻烦,我们以为:把娃一块带来也好。一则我们也很想念娃,一则让娃也能到成都来一次,免得长大了说娃一辈子没出过门,大"土豹子"!这些意见望你们商量商量,决定后即告知我们。要来,车票可以托方胜去设法。东西千万不要带,只带两三斤腊羊肉或回民的炒面两三斤,便可以了。

中天去北京,可用公款给你姐她们带些吃的东西去,多少是个意思。给大姐的钱可以托他捎去。另外给张洁和蘅蘅每人也给捎十元去(当然,马珂、淳淳和象天也每人有份)。给安康的,钱到期即汇去。给我的,看情况,如果开支多,便少给些。你要来,由你捎来,你不来,则寄来。要用三姑的名字,我在这没登户口,省得麻烦。

嫂子回家正值你上班,她母子又不在家里住,自然不能碰头。你们得空千万要去看看她们才对。

过春节及你来成都时,正达可以把给婆服务的事先办好。婆大约已搬到后面的厢房内住了?在房屋未干燥前,她都可住在那,多少门户也有个照应。

余妈寒假是否去北京?如去,你可以转请她给余"师父"打个招呼,夜里少出门,出门要早回来,大冬天的,防盗、防火得十分要紧的!

李伯还常唱京戏不?"师傅"可好?我最近收录了不少的戏,有杨宝森的

《捉放曹》，就是我们常唱的那一段。代我们问他老两口好！李立一家好！余妈好！全院好！

此祝你们孩子好！老三同此不另。

爸、三姑同字
十二月廿八日早(1984年 成都)

○○九

馨儿、正达，你们和孩子好！新年好！

卅一日信接到。知儿要来这里，我们很高兴。车票可以托方胜买（让正达去找他），最好能坐从西安开成都的那个车次（即我来时坐的那次车），到这里是上午十时以后。半夜到成都的是特快，当然不用久坐，可是太不方便，望你斟酌一下。不论坐哪个车，都一定来个电报，我们好去接你。千万！千万！再：方胜如果买不到车票，可以去小雁塔找找范绍武伯伯或贺加一伯伯，小雁塔也有人能买到票。我们的意见：最好不要坐半夜到这里的车。

来时不要多带东西，能把照相机带来也好（先学如何照）。家里套间的柜子上有个咖啡壶，可以带来。

房子修好，贵些不要紧，自己没有劳动力，自然多少要吃些亏的。

何尤伯伯丢了孙子，很可惜，孩子们得病决不能耽搁，像正达过去的只顾看电影而不赶紧给珂珂看病，是很值得警惕的。

在接到来信的同时，接到老大、老二的信，信中都提到象理，都说孩子大有进步。不过，"人来疯"的劲头依然如故。这也是"秉性难移"。如果张洁寒假回西安，也叫她一道回西安，因为你嫂子很想她。

李伯总是"瞎忙""闲不住"，倒也难得。

来时如果气候较暖,不必带腊羊肉或腊牛肉,带三两包牛羊油炒面好了。这里的吃货很多,其他就不必捎了。

好了,就写这些。此祝你们和珂珂好! 代问婆、李妈、余妈、刘妈和全院好!

三姑、爸爸同字

一月四日(1985年 成都)

老三两口同此不另。去看嫂子和娃娃时,看看你哥有没有信。又及。

◯ 一 ◯

馨儿、正达同阅:

前信当已收到? 昨天听说火车自这月十三日起,因春节客运紧张,暂不售卧铺票。如确,馨儿来时,最好能坐我来时的那次车,要有座位;坐特快,可省三四个小时。如果在下半夜到成都,很不方便,而且成都车站正在修理,又脏又乱,秩序也不好。要坐,一定打电话告知车次和抵达时间,我同人在出站处接你。坐半夜别的车,一定要多带件衣服,这里夜里够冷的;一定不要多带东西(能以行李能自己挪得动为准),千万! 千万! 行前,都要把家事安排妥帖(如对老太太、看嫂子等⋯)。

好了,就写这些。此祝你们和珂珂好! 代问全院好!

三姑、父同字

元月十日早(1985年 成都)

与陈长馨、马正达书

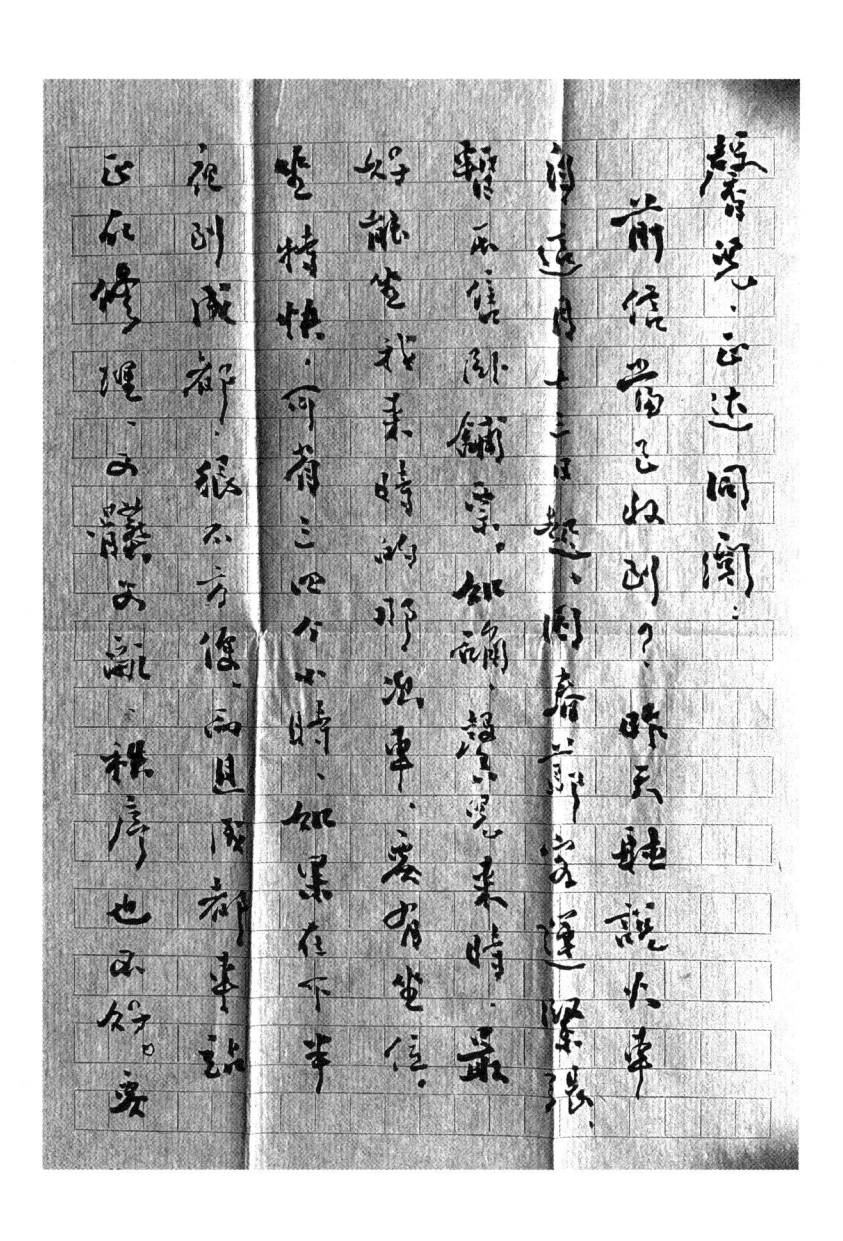

长馨、正达同阅：

前信当已收到？昨天发火车前运月十三号起，因春节客运紧张，馨正信即销票，如论什么时间最好能给我来时的那班车，寄信给笔得快，何有三四分小时，如果在下半夜到成都，很不方便，而且成都车站正在修理，不胜之烦，候广也不好办要

默翁书简

○一一

馨儿、正达,你们同孩子好!

十一月十六日信收到。你三姐已把钢琴移走,我们都很高兴,望代我们致意。

带提包的,是西安丝绸公司来成都出差的,和庆林的爱人张绍文是同行,托他带回,可以少一件行李。杜小会如能开小汽车从这回去,也可以多带一些,可惜他在重庆没买到车!

纪韵出国可能暂停,当是政策有变动?淳淳学的是建筑,为什么要到民航部门找工作?工作似应以对口为宜。

新买的火炉,据阎伯伯说,顶省蜂窝煤,一天三四块就成,试试后,看看怎样。可能比老炉子多占地方?

珂珂学习好,我们也很高兴,回去有奖。

我们都好,勿念。代问全院好。祝好!

父、三姑同字

十一月廿二日早(约1987年 成都)

○一二

正达、馨儿,你们和珂珂好!

来信及附件昨日收到,因须在这月个月交卷,只好不写。但系潘老介绍,当等回去后写封信,表示歉意。

前天是白露,成都的气温仍高,好在缺雨,没潮湿,还好受些。西安的气温迄今仍与重庆争全国的第一、第二,你们搬到西屋,比原住的屋子大,可能凉快些? 念念。

中天是否上了班? 应多休息为是。自行车可不要骑了,千万。

你的单位是否已经搬了? 搬了就不用在单位啃方便饭(面)了。

到成都已经一个月了,只出了三次校门,其懒可知。老不走,就怕动弹了。几乎每日下午都打麻将,一次五角,封顶两元。作为消遣,也凑合了。在外边消遣,牌不可打得太大,要告知正达注意些。

好了,就写这些。有要紧的信,仍望寄来(两地的信,一般得一个星期才能收到)。祝好! 问大家好!

父、三姑同字
九月十日上午(约 1988 年 成都)

最近,我的腰又有些不对劲。又及。老三一家同此不另。

五　与陈长佑[1]书

佑儿,你和全家好。

十一月一日收到,备悉一切。迄至写信之日,拆迁尚未开始,但已成定局,只是迟早而已。群众反映欠佳,可也无可奈何,群众想叫我向有关方面通通气,因为在改革的关键时刻,作为一个统战对象,终觉得不便"顶牛",只能跟潮流走。对国家有利的事,粉身碎骨都义不容辞,何况个人的茅屋草舍!现在国内房屋改革热得很,所谓"炒地皮""晒地皮"正横行一时,大家都想为国家和个人捞笔好处,而且名堂极多。"改造低洼地",当然是德政(市政府称之为"给人民做好事"),现在又要以"改造危旧房屋"来拆迁人家并不危,甚至刚建成的新屋,便未免过头了。最叫人民有意见的是安置(又称"过渡"),拆了房屋让被迁户自己去找住处,真缺了大德。因为遍地开花地拆迁(咱住区迤南地带、南院门、太阳庙门、土地庙什字、竹笆市、北关、东关……不下数十处),数以万计的户口被拆迁,造成房租大涨(十多米的房屋,月租五六十元,甚至到一百,而且在市郊区的农民家里才有闲房可租),搞得人心惶惶。加上人民对皮包公司的不信任(也已发现 拆迁单位卷了钱逃走和定了合同不兑现的情况,过渡期定为七八个月或两年的结果到期进不了新屋的也大有人在)。这样搞,有的地方已发生对抗,我们街巷的七个居民委员会也准备给上面写东西,反映情况。照现在的形势恐怕没有什么结果,至于拆迁的办法,"拆一安一",前信已经提到不再赘述。我家住房总面积为三百三十多平米(地皮已经收归国有不计算),大约可以要六至五个套房(三室一厅二套,二室一厅四套;或减去一套,须经交涉后才能决定),具体要多少钱给人家,现尚不知晓,按我们的粗估约需七八万元来对付(当然待房到手,可以售出两套或一套,即能收回一笔)。我的计划:如果能得到六套(三室一厅二套,二室一厅四套的话),我们老俩和你们五姊弟各得一套,如得五套,就我同三姑一套,将来归儿一家所有,老大、老二、老三、老五各一套。按现在每人的经济来看,老大与老五比较差,我总得帮帮她俩。那么,我必须筹出三至五万来贴补,但老大和老二的房屋是可以出售的。这样分配是否得当,我将看看她们的意见,也想听听你和德绪、象理、象天的意见,望速回信。儿要寄钱来(我真难过),有人带回也好,从银行汇也好。中国银行可以存外汇,而且以外汇付息,可能我们的政策是变了。经过了好多大风大浪,我已经把世上的事大大地看开了,望儿放心勿以为念。象理已经搬回家,很好,她和象天的学习和生活方面,儿要尽可能地照顾好,同德绪的关系也要搞好,三姑现在成都,拆迁乱得很,她不在西安,正好少些烦扰。我和老三、老五都好,珂珂长得高,学习也好,淳淳[2]去航空公司工作,费了很大的劲已有眉目,勿念。就写这些,祝好!望多保重身体。

父字
十一月九日下午(1992 年 西安)

中天一家、正达一家都问候你们。

款最好请人带回,又及。

近期内即回信,并提及儿及全家四口要回国工作需要住房,以防万一,又及。

[1]陈长佑时在英国讲学。
[2]张淳,陈少默外孙。

六　与张中天、陈长馥、马正达、陈长馨书

中天、馥儿、正达、馨儿：你们和孩子好。

我们已平安到达，勿念。一路晴天，但到了离成都只一站（好似三民村到西安站的距离）时落了雨，到成都站便大了。重恭两口同家聪来接。从车站到体院连进学校宿舍的买路钱，一共花了三十二元。看来，西安的"的司（士）"真便宜！

因为符音忙，加上其他客观原因，已不给我们帮忙，所以只得由三姑来忙了。好在她一直爱活动，也就正投其所好了。念慈的爱人和伊家聪俱想来帮忙，而三姑感到不方便，其他的人就更难中意，只好这样过下去了。

我们不在，西安的门户一定得主意。有余洋，门是不会关好的。所以应让小董经常到前边来关照。小董懒，至少要在你们上班前就起床。当然，星期六、星期天不妨晚起些。

有重要的信件可转到成都来，不关紧要的就不必劳神了。杂志要保存好。

从现在的情况来看，我二老最多住到九月底或十月初便得回西安去。就我二老的健康情况看，是难以劳动时间长的。也许"生命在于活动"。可是，乌龟活动得并不多，寿命却不短。一笑！

好了，就先写这些。祝你们好！问候余妈。

三姑、父同字
七月十七日早（1995 成都）

七　与赵熊书

○○一

大愚老弟,您和全家好。

九月廿日信奉得,知近况佳胜为慰。今夏西安成都两地均酷暑为虐,家里从未购买电扇的习惯也竟打破,苦楚可想而知。深圳处湿温地带,当然要靠空调。

出书难,没有后门更难。有阿工(邹宗绪[1])在,毕竟是有希望的。傅嘉老(傅嘉仪)的《秦砖汉瓦》和方胜的《张寒杉草书千字文》想已得到? 总算已经批了出版,以耐心等待为是。

河南国际书展据闻规模甚大。我省书法和篆刻入选人数恐属于中上游了,可喜可贺;入精选的多至八位,未知能占全数的百分比为何? 印章嫌少。书画篆刻的提高,与治学、修养关系至要。望于逼不得已的外务外,切勿参预。尊用笺纸上题"处厚"二字,足见处世待人有得,勉之,勉之。

傅嘉老想常见到,拟办国际篆刻展览,进展如何? 愚以为此举属多余,然已不可劝阻矣。

匆复,望常联系。此祝近好!

泽秦手上

(1985 年 9 月 成都)

君雄附候。杨一老[2]、成海、森材诸同好不另。

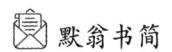

[1]邹宗绪(1938—2010),笔名阿工,河南开封人。生前历任陕西人民美术出版社编审、中国美术家协会理事、陕西省美术家协会副主席、陕西省政协常委等职。

[2]杨一达,书法家,时任终南印社理事。

〇〇二

大愚老弟:

  张长群同志带来《终南》几册,已收到,谢谢。

  这次联展办得一定热闹,未能观光,真遗憾之至。听张同志谈说,你为此劳碌得很,竟至数日没好好休息。事业要紧,身体也是本钱,希望今后不要蛮干,保重要紧。

  《终南》编印俱过得去。年青一批同好的进步,更令人对我社的前程抱无限的希望。不过,有个别的似走入旁道,固然是一时的风尚,但毕竟是可虑的。这些同好又多自用,劝也白费,奈何!书内对方胜"深因难徙"一印,把"徙"字译作"徒",有误,如能改正最好。

  张同志谈到你在工艺上的成就,我和君雄听了,俱非常高兴,并向你祝贺:"更上一层楼"。

  此问全家好!

泽秦手上
十月二十日(1985 年 成都)

〇〇三

大愚：

你和全家好。

元月六日信昨始接到。

关于你调省书学院的消息，谦石已有信来，能得到对口的工作，我为你也很高兴。你如早下决心，省书协也不会闹得这样糟了！省上自比市上有前途，薛铸[1]为人厚道，也有雄心壮志，你从旁辅佐，前程似锦，可喜可贺。目前我省书法界山头甚多，自以团结为要。嘱件写得两纸，因笔不凑手，写得不满意，好在你能行"手术"，望加以修整，望勿客气。

近来，《西安晚报》刊登了先父的《外传》，对先父极尽诬蔑之能事（在人格上）。故我拟在开春后回去专办此事。相晤之期匪遥，有些话见面后再谈吧。

成海想很忙？望代为问好。

匆复，即颂冬绥！

泽秦手上
元月十二日（1989 年 成都）

[1] 薛铸：陕西蒲城人，曾任陕西书学院院长、陕西省书法家协会名誉主席、陕西省文史研究馆馆员，现客居北京。

○○四

大愚老侄,你和全家好。

二月十二日信收到,春节的雅集未能参加,殊为歉仄,希望来春大家能好好聚聚。刘(自棱)、宫(葆诚)、程(克刚)、张(范九)[1]诸老的近况都好,实堪庆幸。张老的性情从来豁达,也居然生了气,大约是由于"是可忍,孰不可忍"吧!《外传》一事,也是这样。在政治上,无论对先父怎样说,我都能容它说;涉及莫须有的私人生活,我是难以容忍的。党报的老虎尾巴就不敢动? 如去探望张老,都望代我们问好。

在书学院工作,时间恐会比以往富裕些? 写字、画画、刻印之外,仍须多读读书才是。王力编的《古代汉语》不妨留心读读,会有好处;新旧诗也可以学学。

我们原拟在开春后即返西安,现因为都要治牙,要拖到四月中旬以后或五月初才能回去了。我已拔了三颗槽牙,毫无痛苦,无怪华西大学的牙科全国驰名。你伯母还叫我把痔疮治治,那就自上而下地得到肃整,其奈心不好乎!?一笑!

就写这些,祝工作顺利!

泽秦、君雄同启
二月二十日午间(1989 年 成都)

问令尊、令堂好! 代问谦石、成海及诸同好好。

---

[1]张范九,江苏苏州市人。生前系中国书法家协会会员、陕西省美术家协会会员,终南印社顾问,陕西省文史研究馆馆员。

〇〇五

大愚老侄：

你好！

字已写好，不甚满意，留作纪念罢了。附上人民币贰佰元，敢烦转交庚虎；这个小伙子为我裱东西，仅收成本，次数多了，真不好意思，故这样办，以了心愿。

匆上，即祝近好！

少默手上
十一月廿五日（1990 年 成都）

〇〇六

大愚：

你好。

张建平[1]同志想请您给刻个图章，又不便直接恳求，故让我转求，当获赐准。于老对联，亦烦得暇完成，以了此案为感。匆上，并颂时绥！

泽秦手上
三月七日早（1991 年 西安）

[1]张建平：书画装裱师、收藏家。

八　与李启良[1]书

○○一

启良同志:你好。

前在西安,承嘱在苏杭等地找裱画师傅,为您馆整理字画,昨得答复已为找到,不知目前是否要搞?如准备搞,请回信,以便做进一步的接头。不过,敝意以为这项工作务宜慎重将事,非不得已,最好不要轻易重裱,有时重裱反倒添麻烦也。希裁夺。

匆上,即颂近佳。

陈泽秦手上

三月二日(1984年 成都)

[1]李启良:陕西旬阳人。原安康市政协副主席、安康历史博物馆馆长,出版有个人专著《石螺斋谈丛》。

〇〇二

启良:您好。

日前承枉顾为歉,茶敬领,味颇好,谢谢。

嘱件由长群[1]转上,乞启收。砖文很有参考价值,当望得暇拓寄为感,包康所论,不免偏激。唐岂可卑耶?匆复,并颂近佳!

陈泽秦谨上

四月八日(1984年 西安)

[1]陈长吟,原名陈长群,陕西安康人。中国作家协会会员、陕西省社会科学院研究员、文学艺术研究所副所长,陕西散文学会会长。

〇〇三

启良同志:

您好。

昨自四川归,接得上月廿六日手示及附件。承以汉墓砖文拓片见惠,真感谢不尽。汉墓砖文对学写隶书的参考价值甚大,尤其出自故乡,尤属难得,谢谢,谢谢。孙同志的藏品,如能转赐,更十分欢迎,未知何以为酬?

揭裱古字画,在西安可以说"断了桩"。北京有能裱的,阎老(秉初)裱了一张绢本王麓台的山水中堂,托熟人,裱价一千五,但已远不及解放前好手的手艺。敝意:您馆精品万不可轻易重裱,以免一失足成千古恨,千万,千万!

何时来西安?我这次回来,大约要住到明年初夏才能转去成都,暇时望常联系,里中父老同好,晤及时亦烦代为问好。

匆复,即颂冬绥!

陈泽秦谨启
十一月三十日(1984年 西安)

○○四

启良:

你好。

来信及附件早已奉得,因在上月底去北京,这月半才回来,故迟迟未复为歉。

家乡出的砖文,很好,屡烦掷赠,感激曷胜,画像如有好的,亦请寄下一、二幅,以备消夏,如何?出书一节,能与此间三秦出版社联系联系,当可如愿,惟质量少次耳。

自京回来后,忙于还字债,今始扫清。拟在下月七八日左右,同老伴去成都,以老伴明年一月过八十寿辰,故返陕之期当在春节前矣。如有赐教,祈寄成都南郊成都体院体育史研究所卢君雄转即可。

匆上,即颂夏绥!

泽秦手上
五月三十日(1992年 西安)

〇〇五

启良同志：

您好！

寄件收到，虎砖拓片[1]经加工，甚精，谢谢。

嘱为贵馆写字[2]，再三考虑，似以请山林[3]同志为要，希酌裁。

近日腰疼，动笔困难，俟少愈当有以酬谢阁下厚意。

匆复，即颂时绥！

陈泽秦谨白
十月廿一日（1999年 西安）

[1]虎砖拓片：汉代大面模印龙虎纹画像砖拓，砖为空心长方形，长七十一厘米，宽二十七厘米，出土于安康市平利县锦屏山，虎为全身，龙有头部及前爪，此砖现藏于安康市博物馆。

[2]题写"安康历史博物馆"馆名。

[3]徐山林，陕西安康人。曾任陕西省常务副省长、省决策咨询委员会主任、省慈善协会会长。

九　与张枫[1] 书

○○一

张枫同志:

您好!

您社[2]的简章和您的信,从成都回来后,先后奉得。

您社的成立,对于我们安康地区书法的开拓,确是件大喜事,谨表祝贺,并撰得打油诗一首[3]作为您社成立的献礼。"秀才人情一张纸",请您社同仁勿罪。有什么需要在这里跑腿的事,尽管吩咐,也盼不必客气。匆复,即祝近好!并烦代问刘老及诸同好好!

陈泽秦谨上

四月廿二日晨(1984年 西安)

附祝词一件。

[1]张枫:安康汉滨区人,曾任安康香溪书社副社长兼秘书长、安康地区书法家协会副主席兼秘书长,现任安康市汉滨区书法家协会主席。

[2]安康香溪书社,成立于1984年清明节。

[3]陈少默为安康香溪书社成立赋五绝一首:厚今不薄古,辟径待创新。翰墨悠游事,当先在做人。

○○二

张枫老弟：

你好！

寄来的茶叶，昨日收到。您这样客气，着实使我过意不去，今后务请再勿破费，千万，千万！谢谢。

香溪书社入夏后有无活动？召集一次会，并不容易。但是，只有常让同好聚集，才能得到提高。事情总是矛盾。省书协因为没经费，办事颇困难。省书展的装裱费至今尚无着落，业务也不能开展，惹得大家很有意见，已有一些同志联名向上面提出控诉。作为领导分子之一，处在这样的情况下，只有引过检讨而已，奈何！

在西安有什么事，请示及，勿客气。匆复，即颂时祺！

泽秦谨上

六月六日（1984年 西安）

诸老及同好烦代致意，又及。

○○三

张枫同志：

您好！

赐函及附件早已收到，因病加之忙，未能即复，请原谅。

嘱写之件,考虑一再,似应由咱安康城里的老先生或当地名书家大笔一挥,比较妥当,也比较合适,敝人实在不敢僭越。这点意见,务乞采纳勿怪。

前些日子,省书协开会,知道香溪书社和这里已有联系,甚好。今年要开全省书展,日内当有通知到县上,也盼予以重视,个人迫切希望咱们安康也能踊跃参加,取得成绩。

得暇望常通音讯,此祝进步!

陈泽秦谨上

六月五日(1985年 西安)

○○四

张枫同志:

信同刘老[1]见赐的书件,先后接到,谢谢,谢谢刘老。

令尊去世,令堂又得病,可谓祸不单行,尚望节哀顺变,努力自爱。

香溪书社成立不觉已是一年,时间过得真快。据《安康日报》上发表的报道,盛况殊让人钦羡。当然,这是与里中诸前辈的支持及同好的努力分不开的,希望更上一层楼,把家乡的书法水平再提高一步。

尔斯[2]同志的文章同你的后记都写得很好,钦佩,钦佩。

"山雨斋"三字,写得支离破碎,用在你的信封和信笺上,实在欠雅观,加上放的位置不对,就更不好看。按常规,斋号不能用在信封上,以免被人误认作商店的招牌;在信笺上只能放在左下侧,机关单位的名称则放在上面,你搞颠倒,所以不搭调。古人说"成事不说",现在这种说法似乎对朋友不太负责,明达如你,当不会见怪的。

省书协工作仍不能开展,因此也引起一些意见,但现在的事没钱、没上面的支持,真不好办。刘自椟为此也挨了好多骂,我也只好陪陪法场。刘老前些天去北京参加全国书协常务理事会,回来后当有一些消息,果能提前改组,就阿弥陀佛了!

我的行止目前尚未决定,如老伴不来,即取消北京之行,可能在下月底又回成都,届时当奉告。匆上,即颂夏祺!

陈泽秦谨上
六月廿八日(1985年 西安)

代问诸老安好,诸同好好。又及。

刘老给我的对文[3]真不敢当,今后务乞他老人家对我不要这样客气,千万!千万!

[1]刘旸光(1913—1996),陕西安康人。生前系中国书法家协会会员、安康地区书法家协会顾问、香溪书社名誉社长。书法诸体兼擅,以行草书名世。2018年12月,安康中学建立了"刘旸光书法艺术馆"。

[2]田尔斯,西安市长安区人,文艺评论家、书法家、词人,安康诗词学会名誉会长,著有《行寸斋词抄》问世。

[3]刘旸光为陈少默撰联并书的七言对联:文追司马更有新意,书绍钟王不失古风。

○○五

张枫老弟:

八月四日信接得,我是在七月底因事回西安的,嘱件附上,如不好,可再写,"云宝"[1]二字不甚佳。

我归后即病,秋凉或有好转。总之,自然规律如此,无可奈何也!

令堂仙逝,哀悼曷极,尚望节哀为是。

匆复,祝好!

泽秦手上
八月十日(1986年 西安)

诸老请代致候。

[1]张枫在安康开"云宝斋"书画店,请陈少默题写店名。

〇〇六

张枫同志:

来信收到,知已平安抵家,甚慰。您在此间逗留期间,未能照顾周到,仍蒙齿及,实在惭愧!

寄来的印模也看到,敝意:篆刻一道,涉及的方面并不比书画少,要想搞好,并非易事。今后希望多在以下的方面注意:

一、要把大篆、小篆以至甲骨文字写好,大篆要参加金文和《石鼓》;小篆要临杨沂孙、赵之谦、吴让之、吴大澂、王福庵,甲骨文字以学《甲骨文编》为宜;此外,要参考秦砖汉瓦以及汉铜器、汉碑篆额、铜镜等方面的文字。

二、要勤摹汉印白文印。

三、取字以《说文解字》为准,切忌用《六书通》上怪僻的字。

四、能钩摹篆秦汉印和清中叶以后印人的作品。

这样学了下去,有五六年的时间,在治印上会有一定提高的。

调动工作的事进行得怎样?

我最近的身体不太好,时常闹痔疮,一出血,便感到头晕,因而信回迟了,请原谅。可能在月底去成都,有事请写信给成都南郊成都体院科研处卢君雄转即可。

请向二位刘老、尔斯、启良诸同志问好,此祝进步!

泽秦上

八月十六日(1986年 西安)

○○七

张枫老弟:

你好。安康小留,厄于环境,未能畅叙为憾。

书法界不团结现象到处皆然,不独我县,不足为怪。凡事但求无愧我心,其他可以置之度外。总之,以团结为首要,切切。

舍侄女陈长霞待业问题,想已有所知,顷得其来信云年底落实工作即将告一段落,催翰甚急,逼于无奈,只能厚颜请求刘县长[1]帮忙,写得一封信,敢烦阁下就便转去。刘县长的态度如何,亦盼见示为感。

段吾勇[2]同志是否熟悉,亦望告知。

此致敬礼。

泽秦上

八六年十一月十五日(1986年 西安)

附致刘县长信一件。

再:上次给香溪写的字,很不理想。想请刘寅老[3]写一首七言律诗,由我合作去写成隶屏,比较好一些。请刘老写诗,一则老人家的诗远比我的好,再则老人家对香溪的风物、掌故比我知道得多,写来自然左右逢源,言之有物。得暇望将我的意见转陈刘老,当能首肯也。又及。

[1]刘仙洲(1941—2019),陕西安康人,时任安康县副县长。中国作家协会会员,生前出版有个人长篇自传《金州春梦》。

[2]段吾勇:陕西安康人,时任安康县委副书记。

[3]刘寅初(1912—2001),陕西汉阴人。1935年北平民国学院新闻专修科毕业,长期从事高中语文教学。曾任安康县政协第六、七、八届委员、常委,《安康县志》特邀编辑,陕西省文史馆馆员,有遗著《刘寅初诗文辑注》行世。

〇〇八

张枫同志:

你好。

来信和茶叶先后收到,谢谢。

我同老伴在"五一"前从西安直接到重庆住了快半个月,这月十五日才回到成都。

刘老的诗,希望你能经常催一下,以便早日实现我俩共同的愿望——在故乡名胜之地香溪洞留下一些东西。刘老和我俱上了岁数,风前之烛,以抓紧为是。这一心情想刘老会理解的。

令堂身体当已康复?愿早占勿药。

贵万[1]同志在西安时,曾见过两次。贵万为人甚好,病了真可惜。搞全国性书法比赛,知难而退,令我十分钦佩。我的字近来越写越瘦,连我自己也看不下去,裱了真是一个重大的浪费。离西安后,已经两个月不动毛笔。今后想学学章草,只恐时不我假了!

王冰老的画展[2],盛况可卜,未能看到,遗憾之至。就先写这些,余容续罄,不一。此祝夏绥。

陈泽秦谨上

六月一日(1988年 成都)

君雄附候,代问里中诸老好,又及。

[1]孙贵万,陕西紫阳人,书法家,生前系西安秦苑书法学会会长。

[2]王冰如(1908—2000),陕西扶风人,曾任中国美术家协会会员、陕西省美术家协会理事、陕西省文史研究馆荣誉馆员。王冰如20世纪50年代曾在安康中学执教十年,1988年在安康举办画展。

十　与田希明[1]书

希明老弟：

　　你好！

　　格纸已收到，谢谢。近况如何，念念。欠我的字，不知何时还？不要胆小，尽管放手写好了。

　　世伟和建贡[2]想仍常见面？见到时盼代问好。世伟有写字的天分，但有些懒，建贡的天赋也好，希望先脚踏实地地去写。当然为了生活，不妨写得怪一些，可千万不可一直怪到底。

　　好，就写这些，希望有空常联系。匆上，即祝你近好！

泽秦手上

九月七日（1985年 成都）

[1]田希明：陕西西安人，书法家，著有《田希明书法艺术世界》《田希明篆书百联》等。

[2]陈建贡，现为中国书法家协会理事，陕西省书法家协会主席，陕西省政协委员，《金石研究》主编。

十一　与钟林元[1]书

○○一

林元同志,您好!

来信及茶叶均收到,谢谢;给刘老(刘自棪)的,日内即转致,勿念。

附来的印模也看过了,较前大有进步,可喜! 我的意见:在白文上,应多下些功夫;刀法上,单刀仍欠稳,圆润不够,朱文还可以。寄来的四方朱文印,都能看得过去。白文只"黄山归来"一方比较好,但"归"字的安排,左边似乎安排的窄了一些,欠大方。"俊初"一印,刀法上不够扎实,学吴老缶,如刀法不扎实,不浑厚,就往往流于狂野,学齐白石,就更易有流弊。我以为还是多摹一摹汉印的白文,先求平正,再追险劲为是。朱印不妨从赵之谦的印里去揣摩,要刻好朱文,必须先写好小篆,小篆应学吴大澂、杨沂孙、吴让之,或王福庵,吴的小篆和印已有印本行世,不知在汉中能买到不? 如买不到,请来信告我,不要客气。

李白瑜[2]老先生,在我当学生的时候,他已经是治印名家了。他的教导是对的。不过,时代不同了,也应该和时代共同跃进才对。吴让之的印,晚于石如,我认为吴要比邓新一些。邓的白文、朱文,如果是在现在,一定不受欢迎,因为他比起所谓的西泠八家要新一些,但和他的后辈如吴(让之)、如赵之谦,都旧的多了。学邓从刀法上去学,可以;从布局和篆法上去学,便不合时宜。因此,我对李老的说法,只能赞成百分之五十。

过去邓在书法上,也是显赫一时。有的人认为他"四体皆工",其实,无论哪一体,俱不到家,霸气重,俗气也不免时有流露。他在篆法和治印上的功劳——打破过去篆法和治印的老框框,却是不可磨灭的。

好了,就先写这些,今后望常联系。此祝进步!

陈泽秦谨上

九月十七日夜(1986年 西安)

[1] 钟林元:陕西汉中人,中国书法家协会会员,现客居北京。

[2] 李白瑜(1907—1986),汉中西乡县人。生前为陕西省文史研究馆馆员,陕西省美术家协会、书法家协会会员。

〇〇二

林元老弟大鉴

《郙阁颂》影本已接到,感谢之至。尊藏拓本存字尚不少,近来当亦难靓矣,望珍袭之。学书除多看多练外,无他捷径,天分功力俱得兼顾,做人读书尤不可缺。阁下年事正富,持之以恒,必克有成,万勿急于求成,更须淡于名利。篆刻务宗秦汉,徒讲刀法,终蹈偏颇。书法篆刻,创新脱离不掉传统,蛮干保守皆不对头。

刍见如此,仅供参考。匆复,即颂近绥。

陈泽秦上

四月三日(1986年 西安)

林元老弟大鑒 頃誦影本已
接到感謝之至 尊藏搨本尚
不少近來當亦難購矣佳拓一經
書除多看多練外無它捷徑天分功
力俱得兼須作人讀書亦不可缺
閣下年事正富持之以恆必竟有成
萬勿急於求成更須淡於名利篆刻
純臨偏頗書法
師傳統廣覽以求保
持此謹供
參致母後即詢
近綏
　　　　　陳澤泰上 四月三日

○○三

林元老弟：

　　来示接得，碑版近来文物出版社印行品种甚多，已买到不少，《西峡颂》上海印本尚不坏，且前得兰州书友赠有近拓，不敢再渎请神。迩日甚想写写章草，王世镗先生《稿诀集字》虽已有影印，但不易见到。闻原石现存汉中郊区某道院，不知能在当地物色到否？如尊处有拓本，敢乞惠赐复印一份，则感谢不尽。下月半拟同老伴去北京小住个把月，返西安后少作勾留即归成都，开春后再回此。

　　嘱写隶屏，如近期内得到格纸即写了寄上，如得不到，当俟自北京归后再办。拙书多不合古法，放恣过甚，何足借鉴，聊供反面教材而已。匆复即颂近绥。

陈泽秦谨上
八月卅一日（1986年 西安）

成都住址：南郊体育学院科研处卢君雄转。

○○四

林元老弟：您好。

　　来信及拓片早收到。第一封是在从北京回来后接到的，正想做复，被秦苑书法学会拉到紫阳和安康转了半个月，六日才回来，又接到您的第二封信，稽复至今,尚望谅宥。王积铁先生《草诀歌》拓本俟作复印后,当即璧还不误。

嘱写汉隶屏幅,已烦人打格子,纸到即写就寄上;惟拙笔轻率侧媚,非汉隶正路,绝对不堪临摹,否则必堕恶趣。

老弟留心此道,自以勤抚《张迁》《礼器》《石门》及《西岳华山庙》诸碑为正途。此次陕南之行,路经汉中皆在夜间,未能下车一晤为慊慊耳。月底即偕老伴去成都,联系可寄成都南郊成都体院科研处卢君雄转。

匆上,即颂时佳!

少默手上
十一月十日(1986年 西安)

十二　与刘仙洲书

○○一

仙洲同志,您好!

此次安康之行,祝承渥遇,感谢不尽。

兹有恳者:舍弟陈泽浓原在县体育场工作,工作一贯小心谨慎,"文化大革命"中以家庭问题,横遭迫害,含冤以死。其幺女陈长霞现在县劳动服务公司解放路商店待业,其父系知识分子,按照落实知识分子政策,理应在工作上予其子女以适当安排,但有关单位以其父早故为词,迄今仍未给以解决。泽秦此次返里,经长霞告知内情,原拟面乞阁下给予大力支持,而难于启齿。顷得长霞信云,落实工作年底即将结束,错过时机,今后便难于正式就业。窃思体育场为阁下管辖所属,能否按照政策,酌情对长霞工作问题赐予解决,则感同身受,没齿不忘。不情之请,统希鉴宥,临睹不虚所言,即颂政绥!

陈泽秦谨上
一九八六年十一月十五日(西安)

〇〇二

仙洲老弟：

　　春间曾奉到手示，因通信地址遗失，未能回信，很对不起。昨得九日信，始能作复，乞宥。旸老[1]因申请加入中书协，曾来信嘱为转圜，已转请现任主席刘自椟办理。现又将寄件托妥人带去，惟能否办到尚不敢保证，其原因：

　　1.按一般程序，各地须经地区推荐；2.此届领导内部甚为复杂，山头多，意见难统一，工作难进展（至今还未正式召集过常委会）；3.我现已离开原来岗位，不参加书协活动（故只能求刘主席去办）。目前只好转请刘主席去设法。这些困难我回旸老信时，仅泛泛提出，内情未便深谈，老弟知之可也。

　　新城门禁较严，出入不便。老弟得暇，能否过舍下一叙？老伴以争取换新居，已于上月初回成都，我如无要事可能在月底或下月初也回去，星期日午前均一般不出去，尊驾若降临，请先打电话（717108，下班时始通话）告知，自当恭候台光也。匆复，即颂时绥！

陈泽秦谨上
六月十三日（1992年 西安）

[1]旸老：刘旸光。

十三　与陈竹朋[1]书

○○一

陈老：您好！

顷奉赐示，谨审种是。全国第三届书展[2]，我省落后，虽由年来水平赶不上时代，而人事杂遝，司职复多尸位，遂至如斯，蒙亦难辞其咎，早应改张，文联举棋不定，无可奈何！宫老年来多病，刻下仍住院治疗，此次书展或未送作品，蒙滞居成都，亦未参加，幸免落选而已。目下省书协工作人手不够，派系又多，若要搞好，只盼早日得到改选，应获转机，长安名老书画家作品专集已印出，此事原由孙贵万同志主持，孙病后，由康智峰[3]管，得便晤及，由蒙转达。

尊论或您迳函西安市西大街市公安局宣传处康智峰均可。

匆复，顺颂近祺！

陈泽秦谨上

十一月十六日（1987年　西安）

[1]陈竹朋(1919—2015)，陕西城固人。生前系中国书法家协会会员、陕西省书法家协会理事、汉中书法家协会副主席、终南印社顾问。

[2]即"第三届全国书法篆刻展"，1987年10月在郑州举行。

[3]康智峰：笔名大纳，现为中国书法家协会会员，长安书画研究院院长，陕西于右任书法学会顾问。

十四　与方山海[1]书

○○一

山海老弟：

　　您好！

　　来信收到，知已调离西宁，甚慰。

　　内地暂时尚无发展前途，能到沿海去工作，自然有希望的多。可是，小刘同孩子应该早为设法，以免两地分居，距离又数千里之遥，对彼此都有影响，也得不偿失。西安也有好多人投奔海南，但没有相当门路，不是困在当地，便是铩羽而归。一位朋友的儿子同媳妇、孙孙俱去了那里，好在门路硬，混得还可以，其他就不够好。因而，你能在广州找到工作，已经够幸运了，应先扎稳立脚点，再图更进一步的发展为是。

　　我二老的身体现尚属不错，自然规律所限，毕竟大大地不如前几年了。脑筋僵化下去，恐怕连搓麻将也困难了！特别是懒得多，能少一事就少一事，所以也就很少写信给你，想能原谅。

　　和过去一样，还是在西安、成都各住半年。今年四月，我二老从西安直接到重庆玩了半个多月，回成都不久，七月初我一人因事返回西安，到中秋节前又返成都。如果西安没什么要紧的事，可能到四月初才去西安。因为我现为西安市文史馆的馆员又兼艺术组组长，明年正值四十届国庆，馆里有些重要活动得参加，是不能老呆在这里的。在此以前，有信请寄成都可也。

　　就先写这些，你一人住在广州，诸希保重为要。此祝冬绥！

　　　　　　　　　　　　　　　　　　　　　　泽秦手上

　　　　　　　　　　　　　　　　　　　十二月五日（1988年 成都）

君雄附候。

再:嘉仪现在已成为西安的大篆刻家,出了好几次国,在日本享有很高的声誉。昨日来信说,他现已调到西安中国书法艺术博物馆任馆长(仍是西安市文物局的附属单位)。知注并及。

[1]方山海:陈少默1981年4月在兰州友谊宾馆认识的朋友,时在青海省西宁市工作,两人一直保持通信往来,现居广东珠海。

〇〇二

山海,你同全家好!

来信收到,知道你和小刘同孩子的情况不错,我们都甚为欣慰。上次来信,因为我们不在西安,没能见到,以致未复,很是抱歉。像你同小刘这样时时惦记着我们,也真令我们感激之至。现在能有你们对待我们的人,真不多,又怎能不让我们欣慰!你们俩真厚道!回西安后,应酬要比在成都忙得多,字债更是还不清,反而令人感到住在成都清闲得可爱。我们毕竟精神大不如从前,怕活动,怕应酬,这大概是自然规律如此,没可奈何吧!想起我们在兰州初相识的情况,不禁惘然!

你想另找工作,我们以为,能向深圳发展也很好,但不可冒昧从事,一定得要慎处理,因为去一个新环境工作,凡事要从头干起,并不轻松。现在一切要看人事关系,有人事关系,什么都好办。

小刘是否还从事教育工作?现在的书可不好教,到特区更不容易,必须抓好自修、自学,才能胜任工作。特区的学生在求知上,当比内地要求高,是否?孩子在沿海地区学习,也可能要多加勤奋才成,竞争越强,生活便会越紧张,学习自然不会轻松的,也难为了孩子。

我二老已是快八十岁的人了,好在精神还算可以,望勿为念。

我们可能在西安要住到夏季或秋初才回成都去,在这个期间,有信请寄到西安来。

就写这些。祝春节愉快,万事如意!

泽秦、君雄同上

二月十二日(1991年 西安)

〇〇三

山海:

你和全家好!

来信收到。好久没有通信了,你们忙,我们懒,都难怪。

你又忙于调动,实令我不安。我以为凡事一动不如一静为是。到一个单位,刚把工作安置好,又调动,又得从头干起,太劳苦了。何况要调动,又是那样的困难!当然,如果在目前的单位,不受重视,甚至歧视,那又当别论了。你的情况,我不了解,只就个人所见,为你进一言而已,不是之处,望原谅.

你小时的生活,也的确太艰苦了。你能在那样艰苦的环境里自立自强,也确不容易。奋斗是必要的,但也得审时度势,不可冒进。我总认为:调动工作一定要采取"骑着驴找马"的方式比较慎重,有家累的,更得留意。人上了年纪,思想就保守了,这些意思,只供参考而已。

我二老拟在这个月底回西安去,大约在夏初再回成都。

我们的身体都还可以,只是远远不如从前几年了,能省事便省事。半年来,只去看了一次电影。消遣,除了下午搓几圈麻将,就是看看闲书。晚上看看电视，也是大部分晨光消耗在闭目养神上，真是岁月不饶人！

就先写这些。你的工作如有调动，请告知我们，好通音信。祝全家好！

泽秦、君雄同启

十二月六日（1991 年 成都）

来信请寄（710002）西安东夏家十字 17 号。

○○四

山海：

你和小张同孩子们好。

来信收到。好久没通信了。一则我二老的居无定所，一则老得懒于动笔，望勿以为罪。

因为西安市大搞房地产开发，我们的住房也在拆迁之列（现尚未动工，但迟早得拆）。加之，政策不管过渡，让被拆迁户自找出路，搞得房租飞涨，我们的情绪很不好，也就更很少写信给老朋友了，务望原谅。

你们到外地谋生，的确很不容易，也实在难为你们了！

目前，改革正在高潮，将来如何，谁也难以逆料，更要努力跟着潮流走，否则一步赶不上，就步步赶不上，是十分危险的。所以一定得把握好时机，千万！千万！

我二老月入足可维持生活，身体也还硬朗，望勿以为念。附上照片一张，亦希惠存留念。匆复，并祝全家好，工作如意！

泽秦、君雄同上

三月八日（1993 年 成都）

〇〇五

山海：

你和全家好！

寄陕、川二信先后收到，我们是在上月廿四日从西安回到成都的。

你寄西安的信内，谈到你要到成都来，寄成都的信未再提此事，想未曾来？

我们一年总是成都西安之间，两头奔波，但一般规律是夏秋在成都，冬春在西安。去年因为西安的住处要拆迁，所以回去早些。今年一直等到上月，拆迁尚无消息，就回成都来。拆迁如有消息，仍得回西安去。

别后多年，一直让你们惦念我们，真感谢不尽。我们的情况尚好，身体也还硬朗，请不要挂念。现在诸事改革，人民的生活都各有不同程度的提高。可是，贫富之间的差距，内陆和沿海地区的差距，拉得很大。加之，贪污、腐化，因而令人感到远远不如毛主席说话顶数的辰光！在沿海地区工作，富的机会要比内陆多得多，但竞争也更激烈，自是意料中事。我以为：作为一个不同于其他动物的人，首先要将人做好。一切向钱看，总不是唯一的做人之道！

我多年来，无论处在什么情况下，老是抱着"不向上看，只向下看"的方法。也就是，多看不如自己的，所谓"比上不足。比下有余"，也就知足了。这种想法当然是落后的，甚至是"阿Q"的想法，但我个人却是这样混到现在的。

谈到对子女的前途，"儿孙自有儿孙福"，也勉强不得，只要求他们能好好当个"人"就够了。现在要培养一个大学生，谈何容易！我真搞不清目前的当政者对"教育"的看法、想法是什么？据闻，今年考北大的学生不如往年多，大家都想发财。不读书的多发了财，读书何用！

好了，就先写这些，希望能常联系。祝全家好！

泽秦、君雄同启

六月一日（1993年 成都）

〇〇六

山海：

　　你和全家好。

　　来信收到多日，因我的前列腺发炎，未能即复为歉。

　　你来成都，正值我和老伴在西安未归，没能晤面，实为遗憾！

　　你以异乡之人，能在竞争激烈的广东地区站立脚，确实不容易！也从此可见你有工作能力，能处理好人和人之间的关系。

　　作为一个人，能在世上立着脚，除了能干，善适应环境外，最重要的，是能以真诚待人。你是做到了。

　　古人说："知足常乐"，但在现在是吃不开了。当然——不知足才能进步，都知足，便不可能有现在这个世界了。不过，知足也有它的好处，可以自我陶醉，自我安慰，像我这把年纪，是应该知足了！七十九个年头，酸甜苦辣，俱经过，大可死而无憾了！你们到了我这个年纪，或许也会有同样想法的？

　　听见人说：特区某个单位，请了五桌客，竟花了百多万，如此奢侈，如此浪费，怎生得了！我们也许太杞人忧天了。但像目前这样下去，也真令人不放心。毛泽东的诗："牢骚太盛防断肠，风物长宜放眼量"，就让我们"放眼量"好了！

　　就写这些。祝合宅平安！

泽秦手上
七月十六日（1993 年 成都）

　　君雄附候。

○○七

山海：

你和全家好。

三月三十日信早已接到，我因在汉中有会，去年八月底便回到西安，老伴在年底回来的，一直住到现在。现在的邮务人员多系年青人，远不如过去负责。所以丢个巴封信件，不足为奇！

我和老伴一直身体不坏，但前些天，老伴摔了跤，把左腿腔骨摔断，真是祸从天降！现已入院治疗。上了年纪，恐在短期内难以平复。因此，估计在夏天不能去成都了。

你能知道时刻磨炼自己，可见已悟出做人的道理。我们陕西人有句话："人皮难背"，社会发展到现阶段，人皮更是难背。旧道德完全打倒，新的建立不起来。目前一切向钱看，其他全是扯淡。

"先让一部分人富起来"，结果贫富距离越来越大。有钱的人一次为孩子上学，能交上二十五万元，而穷人家孩子上学还得靠希望工程，怎生得了！

古人有言："穷则独善其身，达则兼济天下"，我以为是至理名言。我们还是"独善"为是，如此而已！

老伴病了，心情乱得很，就奉告这些，望常联系。祝全家平安，诸事如意！

泽秦匆复

四月九日上午(1994年 西安)

〇〇八

山海、筱霞，你俩和孩子好！

元月十一日信，今日收到，谢谢你们对我二老的惦念和关怀。

从去年冬到现在我们一直住在西安。君雄自今年清明节后摔断左腿腔骨头，住了两次医院，现已能挂着手杖，在屋里内外行动。由于她的伤病，加上我的血压不稳定，所以很少活动，心情不好，以致懒于写信。记得曾回复过你们的来信？至于寄来的合照，却从没接到。现在邮政上极不负责任。去冬汇给安徽一位老同学二百元，就没收到。好在这里邮局有熟人，经追查后，才退回来。去年春节，君雄的侄子，从贵阳汇来一百元，便未收到，没熟人，只好丢掉。今年政府号召邮局不要发"绿"条子，大概类似的情况不少！

谈到目前的一切向钱看，道德败坏，腐败成风等，到处一样，莫可奈何。

生气也不起作用。我辈无力挽救，只好听其自然。先烈牺牲换来的江山，就让这些败家子踢踏吧！我这把年纪，但求能安安稳稳进火葬炉，不再受折磨，也便"阿弥陀佛"了！你们的路还长着呢，但求无愧我心，也就对得起祖宗和共产党了！毛主席的诗"牢骚太盛防断肠，风物长宜放眼量"，必须好好思忖思忖。

就写这些。祝新年快乐，春节愉快！

泽秦、君雄同启

（1995年 西安）

阳历三月后，有信请寄（610041）成都市南郊成都体院体育史研究所转。

〇〇九

山海：

你和全家好！月初老伴一人先回成都去，寄来你去年九月四日来信，得知你全家情况，很是高兴。

我们是在九三年冬初回西安的，九四年清明节老伴便不慎摔断了腔骨头，治疗到今年五月，才能走动，便回成都去（我因事须到下月半才回去）。记得去年曾回了你的信（寄到你来信的地址新霞村 34 号，也没写上"珠海"二字）不知因何未能收到？现在邮局的工作大不如从前。一个多月前，北京寄来书籍，挂了号，也未收到，真糟透了！

除了老伴的病，我一切都很好，随信寄上照片一张，看后当会免去惦念（可惜是在老伴没病照的，现在她的情况要比较差些）。

毕竟上了年纪，我目前已很少参加社会活动，除了打麻将，也怕动脑筋，懒得写信，因而很少写信给你，请原谅。

目前，国内形势一片大好，只是人心大不如从前，这是开放必有的现象。一切向钱看，道德、风气自然会跟着变的！我们赶不上时代，只要扫清门前雪已经够了，闲事以少管为是。牢骚再多，无济于事，还是自己保重为是。你的孩子想已经上大学了？从咱们在兰州认识，一晃便二十多年了（按：1981 年陈少默与方山海相识。此处误）。真是"人生如梦"！望多多保重，有信仍寄成都。

祝全家好！

泽秦手上
五月十六日（1995 年 西安）

君雄附候。附相片一张。

○一○

山海：

　你和全家好。

　七月廿五日信，昨日收得，知近况佳胜为慰。

　我是在七月初来成都的，这里经常有雨，要比西安凉快得多，只是稍一转晴，便让人闷得好像天低了许多，反不及西安热得干粹。人总是这样不知足。一笑！

　我和老伴俱是年迈八十的人了，健康虽然还比较可以，但终究是行将就火了，老伴的腿虽已经好了，可行动已大不如前。看来，你一家的好意，只有心领了，谢谢！

　这里没安电话，西安有待回去后，再把那儿的电话号数告知你。

　因为西安有些事总须办，所以我在这住到初秋后，便得回西安料理料理，届时会通知你，以便联系。

　珠海是否特区？你现在搞什么具体工作？小张和孩子爱的情况如何？均念念。

　西安的变化不小，傅嘉仪现在已是陕西书法界的头面人物，当了院长，有了汽车……人事变迁恍如露电，正如佛的"不可说"。想起在兰州友谊宾馆的情况，令人感慨之至！

　就写这些，望常联系。祝合家幸福！

泽秦、君雄同上

八月五日上午（1995年 成都）

一一

山海：

　　您和全家好。寄成都的信收到了，也曾回了信，竟未递到，现在的邮政真非昔比。连订的刊物也有遗失，何物不能丢，可气！

　　小张学了佛，这对年青的人，似非所宜。看破红尘，太不现实。老伴和我，不信佛，但也不反对别人信佛，只是认为像小张那把年纪，未免信得过早一些而已！佛教能成为宗教，自有精深之处，是一种专门学问，不敢乱讲。老伴曾在四川尼众佛学院教过语文，我也去讲过怎样写字，可没听过佛法。再则，据说她们是佛教中的一派——密宗，盛行于西藏和青海，塔尔寺便是密宗，而且这一宗派，还分红、黄两宗。搞不清楚。

　　令姑母的懿行，让人钦仰。不读书的人，往往比读了书而不通的高明踏实。她老人家的哀荣，出自后人的虔诚爱戴，当有过人的高尚之处。现在的好人不多，特别在改革以来，一切向钱看，自私自利，让人痛心。处在目前的社会，只好当"自了汉"，所谓"自己管自己，不管别人怎样"，也即是"各扫门前雪"是也。能不同污合流，也就难能可贵了！

　　老伴自摔伤后，恢复得不快，俱由于她个性过强，无可奈何。我的身体也大不如前，怕用脑筋、怕动、怕烦扰。所以能不动便不动。人生规律如此，只好任其发展。所幸者，还能在川陕道上时来时往，将来跑不动时，再作道理，不去管它！

　　西安市要成为世界名城，结果百姓遭殃。我住的地方以南地区，近年已变成住宅小区，为了发财，偷工减料质量很差，却不在打假的范围以内（其中奥妙想能猜到？）。今年要开发改造西大街地区，看来，我家住处已在劫数。好在小女已有住处，将来尚有个落脚的地方，不至于流离失所，届时迁到何处，自当及时奉告，请勿以念（待小女迁入新居后，即将迁址函告，以便联系）。

　　自政府开发重点移至上海后，听说深圳等地在发展上大不如前，未知你一家曾否受到影响？小女婿单位在珠海买进房地产，据闻已经蚀本。实情如何，望有以见告。

有些疲倦了,就此搁笔,余容续及。祝好!

泽秦谨上
五月十四日(1996年 西安)

君雄附候。

〇一二

山海:

来信收到,得知你同全家的情况,我很高兴。我自七年前的大病后,一切都变了,所幸目前尚没去见马克思,但视力衰退,耳朵也不灵了,好多朋友同志也想不起他们的大号了,可以说:比死人多口气而已。想起我们在兰州的聚会,不禁惘然。我因行动不便,已经不下楼了(现住女婿家),六楼难以上下。至于老伴,她大我三岁,七年前就回成都了,两条腿俱站不起,走不动,要坐轮椅,而且有些糊涂。好在由两位保姆照料,一切都还过得去,只是老两口难团聚,而且消费也不轻。你的孩子当已成家立业了,人生过得真快!人在退休之后,更要把生活安排好。祝你全家好,有空望能常联系。

祝好,新年如意!

泽秦
腊月廿六(2005年 西安)

兰州的顾老尚健在,我们未联系。赵正[1]断了腿,日前还通了信,又及。

---

[1] 赵正(1937—2006),甘肃山丹人,书法家,时任甘肃省书法家协会主席。

〇一三

山海：

　　你和全家好，你的孙孙好。来信同照片收到，方门有后，可喜可贺。我自开春后，健康远远不如过去了，耳聋眼花，加之健忘，看来存活的日子已是不多了。人生如梦，总有梦醒之时。自然规律如此，有何办法可想呢！想起在兰州相识的往事，不禁伤神。那时阁下不到而立之年，现在有了孙孙，你的夫人想也熬到婆婆了，一笑！嘉仪今年已经快五周年了，他的一生算没白过。省、市政协委员，省、市文史馆馆员，无人比得上，也就可以了！你一生勤慎，以诚信为本，可喜，可贺。我这一辈子，福享过，罪也受过，日子混得比上不足，比下绰绰有余，也很够我的了。别再啰嗦了，希望你同你一家福寿绵长。祝你和全家好。有空望常来信。

泽秦手启
二月十二日（2006 年 西安）

十五　与刘旸光书

旸老,您好。

一别经年,时念起居,您的近况经张枫告知,否极泰来,欣慰之至。

承赐大作,笔下沉厚灵动兼而有之,且雅近于老,钦佩曷极!

诗的功夫在诗外,写字也是这样,您在书法上的成就,是同您的学识、经历、修养分不开的,家乡的新秀很不少,在您的开导下,必将更加发扬光大的。

前由张枫带下的大作,早已拜领,因来往于秦、川之间,加之琐务繁多,未能及时复谢,尚乞原宥为感。

春节即届,希步履绥康为祷,匆复,即请近安!

晚愚 陈泽秦敬上
元月十九日(1990 年 西安)

十六　与李成海、赵熊书

○○一

成海、大愚,你们好!

十七日信奉得。程老(程克刚)的哀荣,令人欣慰,可见好人是会有好报的。

前些日子,得到我们学院张希旻的信,说十一月初汉中博物馆召开石门研究会,准备邀刘自老同我参加(内部消息,尚未接到通知)。因此,我拟十月初回西安去。如果对方需要我发表什么"高论",也好做个准备。行期定后,当再函达。成都过三两日,举行熊猫节、国际电影节、灯会等等,热闹得紧,惜乎老年人已没兴头来观光了。

旅游淡季将临,庚虎的生意殊叫人耽心,奈何!

匆复,即询近好!代问大家好。

泽秦手上
九月廿三日(1993年 成都)

君雄附候。

○○二

谷川老弟：

兹介绍黄陵刘树勋[1]前往，请赐洽为感。

泽秦

五月五日（2001年 西安）

[1]刘树勋：中国书法家协会会员、终南印社社员。现任职于陕西省黄陵县广播电视局。

○○三

赵熊、成海同志：

青年篆刻爱好者岐宏伟[1]同志想研究篆刻刀法，特为介绍，务请关照为感！此颂教绥！

泽秦手上

（1982年 西安）

西大街迎祥观小学内篆刻讲习班赵熊、李成海二同志。

[1]岐宏伟：即岐岖，现为中国书法家协会会员、西泠印社社员、终南印社常务副社长。

〇〇四

大愚、铭、成海、幼生[1]、庚虎：

大家好。

贺生日函电，早已奉得，稽复为罪。

虚度七十九个春秋，老大无成，反承祝嘏，徒增愧怍而已，然感情厚谊，不敢不谢。特此致感，诸希鉴察。

匆此，顺诵夏绥！

泽秦手上

八月二日（1993年 成都）

君雄附候。

[1] 郑幼生，笔名郑楷。中国书法家协会会员，陕西省美术家协会会员，陕西书学院一级美术师。

十七　与胡玉厚[1]书

○○一

玉厚老兄:您好。

赐函接到,弟自小生活在外面,许多亲友都未见过面,疏慢的地方,务望包涵勿罪。老兄想办个生漆工艺品开发应用服务部,在目前政策的高潮中,是个好办法,有什么资料要参考,不必客气,小弟是可以帮忙的。因为久住西安,认识的人比较多一些,门路可也比较宽一些,多少可以尽自己的一些力量的。

嘱写字,今随函寄上七言隶书对联一副和"大雄宝殿"横幅一张,"大雄宝殿"上不便写上自己的姓名,就免了吧。

再:小弟拟在开春后从成都回西安去,信件仍可寄到西安为妥。

寅老处,望代问候。匆上,即颂春祺!

弟陈泽秦谨上
二月十日(1990 年 成都)

[1]胡玉厚:陕西汉阴人,书画收藏家。2010 年 11 月,由王涛主编的《胡玉厚先生收藏书画作品集》由陕西出版集团、三秦出版社出版发行。

〇〇二

玉厚先生席次：

赐函奉悉。入冬以来，东亚经济风暴突起，除我国及印度尚景气外，其他国家均陷入困境，尤以亚洲四小虎首当其冲。尊藏周天麟字幅，书法虽属上乘，而名不彰显，难以找到买家，请不必寄来，以免日久遗失，弟当不起这个责任，千万，千万！

目前，国内下岗人数超过数百万，国营（有）企业正待政策，一切情况看好，想在今年夏秋季便有成效矣。

泽秦今年多病（心脏、前列腺、白内障……），且经常奔走于西安成都之间，身心及经济均大不如前三二年，今从邮局汇上人民币贰佰元，聊供先生饼果之需，至希笑纳。匆上，即颂冬绥！

泽秦谨上
一月十八日（1998年 西安）

〇〇三

玉厚先生：

您好！自成都归，接得手示，备悉一是。

目前想出版东西，先要自己出钱，大非阁下想象得那么容易。再则，周册写得很好,却嫌未免馆阁气重,目前不走运,只有赔了钱又损个人的精神,不可寄予过大的期望,不如一静为妙。至于有人嫉妒云云,决无此事,放心。我近来心脏不好,对于社会活动极少参加,是非更没精神去辩论,也乞阁下给予亮(谅)解,不胜祈祷之至。

匆上,并颂近祺!

陈泽秦谨上
六月十三日(2000 年 西安)

○○四

玉厚老兄:

来信收到,弟自前年八月患脑病后,迄今未下过楼,并谢一切活动。当然字也写不成了。

现将您寄来周老册子照片寄了回去,很对不起,望原谅。

匆复,此颂近祺!

弟陈泽秦谨启
八月二十一日(2003 年 西安)

十八　与吴靖[1]书

○○一

吴靖老弟：

您和全家好。

八月廿七日来示，奉得。

至于我所谈到的"习气"，是指无论在做人、做事、搞艺术等等方面上，不要被固定的程式所拘囿，也即是您所说的"不重复过去"。其实，说起容易，做起却不容易。何蝯叟的《汉碑十种》，不论《礼器》《曹全》《张迁》或其它，俱有何绍基在，是其长处，也是其短处。用句禅语来深入一下：有我亦无我才是最高境界！姑妄言之，老弟也就姑妄听之，一笑。

谈到写字的好坏，我以为正同看京剧一样，各有爱好。有人喜爱宏大，有人欣赏所谓"云遮月"……有人喜欢杨小楼的"瘟"（打得不起劲），有人爱盖叫天的火爆（打得起劲）。再则所谓"戏缘"，戏也有缘分。打个比喻，老弟对我的字谬爱，其中也有"缘"在。我过去很爱何的字，后来又转而爱翁松禅，觉得翁的气度要比何大，而且翁吸收古人的东西要比何广而厚，看了翁同何二人的汉隶，觉得翁的变化多。总之，事物总是发展的。再则：无论写字、画画、刻图章，不能"急功好利，"不求名利而名利自在其中，方是上乘。又一笑！

眼病在现在是首要问题，万勿轻视。初到一个单位，先须静观，切忌冒进，老弟老于从政，就不必饶舌了。

成都现在也气温大降,要盖薄棉被过夜了。大约在九月底或十月初回西安去,相晤在迩,不尽所言,匆复并颂双绥!

泽秦谨复
九月四日(1994 年 成都)

[1]吴靖:陕西西安人,生前曾任安康市副市长、西安邮电学院图书馆馆长。

十九　与高文[1]书

高文同志：

您好！承贻法书，诗字两妙，钦佩之至。迩来腰疾复犯，行动不便，故将拙作烦帅同志[2]转上，至乞诲正，得暇当另奉谒，不罄，并颂夏绥！

陈泽秦谨上

六月廿九日（约1990年 成都）

[1]高文：山西临汾市人。1949年年底随中国人民解放军入川，长期从事文物集藏、整理和学术研究，在汉砖、汉阙、汉碑等方面有较高的学术造诣。

[2]帅同志：帅培业。

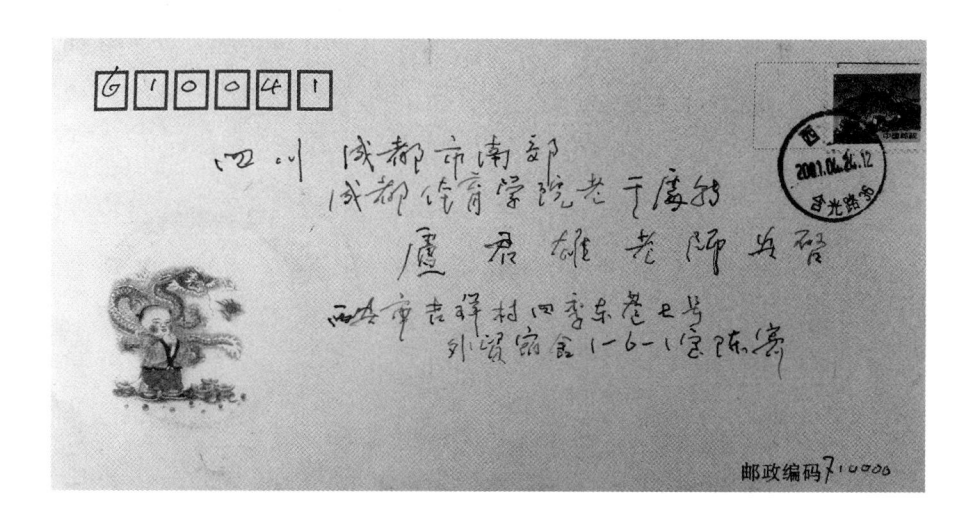

二十　与帅培业书

培业:你好。

　　交给毛妹转去的书同字,据她说,已由蒋晓全交给你的同事代转,当属实情,请向同事们问问;如果被乾没,可以再写,也甭为此着急,此亦"留得青山在,何怕没柴烧"也。

　　再有一事,拟烦你或畅德同志办办:我同卢老师想在下月半左右回西安去。过去买车票(当然是卧铺,而且一张最好是下铺,便于卢老师夜间方便),一直托毛妹的哥哥重恭,由民盟去办,但最近因为出了纰漏,被取消了买票的权利,不知你和畅德有无门路?多花些钱也没关系,如何?乞复。打电话不方便,就写下这封信。祝好!

泽秦谨上
十月二十五日早(1990年 成都)

君雄附候,我们并向畅德问好。又及。

二十一　与赵承矩[1]书

承矩同志:您好。

寄来的《安康书画精品选》两册,已收得,谢谢;有关单位亦烦代为致谢。

刘旸老去世,不胜哀悼,他老人家去得洒脱,令后去者欣羡之至。

您的印,似多摹刻秦汉印为宜,造像肖形印总嫌纤细,不宜多刻。

匆复,并颂冬绥!

陈泽秦谨上
十一月廿四日(1996年 西安)

刘寅老、韩正老[2]望代为致候。众亲友好。又及。

[1]赵承矩:安康汉滨区人,陕西省美术家协会、书法家协会会员,汉滨区文化馆副研究馆员,有《赵承矩篆刻作品选》《赵承矩书画作品选》及回忆录《往事如烟》等著作问世。

[2]韩正楷,安康已故著名书法家。

安康县文化馆
熊硕饶
H-F.D.C.

二十二　与卢云龙[1]书

云龙同志,您好!

来信收到,嘱件今日仓猝写就,烦增建同志带上,乞予批评指导。

大作尚未拜读,散文颇不易写,张中行[2]老先生的著作不妨经常看看,当有帮助。

增保的近作[3]过誉太令人不安,望勿外传,谢谢!

匆复,并颂撰安!

陈泽秦谨上

六月三日(1997年 西安)

[1]卢云龙:陕西安康人,陕西省作家协会会员,有散文集《细雨风铃》《男人情怀》《往事不落叶》等著作行世,时任《安康日报》编辑。

[2]张中行:河北香河县人,北京大学中文系毕业。晚年以散文《负暄琐话》《负暄续话》《负暄三话》享誉文坛。

[3]指李增保撰写的散文《默翁印象记》,刊载在当时的《陕南文学报》与《安康日报》。

二十三　与傅世存[1]书

世存同志,您好。

大作及赐函,均已收到,谢谢。

我虽是恒口人,但生长在外地,可以算是个"准安康人",对老家仍是很有感情的。目前我的身体不太好,老伴腿又骨折了,因而,心情十分糟。前列腺有病,外出相当不便,看来再想回去看看老家,已是心有余力不足了!

尊驾如有便来西安,务请到家一晤为快。

学海无涯,写作大非易事,尚望努力勿懈,俾臻大成。

匆复,并颂撰安!

陈泽秦谨上

七月四号(1997 年 西安)

---

[1] 傅世存:陕西安康人,中国作家协会会员,有散文集《羞涩的鸳鸯湖》、长篇小说《陨落》等问世。

二十四　与李立荣[1] 书

○○一

革新同学：

您好。十一月廿五日来信收到。您询问关于写字的问题,由于不了解您在书法上达到什么程度,实在没法从何说起,请原谅。

据一位知名的书法家杨守敬的指导:学书法,第一要有天资,看你来信的钢笔字,写得可以,可知天资是有的。第二,要多看。看古人的碑帖和现代名家的作品。第三,要多写。也是要有恒心地去学古人。最后成为个人的风格。

再则,您现在正在读高中,课程不少,应当先抓好目前的学习,不可涉及面过广。

限于水平和体力,我只能这样向您建议。匆复,并祝学习进步！

陈少默谨上

十二月二日（1996 年 西安）

---

[1]李立荣:中国书法家协会会员,陕西省青年书法家协会副主席。上中学时以笔名"革新"给陈少默写信,请教书法。

○○二

革新同志：

您好。

来信早已收到，因病未能即复，乞谅。

您的书法从来信上看，有天分，可以学好。想学好书法须从临摹古人入手，从写楷书入手，学二王，学颜，学欧……俱可以。要从自己的爱好出发。以我的意思，以学颜真卿为好，望酌办。

附上拙作一纸，聊作留念。祝学习进步！

陈泽秦手上

十二月廿三日（1996年 西安）

○○三

革新小友，您好。

来信收到，嘱件将于下月初寄上，特复。

祝学习进步！

少默上

五月廿五日（1997年 西安）

○○四

革新小友：

您好。

前复一信,想已收到?

近来我的心脏欠好,加上应酬又多,故寄上无上款的行书小条一件,以践诺言,待身体转好时,当再写一件寄上,勿怪!

读中学期间,关系一生,希望抓紧一切课程,少搞些其他不必要的事,以免影响学业为要。

匆复,并颂学祺!

泽秦谨上

六月二日(1997年 西安)

○○五

革新小友：

今寄上照片一张,以作留念。来信称呼,不敢当。今后不妨称我为"陈老",自称"晚辈",比较妥当。

目前应以学业为重,升学为要,旁骛不该太多,免受影响,至要！至要！

在香港回归的新闻片里,发现一位姓革的,想是你的同乡？匆复,祝好！

少默手启

七月四日(1997年 西安)

附照片一片。

附录2

怀念陈少默先生

李立荣

我没有拜见过陈少默先生,这是我的遗憾,终生的遗憾！

但是我怀念先生……

对老人的怀念应该追溯到1996年的春季,那年我读高一。一个偶然的机会在一本书法集子里看到了陈少默先生的作品和简介。少年轻狂的我便贸然给先生写了一封求教的信,没想到一个礼拜以后竟然收到了老人的回信。当时我的感觉只是激动,一种欣喜若狂的激动！

信里老人言简意赅的给我讲了学习书法的步骤,老人给我讲的方法是别出心裁的。他没有讲如何学习书法的三要素——用笔、结构、章法,而是引用清人杨守敬的一段话:学习书法天分第一,多读次之,多临又次之。这让当时的我耳目一新,直到现在,已届而立之年的我才渐渐明白了此中的奥意。用笔、结构、章法是书法的三要素,是学习书法必须掌握的。但中国书法几千年,其间名家辈出,各领风骚,异彩纷呈。我们当以谁为法,以谁为宗？故我们学习书法,当以意求之,而不应以法束之。近读李增保先生《记默翁》一书,其中老人有这样一句话:做人太实则无趣,为艺太实则无味。是啊！多读可以领会古法之意味,多临可以掌握古法之形趣,至于参悟多少则取决于天分之高低了,又何必绳墨于法的一招一式。

接着先生便说,看你的硬笔字天分是肯定有的。现在想来这不过是一位耄耋大家对一个后学少年的善意鼓励。

过了大概有两个礼拜,我又给陈老写了一封信,并附上了自己的一件习作。字自然是写得拙劣不堪,但内容我至今记得:一别行万里,来时未有期。月中三十日,无夜不相思。这是一首佚名唐诗。当时是随便写的一个内容,倒像是注定了我对老人的怀念,真是冥冥自有定数。

  陈老很快的给我回信了,指出了我习作的缺点,并建议我学学颜体。令我惊喜的是老人在回信中附了一幅他那蜚声书坛的隶书佳构,这是在我没有要求的前提下呀?!这次我本该更加的激动,但我却没有。因为一个长者,用他那洵洵大家风范把我深深地感动了,我只有感动,没有了物与己的喜悲。这也是我在闻知陈老去世时掩面痛泣的原因。

  我理所当然地给老人回了一封感激不尽的信。

  到了这年的年底,我以拜年的形式又给陈老写了一封信,并在信的结尾说还想得到他老人家的墨宝。这次,我没有很快的收到老人的回信。在陷入漫长等待的同时也深深地斥责着自己的贪婪。

  意想不到的是到了第二年的五月下旬,我又收到了老人的回信。信中只是一句简单不过的话:嘱件将于下月初寄上。却像是给我那颗忐忑已久的心服了一粒定心丸。到了6月5日我如期的收到了陈老的又一封回信,信中说他因心脏不好,身体欠佳,所以没有及时给我回信,并附有他老人家的一件行书墨宝。一代书法大家没必要对我一小小少年这般厚爱,这就是陈老的长者胸怀。从这次以后,我便不忍心再去打扰陈老。便给老人回信,说希望得到他一张照片。当然,陈老很快地满足了我的请求。怀揣着对老人的深深敬意,在每一个春夏秋冬默默地为老人祈祷。

  这就是我和陈老的交往,短短的几次通信老人不但教会了我怎么学艺,更教会了我怎么做人。

  我没有拜见过陈少默先生,这是我的遗憾,终生的遗憾!

  但是我怀念先生,永远的怀念……

二十五　与杨杰[1]书

杨杰同志：

您好，来信收到，承惠木耳，甚感谢。惟我没有"少默"的身份证（少默系笔名），不能领取，故已退回，请原谅。学书法要有正确的门路，您既获得旸光老的教导，决不会走错路。希望持之以恒，当有所提高。匆复，并祝进步！

陈泽秦谨启
十二月廿三日（1996年 西安）

[1] 杨杰：陕西汉中人，画家，以牡丹见长。

二十六　与陈葵林、伊家聪[1]书

○○一

葵林、家聪你俩和全家好。

来信同附件均收到,好久未去信,懒得可以,勿怪。

你俩的生活过得潇洒,令人羡慕。气功有好处,也有不好处,要看传授的高明与否。你们已经受益,当然走对头,可喜。

字可以练,但不宜滥。唐代四家俱出自羲之,而各得其一体,却不宜写了欧、褚[2]而参杂颜柳[3];颜柳看上去有相似之处,但学了颜后,路子要比柳多。好在你写字的目的,不是想成名家,无妨爱写啥就去写啥好了!

我们打算七月初回成都,西安太热不如成都。这个月的下半月,我将同团体去贵阳书法交流(老年书画会组织的)。重明想已乐不思黔?恐怕见不到他?张亲家的腿情况如何?念念,望代问好。

我二老都好,勿念。常昊[4]得了"天元",后生可畏!

祝好!代问诸亲友好。

三爹、陈叔同启
六月二日(1997年 西安)

[1]陈葵林、伊家聪:陈少默内侄、内侄媳妇,时在成都。
[2]欧、褚:欧阳询、褚遂良。
[3]颜柳:颜真卿、柳公权。
[4]常昊:中国围棋棋手,1976年11月7日出生于中国上海。

〇〇二

葵林、家聪、行知[1]、绥林[2],你们和全家好。

六月六日信收到,知近况均佳为慰。

我个人将于下星期二随省老年书协去贵阳交流,约逗留五六日返陕。由于没直达当地的火车,所以要搭飞机去,快是快得了(仅两个小时左右),却可惜看不上沿途的风景;再可惜的是老四还未回去。

因为象天要在下月初回国,所以我俩可能要等到象天回去之后才能回成都了(如果象天要去成都玩,又当别论)。行前,一定通知行期,以便麻烦你们来接。

张家老太,用手杖帮忙,对头!三爹不爱用手掌助力,以致好腿负荷大而感疼。大约是"雄"字作祟吧!

行知两口有了新店,要字,待我回成都后再写。

"瞑目视脐"[3]出自敦煌文件("伯"当是伯希和[4]所得?),可见北魏时统治者对佛和道的并重。我对气功总不大相信,可能你们俩投对了师傅。字写得比上次有了"书卷气",可喜!

重明不知是否回了贵阳?重恭没写信来,想必甚忙。近来绍文的情况如何?念念。

我二老都好,勿惦念。匆复,即颂近绥!

三爹、陈叔同字
六月十四日(1997年 西安)

[1]刘行知,卢君雄外甥女婿。

[2]陈绥林,卢君雄外甥女。

[3]瞑目视脐:气功术语,即"闭上眼睛看肚脐",是练气功时意守丹田的一种方法,语出敦煌遗书《呼吸静功妙诀》。

[4]保罗·伯希和,著名法国汉学家、探险家。1908年往中国敦煌石窟探险,购买了大

批敦煌文物,带回法国,今藏法国国家图书馆博物馆。

○○三

家聪,你和葵林好。

来信已收到多日,稽复甚歉。

字就给你们写了一副对联吧,请正达接三姑时带去。再,廖老师也要一副,一并带去,盼代为装裱,所需工价即由三爹支付可也。

葵林书法作品,大有进步,可喜。但想在西安打开销路,尚不成熟,只能等待时机。

由于我的儿子自国外回来,再则,春节在即,开销甚大,拟在春节前汇上一些钱,聊供过节之需,为数不多,至希勿却。

三爹来此,一切都好。此复祝好!

陈叔手启
十二月廿四日(1997年 西安)

○○四

葵林、家聪,你俩和全家好。

来信及附件收到,给廖老师裱的对联已交件,甚好。

附来近作及顾复初隶书印件看到了。我以为，学隶书以先临摹《石门颂》同《张迁碑》入手为好，千万不可学我，否则会走上歧途。顾复初是清末有名的书画家，他的隶字，我是第一次看到，写得极活，最好破费一下把他的这件作品俱复印下来，作为范本去学，要比学我保险得多。我近来因身体的关系，字越写越糟，由于赶进度，往往写得"流"了。因此劝你不要学我。——这绝非客气。

　　体院已经开始卖腾空房时，如有必要，我二老，可能回成都去办理这件事。我们都好勿念，代问大家好，祝好！

三爹、陈叔同启
三月八日（1998 年 西安）

〇〇五

葵林、家聪，你俩和全家好！

　　来信及附件收到，知你们都好，我二老很欣慰。

　　附件的字，是否临摹《夏承碑》？此碑重刻当已失真。目前学它，失之太老，无篆书根基，颇不易学，应该学《礼器》《张迁》这些比较"雍容大方、古朴典雅"的碑子。再则，行书题款，在篆书上似不宜太草……仅提供参考。

　　再：西安家里因漏雨，拟修葺一下，季野如来，没处可住，烦转告他，在年底前，最好不必来西安，欢迎她两口在春节前后来。

　　匆复并问好！

三爹、陈叔同字
八月一日（1998 年 西安）

○○六

葵林、家聪,你俩和孩子们好!

新年好!来信收到。

我们现在住的地方,楼高七层,我们住在六层,上下不方便,但清静一些。城内的房屋虽已修好,但潮湿,须过了夏才能住。

书法也许学到老,万不可自满。但也不能过分自卑,难乎哉!我现在一写字,便感到乏力,这是衰老的象征,无可奈何。

我二老都还粗健,希勿以为念。匆复,顺颂年祺!

三爷、陈叔同启
元月二日(1999 年 西安)

问候大家,重恭同此不另。

○○七

葵林、家聪,你俩和全家好!

来信接到,知葵林病况转佳为慰。

葵林的这场病势不轻,以我之见,全由用心过度而营养赶不上所致,今后要特别警惕。棋一定要少下,字也当适当地予以控制。我现在已感到,在字上的应酬过多,体力大不如前,该是退的时候了。当然,葵林还不到这个年岁,但毕竟身体差,是应当知节劳的重要了。不写字时,多看些书,对写字只有益而无害的。

现在不讲医德了,一切向钱看,对病人做不必要的检查,无非出于多捞人民币而已。因而现在真害不起病,将来如对医疗再抠得紧,人民就看不起病,只有等死了。社会主义搞到这步情景,也真让人难以理解。

泽秦手上
七月三日(1999年 西安)

稍缓,可能再寄些钱去。又及。

○○八

葵林、家聪,你俩和全家好!

来信收到。车薪杯水,聊尽薄意,何足言谢。

目前一切急功近利,不论哪个行业,都是宰人。今后压缩劳保,一生病动辄巨万,怎生得了!

法轮功已被查禁,其他气功当池鱼遭殃,家聪练功,以不多宣扬为宜。

病后诸事务须节劳,字可以写,棋却不宜多下,切切。

三爹似已昏眊望多包涵,勿复并颂健绥!

泽秦谨上
七月卅一日(1999年 西安)

〇〇九

葵林、家聪，你们和全家好！

来信收得，知近况好恒为慰。

佛家讲"缘分"，非人力可办，只好随缘而已！

三爹的"执着"，无可奈何，也只能随缘而已！

在修养期间，写字比下棋省心，但万不可有借此捞些什么好处，一存名利之心，字便难以写好了。

写字必先从楷书入手，切不可随心所欲地乱写一气——当然，借此休息养性，也就不必强求了。

我一切都还过得去，望勿以为念。

再：三爹前些日来信中，有用两三万装修腾空房的打算，像我们这把年纪似无此必要。我已劝告她老人家不要那样，但不晓得能否听从，也只好由她去了。

我原想在这个月初去北京看看长慧同长敏，由于北京在国庆节控制人口流动甚严，故拟过了节日再决定去否。

就写这些，诸希珍重！

泽秦手上
九月五日（1999年 西安）

◯ 一 ◯

葵林、家聪,你俩和全家好!

　　来信收到。三爹的性情,我早已习惯,不会对我们的感情有任何影响,务望放心。

　　前日华刚破例给我来电话(由正达代接),言说他才从北京回到成都,已将三爹垫付的装修费如数交还,此或系出诸令三爹的指示,可见三爹并不痴呆。其实,她的话"总是卢家的根",已经把事敲定,我也就没话可说了。

　　你的字"灵活有余,沉厚不足",因而希望能在"厚实"上多加注意,当会更上一层楼。不要轻率下笔;能学学魏碑,也可让字写得厚实些。

　　匆复,并询近好!

　　　　　　　　　　　　　　　　　　　陈叔上言
　　　　　　　　　　　　　　　　十月二日(1999 年 西安)

◯ 一 一

葵林、家聪,你俩和全家好!

　　六月十七日来信收到,知近况尚好为慰。西安一直入夏少雨,再则我二老的住房,虽是主室,却西晒,因而热得可以,什么事俱难得去干。所幸三爹同我都还可以,望勿以为念。

朋友之间，尚通有无，何况亲戚，大可不必过于客气。

谈到写字，我只懂去如何写，理论一点也没有。人混到靠卖字生活，已是等而下之，毫不应引以为荣。像我这样，也只能似秦叔宝在天堂州卖马当锏了，一笑！

何应辉[1]未会过，但闻名久矣。四川人远比老陕聪明，天纵之才，难得难得！

赵正是否兰州的写家？如是，二十年前在兰州会过，当时尚不大出名，据闻现在是甘肃省书协的主席了。

三爹的身体还好，只是经常想回成都，这也怪这里的条件不好。再则周末同正达、长馨打打麻将，只是不比成都天天有场子。我两个教条主义同自由主义凑到一起，不免经常有摩擦。人都嫌贫爱富，但你三爹却嫌富爱贫。无怪她一不如意，就说如果前二十年我像现在，便不会嫁给我了。像这样的三姐同寒窑的王三姐比比，真叫人莫名其妙！

庆林一家，行知一家，望代问候。

我现在一切都好，三爹也很好，均希释注。

匆复，顺询夏绥！

三爹、陈叔同白
六月二十二日（2000年 西安）

---

[1]何应辉：时任四川省文联副主席、省书协主席。

〇一二

葵林、家聪，你俩同一家好！

来信收到，我在九月份因肺炎住了十多天的医院，出院后胃一直欠佳，所以精神太差，连电话也懒得接，实在抱歉。我住院三爹从来不接电话，如保姆也不在，便无人接电话了。

三爹在西安过得"差强人意"，我二老一讲话就抬杠，否则一开腔便是旧话重提，唠叨不息。好在，金庸的小说可以调剂，倒也相安无事。至于身体，可以用"比上不足，比下有余"概括之，不必赘述。总之一切尚好，望勿挂念。

庆林一家情况如何？原说在假期同时去延安谒圣，也未见来，念念。

字想仍在写？我自病后，对打麻将不似过去那样感冒，字也非不得已不动笔，毕竟老了！

写字不光是写，要求"字外功"，便是多读书。老侄在中文上自有基础，但万不可丢弃。

行之有天分，只是往往"信笔"，不得"深厚"是个毛病，见面问候。

匆复，并祝秋佳！

三爹、陈叔同启
十月十八日（2000 年 西安）

〇一三

葵林、家聪,你俩和全家好!

给三爷的祝寿对同信昨日接到,谢谢。我自出院后,因消炎药用得多,伤了胃,一直吃不多,精神也欠佳,一直同你们未通信,望勿怪。

葵林的字,应写得沉着一些,目前还须多临一些传统的为是。

三爷的情况一切如旧。我们准备在夏家十字的房屋拆迁之后,春暖花开时节,一道回成都去住些日子,至于我们的身体,还算健康,不必挂念。

听说家聪信佛甚坚,很好,可不必借此逃避现实。

匆复,祝好。

三爷、陈叔同启
十二月十三日(2000年 西安)

二十七　与王震宇[1]书

震宇先生大鉴：

赐函及附件均自京回陕后奉得，稽复甚谦。孔章[2]老友先我而去，哀动之至。先生恪守尊师遗嘱，不惮远道寄来《回舟集》，高谊厚德，尤堪钦佩。泽秦于诗，半路出家，却承尊师时赐大作，更添愧怍。白山黑水，山川伟丽，人才辈出，尚希时赐教诲，不胜感谢。匆复，并诵文安！

陈泽秦谨上
十一月八日（1999年　西安）

[1]王震宇：辽宁葫芦岛人，一九七五年三月生，作品有《独笑楼诗存》《剑南诗选》。
[2]孔章：孔凡章。

二十八　与刘树勋书

树勋同志：

来信收到，向赵熊、李成海二位介绍，可以办到，但须有时机。

大作[1]对仗工稳，命意亦佳，不容易！但我却不敢当，谢谢！

阁下是不是终南印社的成员？我以为不妨向终南印社先寄一个申请（可由我转）。当然还须寄三、四份印蜕，以便审查。匆复，并祝夏日愉快！

泽秦手上

七月三十日（2001年 西安）

[1]刘树勋为陈少默先生米寿所作七律：天真烂漫乐融融，久踞书坛意气雄。回首半生虽坎坷，拈花一笑自从容。新奇翰墨鸡毫隶，坦荡胸襟鹤发翁。米寿迎来人共贺，关山再越几千重。

二十九　与宗鸣安[1]书

明庵小友：

　　承示大作，已看过；余于小学在私塾时先公曾督促日读许氏说文，以十字为课，进初中后即辍止，至今悔之。因于尊著不能妄加论谕，当能见谅。然于阁下之好学则钦羡无已。蓉事有无消息？念念。匆复并颂近绥！

少默

二月十四日（2002 年 成都）

[1]宗鸣安：西安人，文化学者，文史专家，著有《西安旧事》《秦商入川记》《汉代文字考释与欣赏》《碑帖收藏与研究》等。

三十　与赵宏勋[1]书

宏勋同志:您好！来信收到。

入夏后,我的身体一直不好,血压不稳定,一累就得休息,似乎还有些"脑萎缩",因而你的长信只好候到天凉后再恭复了。

给人要的字,也只好入秋后再写了;一定写,望放心。如果等不到秋凉我便"呜呼",也请勿怪。

信上提到的胡先生,汉阴人,他对别人说:他的祖父是家父的老师,我确系闻所未闻。但也不便声明,只好任他去说了。

"虎"的造型很好,因为我是甲寅年(虎年)生的,因而也曾烦人刻过"虎"形印。谢谢你的代求。匆匆谨复,并问好。

泽秦谨上
七月二日(2003 年 成都)

代问里中友好。

---

[1]赵宏勋:陕西安康人,陕西省书法家协会会员,刘旸光书法艺术馆名誉馆长、安康市退役军人书画院院长,编著有《刘旸光文集》《赵宏勋书法》等行世。

三十一　与梁未冬[1]书

未冬同志：

　　病中接到赐函及附件，欣甚；抱歉正值打吊针，未能畅谈为罪，尚希鉴宥。

　　在治印上，您的刀法可以过关，但结体上，由于所见不广，故难有进步。目前应该多找些名家的作品看一些，日久当有进步。安康治印各家，病俱在无好的印谱可学可参考，地理条件所限，也难怨哪个。我以为：应从学汉印开始，再多看清末及民国初年的名家印谱（如赵之谦、吴昌硕……齐白石有其独到的地方，却非刚入门的所应学的——想学也非自己能学到的）。再就是要懂得古今字的区别，如大作内的"余""餘"不分。再便是对古今字的认识同文学上的修养等等。我提到的只供参考，等我的病好转后再谈，对不起！祝好。

陈泽秦谨上
八月廿七日（2005年 西安）

---

[1]梁未冬：陕西省作家协会会员，终南印社会员，出版有诗集《水晶歌谣》，擅长篆刻。现供职于安康市委党校。

三十二　与李增保[1]书

○○一

增保,你好!

来信及附件均收到,谢谢你对我的关怀。我的病经服用"前列康"后,已大见好转,这里有个医院能用激光根治,不过,我不愿冒这个险。

何绍基的隶书千万不要去学,何临汉碑十种,每种俱有"他"在,但定了形,谁去学他,谁就倒楣,最好去临原碑。何的字以小真楷为上品,行书次之,隶又次之,篆尤次之。古人有句话:学我者死。何的隶篆绝对不要去学,千万!千万!不急于求成是对的。

刘县长的遭遇叫人痛心。现在办报的为了拉看报的,往往饥不择食,难免碰到点子上,就得遭殃!有空见到他时,请代我致意。

安康也搞"选美",风气可知!张枫放着正路不走,搞这些旁门左道,令人费解。筹划书画院,也不外乎另立山头,自树一帜,不如多读些书,勤练字!

旸老老而弥健,令人佩服,晤及望代为问候。

我大概在十月份回西安去,回到西安便给你完成任务。寄来的邮票,不知有何用项?

我二老的近况尚佳,乞勿以为念。匆复,即询近佳!

少默谨上

九月三日(1994年成都)

君雄附候。

[1]李增保:陕西省作家协会会员,陈少默纪念馆、刘旸光书法艺术馆名誉馆长。著有《人生一瞬》《记默翁——书法大家陈少默印象》《书家刘旸光》《三颂堂题跋辑注》等。

〇〇二

增保同志,您好。

来信早已接到,稽复为罪。

我拟在这月九日由蓉返西安,约住到开春后再回成都。

这次回去得空一定要将你要的字写好寄上。望勿以为念。

下月初可能去汉中参加一个会(现尚未接到正式通知),如果去得成,也可能回老家去看看。能否实现,只好届时看情况才能决定。多年未回老家,心内也真想在有生之年能回去一次!因为现在还不能决定,希望你不必向外透露,切切!

好了,先写这些,并颂秋绥!

泽秦手上

十月四日(1994年 成都)

〇〇三

增保同志,您好!

　　李刚同志转来大函,已得。关于撰文介绍老朽一事,鄙意仍以大不必要。吹植过度,难免招谤,前例甚多,不胜枚举。务希作罢为幸,切切!

　　安康政协王化信同志曾来信征稿,至于索件多少,均无不可。惟须由自己写介绍,且需在七千字上下,实不好办,因已婉谢。不知我者,当以见罪,然无可奈何,只得领咎。

　　匆复,并颂近佳!

陈泽秦谨上
十一月五日(1994 年 西安)

〇〇四

增保同志,您好!

　　来信收得,谢谢您的好意。人贵自知,我对自己是有了解的。您对我,确是过誉,万万不敢当。万不获已,只好盖棺定论吧!

　　安康档案馆日前来信,向我征稿,俟精神好转后,当有应命,烦阁下代我致意,谢谢。

　　老伴已能扶杖行动,明春将同她一路回成都去,住些时间才回西安。届时或假道达县返里看看,到时方能决定。匆复,即颂近佳!

泽秦谨上
十一月廿四日(1994年 西安)

代问诸老好。

○○五

增保同志,你好!

王奇志同志昨日将腊肉等物送到,谢谢。

写的字也交给王同志,并附上一信,不料今日找给别人的字时,才发现将给张文革、陈方华写的字对联未给他,而给程安东[1]写的隶屏找不到了,请你把带去的字查一下。

现将张、陈两同志的对联寄上,如程的隶屏在带去的字件内,麻烦你给我寄回来。谢谢,老了,真昏了头。一笑。

匆上,并颂近佳!

陈泽秦上
元月十四日(1995年 西安)

问刘老好。

---

[1]程安东:安徽淮南市人,时任陕西省省长。

○○六

增保同志,您好!

来信及字均奉得,太让你破费了,心甚不安,谢谢。

刚才,赵大愚看到寄回的字,开玩笑地给我说:"给领导的真不错!"很令我内心有愧,划上水[1],未免那个些,一笑!阁下既然中意,过了春节,自当写幅奉上,如何?也许比不上这幅,希勿以划下水见怪。

腊肉、萝卜俱很好,礼不轻,人情更不轻。岂不闻"千里送鹅毛"乎?又一笑。

匆复,并祝春节如意!代问诸老好!

陈泽秦谨上
元月二十五日(1995 年 西安)

[1]划上水:走上层路线。

○○七

增保,您好。来信奉得。关于给我写东西一事,多承关注,实感谢之至。但我一直很不赞成这样的事,而且坚决不跟任何爱我者办这种事。因此,恳求老弟不必去稿。古人云"君子爱人以德",正是此意。近日又得了感冒,咳嗽不止,而春节在迩,要字的很多,真疲于应敷,奈何,奈何!

匆复,并祝新春万事如意!代问诸位朋友好!

泽秦手启

元月二十三日(1996年 西安)

〇〇八

增保同志,您好!

十三日来信接得,惊悉刘旸老作古,不胜哀悼,望代表向家属吊唁为感。

旸老性情爽直,我们相识不久,而相知不浅,不料去夏一别,竟成永诀,悲悼曷胜。享年八秩有余,屡经剥复,而乐观洒脱,自属罕见,钦仰之至,更增痛切。人生无常,死得干干脆脆,确有福分,不知老朽来日能有此否!

因西安有事,我已定在本月底回去料理,您如来西安,尚望能来舍下一叙为快。匆复,并询近佳!

陈泽秦谨上

九月二十日(1996年 成都)

君雄附候。代问安康诸老及同志好。

〇〇九

增保同志,您好!

来示及附件收到,令兄带来的食物也奉得,谢谢。

古人有句话:成事不说,遂事不谏,稿子[1]已经发表,我当然不能再说什么了。

"橄榄""泡泡糖"的对比,太伤众,不知会得罪多少人!

匆复,即颂撰安!

少默谨启

五月二十(1997年 西安)

[1]指李增保撰写的散文《默翁印象记》,发表于1997年的《陕南文学报》《安康日报》。

附录3

默翁印象记

李增保

序

三年前,友人约稿,让写写默翁先生。于是,苦熬半宿,成洋洋五千言。后细观,很不满意。重写,不成,反复改之,亦不成。我对友人说,汪曾祺有篇写泰山的文章,言泰山太大了,写起来没有抓挠,仅写了"泰山石刻""碧霞元君",读后印象很深,不能忘。友人说,那就写与先生的交往和印象吧。我说,好。

一

最早认识的是默翁先生的字,是在安康书坛名老刘旸光先生的家里。刘老

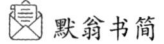

的斋室十分简陋,惟有东西墙壁悬挂的两件字画惹人注目。画是梦石的山水条幅,字乃默翁先生的隶书四条屏,浓墨写就。当时感觉那字结体很怪,颇不顺眼,摇头不以为然。刘老则伸出大拇指:"大家也。"并讲了一个对我处事观人不无启发的故事:欧阳询乃唐初的大书法家,传说他曾在途中见一古碑,为西晋书法家索靖的草书。索靖的书法,字势"银钩虿尾",为一时学者所宗。但欧阳询看了石碑后,不以为佳,便骑马走开了。边走边思,又勒马返回,细看后才悟其妙处。于是坐卧在石碑下,观赏了三天。刘老说:"文情难鉴",好东西不是从表面就能一眼看穿的,须仔细揣摩,才能识其真髓。此后,我常往刘老处跑,日久便觉那字入眼了,只是说不出来。

二

壬申年夏,刘老申请加入中国书法家协会,请默翁先生做介绍人,我也因公事到省城西安。一日向晚,我来到古城西门里的东夏家什字17号趋谒默翁先生。叩开两扇带铁环的老式木门,穿过两个天井,三进院落青砖铺地,梧桐参天,冬青吐翠,敞开的上房门上挂一竹帘,闹市中很难有如此幽静古朴的百年老屋了。

我站在竹帘外,我叫了一声"陈老师",屋内传出洪亮的声音:"谁呀?进来。"我便掀开竹帘,见堂屋里一长者,身材高大魁梧,白发、白须、黑眉,五官开阔,目光慈祥,浑身透出儒雅之气,可见先生年青时的风流倜傥。取出刘老的信函,说明来意,先生满口答应,说刘老一生坎坷,老而弥健,不容易,一定促成此事,并把我让进堂屋西侧的卧室兼书房,让座沏茶。我环顾四周,南面窗下放一大书桌,桌右侧有两个书柜,书装得满满的,全是中国古典文学名著;北墙上悬挂何子贞的行书四条屏,用玻璃框镶着,内容是陶渊明的〈归园田居〉:"少无适俗韵,性本爱丘山……"字字神气俱足,似是何子贞晚年的精品,整个房间弥漫着浓浓的书香。

首次相见,先生赠我一隶书条幅,内容为:"闭门种菜英雄老,弹铗思鱼富贵迟"。归来拿出月薪的三分之一,将其装裱,悬于书斋,朝夕坐卧读之。日久,便读出先生书法的妙处:俱汉隶石门之面目,有战国鼎彝之风骨,融会篆、草意味,高古奇逸,瘦硬通神。

我在一篇日记中,写过这样一句话:默翁字如橄榄果,愈嚼味愈浓;纵观当代许多大家之作,品之则多如"大大"泡泡糖矣。

三

多年前看过一篇文章,言中国人缺乏幽默。窃以为,有无幽默感,与人种、国籍无关。幽默是智慧的花朵。知识与幽默成正比。在长安书画界,默翁先生的幽默风趣是人人皆知的。我也常为先生抛洒的几个幽默忍俊不禁:

我从书画界师长口中得知,默翁先生不仅善书,亦善治印。乙亥年冬,我持册页求拓先生的常用印信,先生欣然允诺,亲手拓印68方,并题七十九字妙跋:"增保以素册求拓老朽常用印信,或谓余印信不能拓以贻友人,防伪造也。夫酒之名贵者,物之珍奇者,多伪劣品,如假茅台、假鳖精皆是。老朽所书,如有伪品,殆同茅台之有假者,真求之不得矣,何靳之有?"

甲戌年秋,为友人向先生索墨,先生慷而慨之。打开托人带回的牛皮大信封一看,是一四尺隶书四条屏,看上款,是为省长程安东书写的,内容是毛泽东主席的词《北戴河·大雨落幽燕》,字写得老道、自然。一时爱不释手,邪念陡起,想窃为己有。后辗转一想,于心不忍,即以十五元的特快专递寄回。先生收到后,跟我这个晚辈后学开了一个不大不小的玩笑:"……刚才,赵大愚看到寄回的字,开玩笑地给我说:'给领导的真不错!'很令我内心有愧,划上水,未免那个些,一笑!阁下既然中意,过了春节,自当写副奉上,如何?也许比不上这副,希勿以划下水见怪。"

耄耋童心,真可贵也。

四

我拥有刘光一墨迹册页,封面未题字。我想到了默翁先生。请先生题字,有两点考虑,一为刘老是金州书坛总戎,默翁乃长安墨苑泰斗,两人晚年相识而相知,刘老的书法册页加上默翁的题笺,相得益彰,可成一段书坛佳话。二是我的一点私心:借此再得默翁一桢墨宝也。

可当有一天我持册页说明来意后,默翁先生却说:"刘老的册页,我咋能题字?不妥,不妥。"当我反复解释说是刘老写给我收藏的,先生方才答应,在册页封面上题写了"旸光老先生翰墨"七个行书小字,并在扉页上题写了一段跋语:"旸光前辈以望九高龄落毫,尚有风雨披靡无前之势,真廉颇不老矣。增保得此,其善护持之。甲戌五月秒,后学陈泽秦谨识于耆盫。"归来后呈刘老过目,当刘老看到跋语的落款称其为后学,很是激动,连连说道:"大家风范!大家风范!"

有年春天,我造访先生,进得堂屋,见先生正在挥毫作书,心下窃喜,乃趋桌前观之。先生住笔,招呼我到里屋坐,我则未动。先生一笑,说:"你站在旁边看,我有点害怕。"此语从先生口中出,令我感慨亦唏嘘。

五

中国文人历来重名声。当今之文人似乎比古人更甚矣。作家忙出书,画家书家忙个展,寄希望一鸣惊人,名利双收。有一次,我问默翁先生:"您的学生,学生的学生都在办书展,出集子,您为何……"先生一笑,说:"头白,而未有所得,岂敢献丑呵。"我一想,先生不愿"献丑",是对的。桃李不言,下自成蹊,颜鲁公、柳少师等书法大师,生前何曾办过书展,出过专集,但其墨迹不是照样流传至今,被我们拥为至宝吗?

与先生接触多了,钦佩其书品与人品,便萌动为先生写一点文字的念头。先生知后,极力婉辞:"关于撰文介绍老朽一事,鄙意仍以大不必要。吹植过度,难免招谤,前例甚多,不胜枚举。务希作罢为幸,切切!"

安康汉滨区政协王化信先生曾公函征集默翁书法创作资料,先生婉辞之,并对我讲:"不知我者,当以见罪,然无可奈何,只得领咎。趁XX同志返里,即托其将拙作一件带去,以示歉仄,或有以见谅也?阁下如与王同志相识,亦烦代为致意为感!"

书法家张枫先生给我讲过一件小事:"一九八四年,安康香溪书社成立,我去函请默翁先生为书社题匾。先生回信说'这个匾我不能写,一是我的字写得不好,即使我的字写得好,我也不能写;香溪书社牌匾拟请家乡的书法前辈来写;阁下如果个人有什么要求,我当尽量满足'"。

有感于默翁先生之艺德,我得七绝一首赠先生:

画心不展谢红尘,望九依然少小音。
仰慕前贤追大道,默翁字里有乾坤。

跋

有文说,汪曾祺是中国最后一位士大夫,作家贾平凹曾撰文,言何海霞可能是中国山水画最后一位大家;我则断言,默翁先生当是二十世纪书坛仅有的几位大家之一。诚然,以先生现在之名声,逊于汪、何二家。然我深知,这不过是先生自甘寂寞,不事张扬之故罢了,板桥老人的六分半书,不是几百年后才真正被人们所欣赏吗?

　　默翁者,何许人也? 先生姓陈,名泽秦,字少默,号默翁;善用鸡毫作书,有"断笔能师"之美誉。

　　附记 丙子岁末,我将此文寄呈先生,期望能得到先生的首肯。盼望中再次受到先生婉辞:"多承关注,实感谢之至。但我一直很不赞成这样的事。古人云'君子爱人以德',因此恳求老弟不必去稿……近日又得了感冒,咳嗽不止,而春节在迩,要字的很多,真疲于应敷,奈何,奈何!"读此,一种不可言状之情促使我给友人打电话抽回了稿子,但又有一种不可名状之念头促使我违背了先生之意愿,把这篇不成熟的文字献给读者诸君。

1997,1

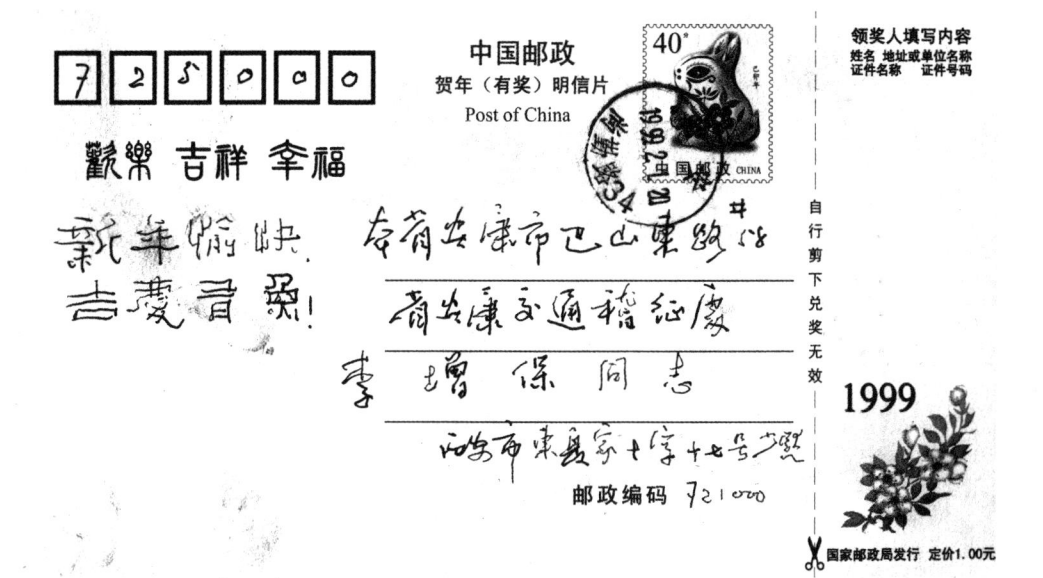

○一○

增保同志:来信接得,稽复甚歉。

刘老的墨宝能出专册[1],自属盛事,我是赞同的。如经济上有困难,多少我能给予支持。至于写序,由于精力不济,实在不能担任,望予原谅。

再:出专册,似内容过于单纯(如:四体只限于一至两体);太单调,不便普及,似宜考虑之。

匆复,即颂春绥!

泽秦谨上

二月十三日(2001年 西安)

[1]《刘旸光书法作品集》,赵宏勋、李增保主编,2001年6月出版,陈少默为作品集题写书签。

○一一

增保小友:你好!

昨得来信,承嘱为刘旸老的书法作品集题签并写些序跋一类的东西[1],真是打着鸭子上架,一则自己不懂书法理论,一则自己是后辈,曷敢对前辈妄加雌黄。正在作难,恰好吴靖同志来看我,他在安康工作时,也对刘老的人品书品俱极为钦仰,谈到此事,便问我:你看刘老的书法作品有无咄咄逼人的感觉?顿时让我想起也有同样的感受。咄咄逼人四字,正道出刘老书法作品的精神所萃,书品的咄咄逼人,由于笔势的雄强使然。古人有句话:三军可夺帅,匹夫不可夺志,以此品价旸老的书法作品,不知阁下有否同感?匆复并颂春绥!

少默谨上
辛巳三月上(2001 西安)

[1]此信是陈少默先生以书代序,专为《刘旸光书法作品集》一书而作。

〇一二

增保同志,您好。

来信接得,因病未能即复为憾。承示各节,谨复如次:

一、我活在世上一天,决不出个人专册,以免挨骂;

二、你为刘老写的七律,有些字句欠斟酌,可否就近请刘寅老看看后由我来写?或由我看着办?

三、代问诸位乡亲同志好。

四、代问寅初老好。

匆上,并颂近祺!

泽秦谨上
六月十三日(2001年 西安)

〇一三

增保：

  因为眼力的关系，尊稿[1]由我和正达看过。我的意见：牵扯的面广了，有些如"陈隶"……就很不好（妄自尊大），有些我的拙作老诗也不宜涉及。总之，嫌乎过于求全了。这样，我的想法，目前仍以缓到我身后再搞为要。至于需要用钱，我可以照付，似以此用字去付[2]，要光明正大得多。至于版权问题，只要百十本，够送赠知友也就可以了。我的意见如此，提供参考。

少默

八月卅一日（2005年 西安）

[1]指《记默翁——书法大家陈少默印象》一书校对稿。
[2]指陕西人民美术出版社出版《记默翁》一书的书号费。

〇一四

增保小友：

  这本书[1]在出版前因在病中实无法细看。近来病情稍好，才能发现问题不少。这书我细看了一下，写得很好，所欠的是"吹得过度"反而招惹许多"物议",因而我主张在我死了之后再发表;现已经发表了,只好发表吧。我目前的身体,时时俱有去见地下亲友的可能,便把这本书留给阁下,作为遗言也好。这种心情,想能谅解,谢谢你。

泽秦

丙戌三月[2]初(2006年 西安)

只此一本,望勿再外传,切切。少默时年九十有三。

[1] 2005年12月,李增保撰写的《记默翁——书法大家陈少默印象》一书由陕西人民美术出版社公开出版发行,此信陈少默先生写在书的扉页上,并亲自赠予作者本人。

[2] 丙戌三月为2006年4月,是年5月27日,陈少默与世长辞,享年九十二岁。

心灵的诗笺(代跋)

杨行玉

默翁,姓陈,名泽秦,字少默,晚年自号默翁,祖籍陕西安康,出生于民国初年的官僚家庭,曾求学于燕京大学,毕业西北大学国文系。接受了系统的旧式家庭教育和现代大学教育,旧学和新学根基扎实。以诗文、书法及书画鉴定享誉于世。晚年研习汉隶,喜用鸡毫,独具风格,被享誉为书坛一代宗师。

默翁的人生道路并不平坦。青年时代虽家境优渥,但因日寇入侵,在颠沛流离中完成了大学学业。大学毕业后10年,经历了抗战由相持到胜利、国民党政权覆灭和新中国诞生等影响世界历史走向的重大事件,目睹了民族的苦难和人性的残酷。45岁时因言致祸,成为"借交心运动污蔑党""乘机向党进攻""向群众放毒"的"落网右派分子",次年被开除公职,送至铜川崔家沟监狱劳动教养两年。解除劳动教养后一直赋闲在家。直至1985年,已过花甲之年的默翁个人历史问题得到平反,恢复了公职。但对命中注定要成为诗人艺术家的他来说,从锦衣玉食到劳动改造的人生磨折并没有沉淀为充斥着愤恨或戾气的精神创伤,相反,最终淬炼出了通达澄明的人生境界所需的智者胸襟和仁者情怀。甚至在默翁看来,正是萧瑟人生中的荣辱沉浮和艰难跋涉,增强了个人精神的厚度和灵魂的韧度,使自己从旧时代富贵场上的公子哥儿蜕变成新时代笑对人生的书家和诗人。人生进入正轨以后,默翁心境达观平和,不戚戚于贫贱,不汲汲于富贵,只执著于在诗墨创作中觅一方宁静,可谓行止飘逸,气度雍容。此种风骨,吾辈钦敬!

我作为陈少默纪念馆馆长,与先生未能谋面,甚是憾恨。我对默翁的关注,始于品读其书法和诗词。特别是 2007 年建馆以来，我在组织《默翁诗稿评注》《三颂堂题跋辑注》《艺术丛谈》编辑出版的过程中，对默翁人品、书品及其眼界、襟抱有了更准确、更深刻的认识。

《默翁书简》所收录信札二八八通，题材丰富，对默翁之可敬、可亲和可爱做了多层面、多角度的呈现。如有的信札旨在呼吁挖掘研究汉隶三颂（《石门颂》《郙阁颂》《西狭颂》）和汉墓砖文的艺术和史料价值，体现出保护、传承和利用传统艺术精粹的文化自觉；有的信札直言对改革开放和民生发展的关切，体现出知识分子的家国情怀与忧患意识；有的信札或提出对家乡发展的建议，或忆述家乡风物人事，体现出情系桑梓的赤子之心。

作为书法爱好者，有两类信札使我获益良多。一类是对弟子或书坛新人的谆谆教诲和殷殷叮嘱，内容往往涵盖习字之法和做人之道，体现出书法教育者奖掖后进、为国育才的使命担当。如"首先要将人做好，一切向钱看，总不是唯一的做人之道"（《与方山海书》），"书画篆刻的提高，与治学、修养关系至要。望于必不得已的外务外，切勿参与"（《与赵熊书》），"你的字灵活有余，沉稳不足，能学学魏碑，也可以让字写得厚实些"（《与陈葵林、伊家聪书》）。书法艺术的神奇之处在于能将书者的生命体悟、知识修养以及人格品质具象地呈现出来，故在中国文化中有"书为心画"之说。在默翁看来，书家首先要做到思想高尚，人格正大，这是立身之本，修艺之魂。此为至理，学书者当谨记于心，笃之于行。唯有如此，才能从根本上涤除追名逐利、美丑不分的书坛乱象。另一类则是总结分享个人艺术感悟和心得，于渊博中见精审，体现出勤于钻研、善于自省的治学精神。如"自以勤抚《张迁》《礼器》《石门》及西岳华山届诸碑为正途"（《与方山海书》），"学书除多看多练外，无捷径，天分功力俱得兼顾，做人论书尤不可缺"。默翁历来主张，在克己正身、直道而行的基础上，书者要切实在临摹碑帖以领会古法、勤练不辍以涵养内功、研读书论以增进识见等方面下功夫，只有这样，才能做到心灵与腕势日进、胸襟与识见并高。通过这两类书信，我们大概可以把默翁书法教育思想的精义归纳为三条：一曰德行养心，二曰学识养眼，三曰技法养手。用心体悟，就不难认识到，此三条实为学书要诀。书者要想书艺精进，就得在修炼人格、丰实学养、磨砺技法方面用心用力，舍此别无他径。

《默翁书简》中内容特殊但最能引发读者强烈感慨的当属爱情类信札。也许是上苍眷顾,默翁晚年终于和青年时代的知心恋人卢君雄女士相守相伴。虽相逢迟暮,芳华已逝,但爱情的光辉仍可拂去半世风霜,慰藉半生苦情。一对白发老人频频尺素寄情,互诉衷肠,诠释了爱情之于人生、之于艺术的价值和意义。在物欲主义泛滥的当下,倾听默翁的爱情絮语,实有修心醒目之功效。

书信更易表露人的真实性情。默翁的书信用语优雅,用情真淳,是心灵的诗笺。让《默翁书简》所记之真人、真事和真情,引领我们走进求真达美的境界。

默翁是安康人文化记忆中的一代大家,也是人文安康的经典名片,其释放出的巨大艺术影响力是推进安康文化建设事业的宝贵精神资源。深度挖掘展示默翁的艺术成就和教育理念,是陈少默纪念馆学人的光荣使命。在这一方面,我们真诚期望与默翁的师友弟子及热爱默翁的各界朋友加强合作交流。

默翁留给后人的艺术和精神遗产永放光芒!